Também de Kiera Cass:

SÉRIE A SELEÇÃO
A Seleção
A Elite
A escolha
A herdeira
A coroa
Felizes para sempre — Antologia de contos da Seleção
Diário da Seleção

A sereia

KIERA CASS

Tradução
CRISTIAN CLEMENTE

5ª reimpressão

O selo jovem da Companhia das Letras

Copyright © 2020 by Kiera Cass

O selo Seguinte pertence à Editora Schwarcz S.A.

Grafia atualizada segundo o Acordo Ortográfico da Língua Portuguesa de 1990, que entrou em vigor no Brasil em 2009.

TÍTULO ORIGINAL The Betrothed
CAPA Alceu Chiesorin e Otavio Silveira
FOTO DE CAPA Marlos Bakker
  VESTIDO Tutti Sposa
  PRODUÇÃO Joana Figueiredo
  MAQUIAGEM Ailton Hesse
PREPARAÇÃO Lígia Azevedo
REVISÃO Luciane H. Gomide e Renata Lopes Del Nero

Dados Internacionais de Catalogação na Publicação (CIP)
(Câmara Brasileira do Livro, SP, Brasil)

Cass, Kiera
    A prometida / Kiera Cass ; tradução Cristian Clemente. — 1ª ed. — São Paulo : Seguinte, 2020.

    Título original: The Betrothed.
    ISBN 978-85-5534-101-4

    1. Ficção norte-americana I. Título.

20-34559   CDD-813

Índice para catálogo sistemático:
1. Ficção : Literatura norte-americana 813
Maria Alice Ferreira – Bibliotecária – CRB-8/7694

[2021]
Todos os direitos desta edição reservados à
EDITORA SCHWARCZ S.A.
Rua Bandeira Paulista, 702, cj. 32
04532-002 — São Paulo — SP
Telefone: (11) 3707-3500
www.seguinte.com.br
contato@seguinte.com.br

/editoraseguinte
@editoraseguinte
Editora Seguinte
editoraseguinteoficial

Oi, leitoras! Oi, leitores!

Faz tempo, né? Estive afastada, escondida no escritório, comendo brownies e trabalhando num monte de projetinhos, um dos quais é este que está nas suas lindas e maravilhosas mãos. É sério, você passa hidratante ou algo assim? Está de parabéns. Bom, queria lhe dar as boas-vindas ao meu novo livro: *A prometida*! Estou muito animada que vocês estão prestes a mergulhar neste mundo, que reúne várias coisas que amo, como o século XVI, garotas fortes que (ainda) não sabem que são fortes, e beijos. Beijos, claro. Sempre.

Ao contrário de Kahlen (de *A sereia*) e America (de *A Seleção*), que já vivem na minha cabeça há milênios, Hollis é uma amiga mais recente. Foi emocionante ir conhecendo essa protagonista do mesmo jeito que conheci as outras: deixando que contasse aos poucos a própria história e que fosse ela mesma em todos os erros e acertos ao longo do caminho.

Espero que vocês amem Hollis (e Valentina, Silas, Delia Grace e os outros!) tanto quanto eu. Um parêntesis: terei eu roubado esse nome, Hollis, da bebê da minha vizinha, que nasceu no ano passado? A resposta é sim. Roubei.
Estou muito empolgada para compartilhar mais histórias com vocês! Obrigada por sempre me apoiarem. Vocês são demais! Fiquem de olho porque vem mais por aí!

Com amor,
Kiera

A prometida

Para Gerad, meu irmão punk, que me carregaria até o outro lado do Serengueti.
Ou pelo menos é o que ele diz.

CRÔNICAS DA HISTÓRIA COROANA
LIVRO I

Assim, coroanos, preservai as leis,
Pois se abalardes uma, a todas abalareis.

Um

Era aquela época do ano em que o sol ainda nascia gelado. Mas o inverno já estava acabando, e as flores começavam a desabrochar. A promessa de uma nova estação me enchia de expectativas.

— Mal posso esperar pela primavera — suspirei enquanto via os pássaros voarem destemidos contra o azul do céu. Delia Grace amarrou o último laço do meu vestido e me conduziu até a penteadeira.

— Eu também — ela respondeu. — Torneios. Fogueiras. O Dia da Coroação já está chegando...

O tom da voz dela dava a entender que eu deveria estar mais animada, só que ainda tinha minhas reservas.

— Pois é.

Dava para sentir a frustração dela nos movimentos de suas mãos.

— Hollis, com certeza você será a parceira e acompanhante do rei durante os festejos! Não sei como consegue ficar tão calma.

— Graças aos céus temos a atenção do rei este ano — eu disse num tom leve, enquanto ela trançava meu cabelo para trás. — Do contrário, isto aqui estaria um tédio completo.

—Você fala como se flertar não passasse de um jogo — ela comentou, surpresa.

— Mas é um jogo — insisti. — Logo ele vai seguir em frente, por isso temos que aproveitar enquanto podemos.

Pelo espelho, vi Delia Grace morder o lábio sem desviar os olhos do que fazia.

— Alguma coisa errada? — perguntei.

Ela logo se animou e esboçou um sorriso.

— Nada. Só estou perplexa com seu descaso em relação ao rei. Acho que as intenções dele vão além do que imagina.

Baixei o olhar, tamborilando os dedos no tampo da penteadeira. Eu gostava de Jameson. Seria loucura não gostar. Ele era bonito, rico e, céus, era o rei. Também dançava bem e era uma ótima companhia, quando estava de bom humor. Mas eu não era tola. Eu o tinha observado passar de uma moça para outra ao longo dos meses anteriores. Haviam sido pelo menos sete, contando comigo. Isso considerando apenas os casos de que todos na corte *sabiam*. Minha ideia era aproveitar enquanto pudesse, depois aceitar quem meus pais escolhessem para mim. Pelo menos poderia lembrar daqueles dias quando fosse uma velha entediada.

— Ele ainda é jovem — repliquei afinal. — Não consigo vê-lo assumindo compromissos com *ninguém* pelos próximos anos de trono. Além disso, tenho certeza de que esperam que obtenha alguma vantagem política com o casamento. E não posso oferecer muito nesse quesito.

Uma batida soou à porta, e Delia Grace foi atender, com o rosto cheio de decepção. Dava para notar que ela achava mesmo que eu tinha chance, e imediatamente me senti culpada por ser tão difícil. Em nossos dez anos de amizade, sempre tínhamos apoiado uma à outra, mas as coisas tinham mudado entre nós nos últimos tempos.

Fazíamos parte da corte, e nossas famílias tinham criadas. Já as mulheres das famílias mais nobres e da realeza tinham damas de companhia. Mais do que empregadas, aquelas damas eram suas confidentes, suas acompanhantes... tudo. Delia Grace assumia o papel sem que eu estivesse em tal posição, convicta de que minha situação mudaria a qualquer momento.

A atitude dela tinha um significado maior do que eu era capaz de expressar, maior do que eu era capaz de encarar. O que é uma amiga senão alguém que acredita que você consegue mais do que imagina?

Ela voltou da porta com uma carta na mão e um brilho no olhar.

— Veio com o selo real — Delia Grace provocou, balançando a carta. — Mas, como não ligamos para o que o rei sente por você, suponho que não haja pressa em abrir.

— Quero ver — eu disse, levantando com a mão estendida. Ela logo puxou a carta para trás. — Sua maldosa! Pode me dar isso?

Delia Grace deu um passo para trás e no segundo seguinte eu já estava correndo atrás dela pelos meus aposentos, às gargalhadas. Consegui encurralá-la duas vezes num canto, mas ela era mais rápida, e escapuliu pelas brechas antes que eu conseguisse pegá-la. Eu já estava quase sem fôlego de tanto correr quando finalmente a agarrei pela cintura. Ela esticou o braço o máximo que pôde para proteger a carta. Talvez eu até conseguisse tomá-la de sua mão, mas bem quando eu estava erguendo o braço, minha mãe abriu as portas que ligavam meus aposentos aos dela. Então veio a bronca.

— Hollis Brite, você perdeu o juízo?!

Delia Grace e eu nos separamos, pusemos as mãos para trás e fizemos uma reverência rápida.

— Ouvi vocês duas gritando feito animais do outro lado da parede. Como podemos esperar encontrar um pretendente para você se insiste nesse tipo de comportamento?

— Desculpa, mãe — murmurei, penitente.

Arrisquei erguer os olhos para ela. Lá estava minha mãe, com a mesma expressão exasperada que costumava estampar no rosto sempre que vinha falar comigo.

— Faz só uma semana que a menina dos Copeland ficou noiva, e os Devaux já estão negociando alguma coisa. Mas você ainda age feito criança.

Engoli em seco, mas Delia Grace nunca foi de ficar calada.

— Não acha que está cedo demais para prometer Hollis a alguém? Ela tem tantas chances quanto as outras de conquistar o coração do rei.

Minha mãe fez o máximo para conter o sorriso condescendente.

— Todas sabemos que os olhos do rei gostam de passear. E não é como se Hollis levasse muito jeito para rainha, não é mesmo? — ela falou, com a sobrancelha bem arqueada, como que nos desafiando a discordar. — Além disso — acrescentou —, acha mesmo que *você* está em posição de falar das perspectivas de alguém?

Delia Grace engoliu em seco, com o rosto feito pedra. Eu já a tinha visto usar aquela máscara um milhão de vezes.

— Pois é — minha mãe concluiu. Depois de deixar clara sua decepção conosco, deu meia-volta e saiu.

Soltei um suspiro e me virei para Delia Grace.

— Desculpa.

— Ela não disse nada que eu já não tivesse escutado — Delia Grace reconheceu ao me entregar a carta, afinal. — Também peço desculpas. Não queria criar problemas para você.

Peguei o envelope de sua mão e rompi o selo.

— Tudo bem. Se não fosse por isso, teria sido por outra coisa.

Pela cara de Delia Grace, eu soube que concordava comigo. Comecei a ler o bilhete.

— Ai, ai — disse, apalpando o cabelo solto. — Acho que vou precisar da sua ajuda com outro penteado.

— Por quê?

Lancei um sorriso para ela e balancei a carta como se fosse uma bandeira contra o vento.

— Porque sua majestade solicita nossa presença no rio hoje.

— Quantas pessoas você acha que vão estar lá?
—Vai saber. Ele gosta de estar rodeado por uma multidão. Retorci os lábios.
—Verdade. Queria ficar sozinha com ele pelo menos uma vez.
— Disse a pessoa que insiste que é tudo um jogo.
Voltei meu olhar para ela e trocamos um sorriso. Delia Grace sempre parecia saber mais do que eu queria admitir.
Viramos no corredor e vimos que as portas já abertas davam as boas-vindas ao recém-chegado sol de primavera. Meu coração acelerou quando vi o manto vermelho com pele de doninha nas bordas pendendo das costas de uma figura esguia mas forte no fim do trajeto. Embora ele não estivesse virado para mim, sua simples presença bastava para preencher o ar com um calor vibrante.
Curvei-me numa ampla reverência.
— Majestade.
E vi um par de sapatos pretos e brilhantes se voltarem para mim.

Dois

— Lady Hollis — o rei disse ao estender a mão cheia de anéis. Eu a tomei, levantei e dei com um belo par de olhos mel. Algo na atenção profunda e focada que ele me dispensava sempre que estávamos juntos me deixava com a mesma sensação de quando Delia Grace e eu dançávamos e eu rodopiava rápido demais: meio zonza e ofegante.

— Majestade. Foi um grande prazer receber seu convite. Adoro o rio Colvard.

— Sim, a senhorita mencionou. Viu como lembro? — ele disse, tomando minha mão na sua. Em seguida, baixou a voz.

— Também lembro de você comentar que seus pais têm sido um pouco... *autoritários* ultimamente. Mas eu precisava convidá-los por questões de decoro.

Espiei atrás dele e vi que a comitiva era bem maior do que eu esperava. Meus pais estavam presentes, assim como alguns nobres do conselho privado e um monte de outras damas que eu sabia que estavam esperando impacientemente sua vez, assim que Jameson me deixasse de lado. Reparei que Nora me olhava de nariz empinado, com Anna Sophia e Cecily logo atrás, todas cheias de si, certas de que meu tempo se aproximava do fim.

— Não se preocupe. Seus pais não vão estar na nossa balsa — ele me garantiu. Sorri, grata pela pequena folga, mas infelizmente minha sorte não se estendia à carruagem que nos levaria pelo caminho sinuoso até o rio.

O castelo de Keresken ficava no topo do planalto de Borady, uma visão maravilhosa e inconfundível. Para descermos até o rio, nossas carruagens precisavam costurar lentamente pelas ruas da cidade de Tobbar, capital do reino... O que levava tempo.

Vi os olhos do meu pai brilharem quando ele tomou consciência da oportunidade de ter uma audiência privada com o rei durante o trajeto.

— Então, majestade, como vão as coisas na fronteira? — ele começou. — Ouvi dizer que nossos homens foram forçados a bater em retirada no mês passado.

Tive de me segurar para não revirar os olhos. Por que meu pai achava que lembrar o rei dos nossos fracassos recentes seria uma boa maneira de começar uma conversa? Jameson, porém, tirou aquilo de letra.

— É verdade. Só colocamos soldados na fronteira para manter a paz, então o que eles poderiam fazer sob ataque? Os relatórios dizem que o rei Quinten insiste que o território isoltano se estende até as planícies tiberanas.

Meu pai desdenhou, mas percebi que não estava tão calmo

quanto aparentava. Sempre girava o anel de prata em seu dedo indicador quando estava nervoso.

— Aquilo é terra coroana há gerações.

— Exatamente. Mas não tenho medo. Estamos seguros dos ataques aqui, e os coroanos são excelentes soldados.

Olhei pela janela, entediada com a conversa sobre as disputas inconsequentes na fronteira. Jameson em geral era a melhor das companhias, mas meus pais acabavam com toda a alegria na carruagem.

Não consegui conter um suspiro aliviado quando chegamos ao porto e pude sair daquela cabine abafada.

— A senhorita não estava brincando quanto a seus pais — Jameson disse quando finalmente ficamos a sós.

— São as duas últimas pessoas que eu convidaria para uma comitiva, com certeza.

— E mesmo assim criaram a moça mais encantadora do mundo — ele disse, dando um beijo na minha mão.

Corei e desviei o rosto. Meus olhos se cruzaram com os de Delia Grace, que ia saindo de sua carruagem, seguida por Nora, Cecily e Anna Sophia. Se eu tinha achado minha viagem insuportável, os punhos cerrados dela enquanto caminhava até mim me diziam que a sua tinha sido muito pior.

— O que aconteceu? — cochichei.

— Nada que já não tenha acontecido mil vezes — ela jogou os ombros para trás e endireitou o corpo.

— Pelo menos estaremos juntas no barco — reconfortei-a.

—Vamos. Não vai ser divertido ver a cara delas quando você subir no barco do rei?

21

Fomos até o patamar, e senti uma onda de calor subir pelo meu braço quando o rei Jameson tomou minha mão para me ajudar a embarcar. Como prometido, Delia Grace se juntou a nós, assim como dois dos conselheiros do rei, ao passo que meus pais e os demais convidados foram conduzidos aos vários outros barcos à disposição. O estandarte real se erguia orgulhoso no mastro, e o vermelho intenso de Coroa tremulava rápido, parecendo fogo contra a brisa do rio. Assumi feliz meu assento à direita de Jameson, que manteve os dedos enlaçados aos meus enquanto me ajudava a sentar.

Havia comida à disposição, e peles para que nos cobríssemos caso ficasse frio por conta do vento. Parecia que tudo o que eu era capaz de desejar já estava bem diante de mim. Aquilo ainda me surpreendia: a falta do que quer que fosse quando sentava ao lado de um rei.

À medida que descíamos o rio e o estandarte do rei era visto, as pessoas nas margens paravam e se curvavam, ou gritavam bênçãos a seu soberano. Com toda a compostura, ele lhes respondia acenando a cabeça, sentado totalmente ereto.

Eu sabia que nem todo soberano era bonito, mas Jameson era. Ele cuidava da aparência, mantendo o cabelo escuro sempre curto e a pele bronzeada sempre macia. Era elegante sem ser frívolo, mas gostava de ostentar suas melhores posses. Esse passeio de barco logo no começo da primavera era uma amostra disso.

Eu gostava disso nele, porque no mínimo podia sentar ao seu lado e me sentir parte inegável da realeza.

À margem do rio, perto do lugar onde tinham construído

uma ponte nova, erguia-se uma estátua castigada pelo tempo que projetava sua sombra colina abaixo, em direção à água azul-esverdeada. Como ditava a tradição, os cavalheiros nos barcos se levantaram, ao passo que as damas baixaram a cabeça em respeito. Havia livros repletos de histórias da rainha Albrade cavalgando pelo interior do país para repelir os isoltanos enquanto o marido, o rei Shane, estava em Mooreland tratando de assuntos de Estado. Ao retornar, o rei mandara espalharem sete estátuas de sua esposa por Coroa, e a cada agosto todas as moças da corte dançavam com espadas de madeira na mão para recordar a vitória da rainha.

Ao longo da história de Coroa, as rainhas quase sempre eram mais lembradas do que os reis. A rainha Albrade nem era a mais reverenciada de todas. Havia a rainha Honovi, que caminhara até os limites do país e demarcara as fronteiras, abençoando com um beijo as árvores e rochas que usara de marcos. Até hoje, as pessoas vão até essas pedras — postas pela rainha em pessoa — e as beijam também. A rainha Lahja ficara famosa por cuidar das crianças coroanas no auge da peste isoltana. A doença mortal recebera tal nome porque deixava a pele azul como a bandeira de Isolte. A própria rainha percorrera corajosamente as cidades para procurar crianças sobreviventes e arranjar novas famílias para elas.

A rainha Ramira, mãe de Jameson, tinha ficado conhecida por todo o país por sua bondade. Havia sido o oposto do marido, o rei Marcellus. Enquanto ele tendia a atacar primeiro e nem perguntar depois, ela buscara a paz. Dizia-se que pelo menos três guerras tinham sido evitadas graças a seus argumentos polidos. Os rapazes de Coroa seriam eternamente gratos a ela. E suas mães também.

O legado das rainhas coroanas havia deixado marcas no continente inteiro, e talvez esse fosse mais um dos atrativos de Jameson. Ele não era apenas bonito e rico, não tornaria uma moça apenas uma rainha... mas uma lenda.

— Adoro água — Jameson comentou, trazendo-me de volta à beleza do momento. — Acho que uma das minhas coisas favoritas na infância era navegar até Sabino com meu pai.

— Seu pai era um navegador excelente — Delia Grace comentou, entrando na conversa.

Jameson assentiu, entusiasmado.

— Um de seus muitos talentos. Às vezes acho que herdei mais características da minha mãe do que dele, mas o gosto pela navegação sempre me acompanhou. Isso, e a paixão que ele tinha por viagens. E a senhorita, Lady Hollis? Gosta de viajar?

Dei de ombros.

— Nunca tive muita chance. Passei minha vida inteira entre o castelo de Kereksen e o solar Varinger. Mas sempre quis ir a Eradore. — Suspirei. — Adoro o mar, e me disseram que as praias de lá são de uma beleza ímpar.

— São mesmo. — Ele sorriu e desviou o olhar. — Ouvi dizer que a moda entre os noivos é fazer uma viagem juntos quando se casam. — Ele voltou a olhar nos meus olhos. — Faça questão de que seu marido a leve a Eradore. A senhorita vai ficar radiante naquelas praias brancas.

Jameson desviou o rosto mais uma vez, enfiando amoras

na boca como se falar de maridos, viagens e solidão não fosse nada. Olhei para Delia Grace, que retribuiu meu olhar, chocada. Eu tinha certeza de que, quando estivéssemos as duas a sós, analisaríamos cada segundo daquela conversa para tentar entender seu significado.

Será que Jameson quis dizer que na opinião dele eu deveria me casar? Ou tinha sugerido que eu deveria me casar... com ele?

Com tais perguntas na cabeça, me endireitei no assento e olhei para o outro lado do rio. Nora estava lá, no outro barco, com uma expressão amarga no rosto, assistindo a tudo com outras moças infelizes da corte. Conforme eu observava, fui notando que vários pares de olhos não se concentravam na beleza do dia, mas em mim. Contudo, o único par que demonstrava raiva era o de Nora.

Peguei uma amora e atirei contra ela, acertando-a bem no meio do peito. Cecily e Anna Sophia começaram a rir, e o queixo de Nora caiu em choque. Mas ela logo apanhou uma de suas frutas e jogou em mim, e sua expressão mudou para algo próximo da alegria. Com uma risadinha, peguei mais frutas e comecei uma espécie de guerra.

— Hollis, mas que diabos está fazendo? — minha mãe gritou do seu barco, a voz alta o bastante para superar os golpes dos remos contra a água.

Olhei para ela e respondi toda séria:

— Estou defendendo minha honra, claro.

Virei para Nora de novo, não sem antes perceber que Jameson ria baixo a meu lado.

Uma torrente contínua de gargalhadas e amoras fluía de ambos os lados. Fazia tempo que eu não me divertia tanto, até que me inclinei um pouco demais para a frente, na tentativa de fazer um arremesso mais certeiro, e acabei caindo na água.

Ouvi os suspiros e gritos das pessoas ao meu redor, mas consegui tomar um bom fôlego antes de mergulhar e voltei à superfície sem me engasgar.

— Hollis! — Jameson exclamou com o braço estendido para mim. Eu o agarrei, e em questão de segundos ele me puxou de volta para a segurança do barco. — Hollis, querida, você está bem? Machucou alguma coisa?

— Não — respondi arfante, já tremendo por conta da água fria. — Mas acho que perdi os sapatos.

Jameson olhou para meus pés dentro das meias e caiu na gargalhada.

—Vamos ter que dar um jeito nisso, não é?

Houve risos por todos os lados quando viram que eu estava bem. Jameson tirou o paletó e me cobriu para me manter aquecida.

— De volta para o porto, então — ele ordenou, ainda sorridente. Jameson me puxou para perto e olhou no fundo dos meus olhos. A sensação era de que naquele momento, sem sapatos, com o cabelo bagunçado e encharcada, ele me achava irresistível. No entanto, com meus pais logo atrás e com uma dúzia de nobres circulando por perto, ele se limitou a dar um beijo cálido na minha testa fria.

Foi o bastante para produzir uma série de ondas que percorreram minhas entranhas, e me perguntei se todo momento com ele seria assim. Estava louca para que me beijasse. Sempre que conseguíamos ter um breve momento a sós, eu ficava na esperança de que Jameson me puxasse para si. Mas, por enquanto, nada. Eu sabia que ele tinha beijado Hannah e Myra; se beijara outras, elas não tinham contado. Eu me perguntava se o fato de Jameson não ter me beijado ainda era um bom ou mau sinal.

— Consegue ficar de pé? — Delia Grace perguntou, me trazendo de volta à realidade ao me ajudar a descer até o cais.

— O vestido pesa bem mais encharcado — reconheci.

— Ai, Hollis. Sinto muito! Não tinha a intenção de fazer você cair! — Nora exclamou ao desembarcar do navio em que estava.

— Besteira! Foi culpa minha, e aprendi uma lição muito valiosa. De agora em diante, só vou desfrutar do rio da minha janela — respondi com uma piscadela.

Ela riu, e quase deu a impressão de que a risada tinha escapado.

— Tem certeza de que está bem?

— Claro. Talvez meu nariz escorra amanhã, mas estou bem. Leve como a garoa, e duas vezes mais molhada. Não estou chateada, prometo.

Nora abriu um sorriso que pareceu autêntico.

— Aqui, deixa que te ajudo — ela se ofereceu.

— Eu cuido dela — Delia Grace a cortou.

O sorriso de Nora desapareceu no ato, e ela passou da simpatia para uma irritação inimaginável.

— Claro que cuida, tenho certeza. Já que *uma moça como*

você jamais teria a chance de atrair a atenção de Jameson por si só, ficar agarrada na saia de Hollis é a melhor coisa que pode fazer. — Ela arqueou a sobrancelha e nos deu as costas.

— Eu seguraria bem forte no seu lugar.

Abri a boca para dizer a Nora que Delia Grace não tinha culpa pela própria situação, mas senti uma mão no peito me impedir.

— Jameson pode ouvir — Delia Grace disse por entre os dentes. —Vamos embora.

A mágoa em sua voz era inconfundível, mas ela tinha razão. Homens lutavam em campo aberto; mulheres, por trás dos leques. Me agarrei firme a Delia Grace ao longo do trajeto de volta ao palácio. Depois de tanta humilhação numa só tarde, me perguntava se ela não ia querer passar o dia seguinte reclusa. Tinha feito aquilo muitas vezes quando éramos mais jovens e seu coração não aguentava ouvir nem mais uma palavra.

Mas na manhã seguinte ela estava no meu quarto, calada, ajeitando meu cabelo em outro penteado intrincado. No meio do processo, alguém bateu na porta. Quando Delia Grace a abriu, deparou com um exército de criadas com buquês e mais buquês das primeiras flores da primavera.

— Mas o que significa isso? — Delia Grace perguntou, com um gesto para que elas pusessem as flores em qualquer superfície livre que conseguissem encontrar.

Uma criada fez uma reverência para mim e me entregou um bilhete dobrado. Sorrindo, comecei a lê-lo em voz alta:

— "Como talvez esteja gripada e não possa se aventurar

pela natureza hoje, achei que a natureza deveria vir até sua rainha."

Delia Grace arregalou os olhos.

— *Sua rainha?*

Assenti, com o coração disparado.

— Encontre meu vestido dourado, por favor. Acho que o rei merece um agradecimento.

Três

Avancei pelo corredor de cabeça erguida. Delia Grace vinha logo atrás, um pouco à direita. Troquei olhares com outros membros da corte, cumprimentando-os brevemente com sorrisos e acenos de cabeça. A maioria não me deu a menor atenção, o que não era surpresa. Provavelmente pensavam que não valia muito a pena se apegar à mais recente aventura amorosa do rei.

Só quando nos aproximamos do corredor principal que levava ao Grande Salão ouvi algo que deixou meus nervos à flor da pele.

— É dessa que eu estava falando — uma mulher cochichou alto com a amiga, num tom que tornava impossível pensar que havia me elogiado.

Me detive no ato e virei para Delia Grace. Seu olhar de soslaio me dizia que ela também tinha ouvido e que não sabia o que pensar daquilo. Era possível que as duas estivessem falando dela. De sua família, de seu pai. Mas as fofocas sobre

Delia Grace já não eram novidade, e as provocações costumavam ser exclusividade de jovens senhoritas à procura de alguém para humilhar; os demais procuravam histórias mais recentes e empolgantes.

Histórias como as que podiam envolver a mais nova favorita do rei Jameson.

— Respire — Delia Grace ordenou. — O rei vai querer ver que você está bem.

Levei a mão à orelha para conferir se a flor que tinha posto ali ainda estava no lugar. Ajeitei o vestido e continuei andando. Delia Grace tinha razão, claro. Ela mesma usava a mesma estratégia havia anos.

Quando enfim adentramos o Grande Salão, todos os olhares eram de uma inconfundível reprovação. Tentei manter o rosto inabalado, mas por dentro eu estava um caos.

Apoiado na parede, de braços cruzados, um homem balançava a cabeça.

— Seria uma vergonha para o país inteiro — alguém murmurou ao passar por mim.

De canto de olho, avistei Nora. Indo contra todos os instintos que tinha até o dia anterior, fui até ela. Delia Grace me seguiu, feito uma sombra.

— Bom dia, Lady Nora. Não sei se notou, mas algumas pessoas hoje estão... — Não consegui encontrar a palavra.

— Estão — ela comentou baixo. — Parece que alguém que estava conosco na excursão contou sobre nossa pequena guerra. Aparentemente, ninguém está irritado *comigo*, mas não sou a favorita do rei, claro.

Engoli em seco.

— Ao longo do último ano sua majestade tem passado de uma moça a outra como se não fosse nada. É improvável que queira minha companhia por muito mais tempo. Qual é o problema, então?

Nora fez uma careta.

— Ele levou você para fora do palácio. Deixou que sentasse sob a bandeira dele. Por mais informal que lhe pareça, o dia de ontem foi inédito no que diz respeito às interações do rei com as mulheres até agora.

Ah.

— São os lordes, não são? — Delia Grace perguntou a Nora. — Os membros do conselho?

Na primeira interação polida entre as duas em todos os anos desde que as conheci, Nora respondeu com um aceno rápido e simpático de cabeça.

— O que isso quer dizer? — perguntei. — Por que o rei se importaria com o que os outros pensam?

Delia Grace, que sempre foi mais dedicada do que eu nos estudos de governo e protocolo, fez uma cara quase de enfado.

— Os lordes governam seus condados em nome do rei. Sua majestade depende deles.

— Se o rei quer paz nos confins do país e espera que os impostos sejam coletados direito, precisa da ajuda dos lordes do conselho — Nora acrescentou. — Se eles não gostarem muito do caminhar das coisas... bom, digamos que talvez fiquem com preguiça de trabalhar.

Ah. Então o rei podia perder tanto renda como segurança se cometesse o erro tolo de se aliar a alguém de quem os lordes não gostassem. Alguém como uma moça que caíra no rio ao atirar uma fruta em outra garota, diante da estátua que honrava uma das maiores rainhas que o país já teve.

Por uma fração de segundo, me vi completamente esmagada pela humilhação. Eu tinha enxergado coisa demais nas palavras de Jameson, nas atenções que ele me dava. Chegara a pensar que tinha chances reais de ser rainha.

Mas logo lembrei: sempre soube que não seria rainha.

Claro, seria divertido ser a mulher mais rica de toda a Coroa, ver estátuas erguidas em minha honra... mas aquilo não era realista, e com certeza Jameson estava a apenas alguns instantes de ser arrebatado por outro belo sorriso. O melhor que eu podia fazer era desfrutar das sofisticadas investidas dele enquanto durassem.

Tomei a mão de Nora e a encarei.

— Obrigada. Pelo pouquinho de diversão ontem e também pela sinceridade agora. Estou em dívida com você.

Ela sorriu.

— O Dia da Coroação é daqui a algumas semanas. Se você e o rei ainda estiverem próximos, imagino que vá fazer uma dança para ele. Se for o caso, gostaria de participar.

Um monte de garotas dançava no Dia da Coroação, na esperança de conquistar favores honrando o rei. Eu imaginava que, se Jameson ainda tivesse interesse em mim, esperariam que eu também preparasse algo. Pelo que lembrava, os movimentos de Nora eram muito graciosos.

— Vou querer toda a ajuda que conseguir. Com certeza você poderia participar.

Gesticulei para que Delia Grace voltasse a me seguir.

— Vamos. Preciso agradecer ao rei.

— Você enlouqueceu? — ela cochichou, chocada. — Não vai deixar Nora dançar com a gente, vai?

Virei para ela, incrédula.

— Nora acabou de ser muito generosa comigo. E foi educada com você. É só uma dança, e ela tem leveza nos pés. Vai fazer todas nós nos sairmos melhor.

— As ações de hoje estão longe de compensar os erros que ela cometeu no passado.

— Estamos crescendo — eu disse. — As coisas mudam.

Seu rosto mostrava que meu comentário não a tranquilizara nem um pouco, mas Delia Grace permaneceu em silêncio à medida que avançávamos em meio à multidão ali presente.

O rei Jameson estava na plataforma de pedra erguida na ponta do Grande Salão. Era um espaço amplo, construído para ser ocupado pela realeza, mas naquele momento abrigava apenas um trono solitário, com um assento pequeno de cada lado para os convidados mais importantes que o rei estivesse recebendo.

O Grande Salão era usado para tudo: recepção de convidados, bailes e até mesmo para os jantares de todas as noites. Na parede leste, acompanhando os degraus que subiam para o mezanino onde ficavam os músicos, havia uma fileira de janelas altas que deixavam a luz do sol entrar. Mas era a parede oeste que atraía meu olhar sempre que eu entrava ali. Seis janelas com vitrais preenchiam toda a sua extensão, indo da altura da minha cintura até o teto. Os vitrais retratavam maravilhosas cenas da história de Coroa e despejavam cor e luz por todo o ambiente.

Uma janela mostrava a coroação de Estus, outra trazia mulheres dançando num campo. Um dos painéis originais fora destruído numa guerra e logo substituído por uma cena do rei Telau ajoelhando-se diante da rainha Thenelope. Talvez aquele fosse meu favorito entre os seis. Eu não sabia ao certo qual tinha sido o papel dela na nossa história, mas Thenelope merecera ser imortalizada no cômodo onde acontecia tudo o que era importante no dia a dia do palácio, o que por si só já era impressionante.

Grandes mesas eram trazidas e retiradas do salão para o jantar, e as pessoas iam e vinham, mas as janelas e a plataforma permaneciam ali. Meu olhar passou das representações dos reis passados para o que ocupava o trono agora. Vi que estava envolvido numa discussão séria com um de seus lordes, mas quando vislumbrou o dourado do meu vestido, se voltou para mim por um segundo. Em seguida, ao perceber que era eu, Jameson dispensou o homem no ato. Me curvei e me aproximei do trono para receber as boas-vindas de suas mãos belas e quentes.

— Lady Hollis. — Ele balançou a cabeça. — A senhorita é o sol nascente. Belíssima.

Ao ouvir essas palavras, toda a minha determinação se desfez. Como eu podia ter certeza de que aquilo não significava nada com ele me olhando daquele jeito? Eu não tinha prestado muita atenção na forma como se relacionava com as outras; na época, não achei que seria importante. Mas para mim aquilo parecia único, incluindo o jeito como roçava o polegar na minha mão, como se não quisesse se limitar a só um trecho da minha pele.

—Vossa majestade é muito generoso — respondi, enfim, baixando a cabeça. — Não apenas por essas palavras, mas também pelos presentes. Queria agradecer pelo jardim inteiro que enviou para o meu quarto — eu disse, direta, o que o fez rir. — E queria que soubesse que estou bem.

— Excelente. Então vai jantar comigo esta noite.

Senti meu estômago se contorcer.

— Majestade?

—Assim como seus pais, claro. Estou precisando trocar de companhia.

Curvei-me de novo.

— Como desejar.

Reparei que havia outras pessoas à espera da atenção dele, então logo me afastei, toda alegre. Estendi a mão para Delia Grace e me apoiei nela.

—Você vai sentar ao lado do rei, Hollis — ela cochichou.

—Vou. — Só de pensar nisso perdi o fôlego, como se tivesse corrido pelo jardim.

— E seus pais também. Ele ainda não fez nada assim.

Apertei ainda mais a mão dela.

— Eu sei. Será... será que devíamos contar a eles?

Olhei bem para os olhos perspicazes de Delia Grace, capazes de enxergar meu entusiasmo e meu medo simultâneos, olhos que viam que eu não entendia o que estava acontecendo.

Aqueles mesmos olhos brilharam quando ela sorriu.

— Acho que uma dama da sua importância devia apenas providenciar o envio de uma carta.

Saímos rindo do salão, sem nos preocupar com os olhares ou comentários dos outros. Eu ainda não estava totalmente convicta das intenções de Jameson, e sabia que os membros da corte não estavam contentes com a minha presença. Mas nada daquilo importava. Naquela noite, eu jantaria ao lado de um rei. E isso era motivo para comemorar.

Delia Grace e eu ficamos no quarto, cumprindo o tempo de leitura que ela insistia que tivéssemos todos os dias. Seus interesses eram variados: história, mitologia e os grandes filósofos. Eu preferia romances. Geralmente, acabava transportada para os lugares das páginas dos livros, mas naquele dia meus ouvidos estavam mais alertas do que nunca. Eu estava na escuta, olhando para a porta de tempo em tempo, à espera de que eles entrassem com tudo.

Quando finalmente cheguei a um trecho interessante da leitura, as portas se escancararam.

— Isso é piada? — meu pai perguntou, num tom de voz que não era de raiva, mas surpreendentemente esperançoso.

Balancei a cabeça em negativa.

— Não, senhor. O rei fez o convite hoje de manhã. O senhor parecia tão ocupado que achei mais adequado avisar por carta.

Lancei um olhar cúmplice para Delia Grace, que fingia ainda estar imersa na leitura.

Minha mãe engoliu em seco.

—Vamos todos jantar com o rei hoje à noite? — ela perguntou, o corpo incapaz de ficar parado.

Confirmei com a cabeça.

— Sim. A senhora, papai e eu. Vou precisar que Delia Grace me acompanhe, por isso pensei que a mãe dela poderia se juntar a nós também.

Ao ouvir isso, os movimentos inquietos de minha mãe cessaram. Meu pai fechou os olhos, gesto que eu reconhecia das muitas vezes em que desejara pensar bem as palavras antes de pronunciá-las.

— Imagino que prefira ter apenas a companhia de sua família em uma ocasião tão solene.

Abri um sorriso.

— Há lugar para todos na mesa do rei. Não acho que vá fazer diferença.

Minha mãe me olhou, de nariz empinado.

— Delia Grace, pode se retirar para conversarmos a sós com nossa filha?

Eu e Delia Grace trocamos um olhar cansado. Ela fechou seu livro e o deixou em cima da mesa antes de sair.

— Francamente, mãe!

Com movimentos rápidos, minha mãe se aproximou e assomou à minha frente.

— Isto aqui não é um jogo, Hollis. Essa menina está manchada, não devia andar com você. No começo, parecia um gesto bonito, quase caridade. Mas agora... você tem que cortar os laços.

Fiquei boquiaberta.

— Não vou cortar nada! Ela é minha melhor amiga na corte.

— É uma bastarda! — minha mãe sibilou.

Engoli em seco.

— Isso é boato. A mãe dela jurou que foi fiel. Lorde Domnall só acusou a mãe de Delia Grace quando ela já estava com oito anos, para conseguir o divórcio.

— Não importa. Um divórcio já é motivo suficiente para você se afastar dela! — minha mãe argumentou.

— Não é culpa dela!

— Você está certíssima, querida — acrescentou meu pai, ignorando-me e dirigindo-se à minha mãe. — Se a mãe dela não tem sangue ruim, o pai tem. Divorciado... — Ele balançou a cabeça. — E ainda por cima fugiu com outra logo em seguida.

Soltei um suspiro. Coroa era uma terra de leis. Muitas delas eram focadas na família e no casamento. No melhor dos casos, cometer adultério faria a pessoa ser exilada. No pior, ela era levada para a torre. O divórcio era uma coisa tão rara que eu mesma jamais vira um acontecer. Mas Delia Grace já.

O pai dela alegara que a esposa, Lady Clara Domnall, havia tido um caso do qual nascera sua única filha, Delia Grace. Com base na acusação, solicitara e recebera a autorização para se divorciar. Mas três meses depois ele fugira com outra mulher, passando os títulos que Delia Grace deveria herdar à nova esposa e aos filhos que viessem a ter juntos. E de que valiam os títulos diante de tal reputação? A fuga significava a desaprovação generalizada e era considerada um último recurso, tanto que alguns casais decidiam se separar para não ter de tomar uma medida tão desesperada.

Ainda parte da nobreza por nascimento, Lady Clara retomara o nome de solteira e levara sua filha para a corte, a fim de que pudesse crescer sob a influência de seus pares. No entanto, aquilo representara um tormento sem fim.

Eu sempre considerei toda aquela história questionável. Se Lorde Domnall desconfiava da fidelidade da esposa e pensava que Delia Grace não era sua filha, por que havia esperado oito anos para se manifestar? Nunca tivera qualquer prova que sustentasse suas alegações, mas o divórcio lhe fora concedido mesmo assim. Delia Grace me dissera que ele devia estar muito apaixonado pela mulher com quem fugira. Tentei desfazer suas ideias, mas ela insistiu.

— Ele a amava mais do que a mim e à minha mãe juntas. Por que uma pessoa partiria por alguém de quem gostasse menos? — A expressão em seu olhar era tão decidida que não fui capaz de contra-argumentar, e nunca mais toquei no assunto.

Nem precisava. Metade do palácio o fazia por nós. E, quando não julgavam Delia Grace na cara dela, julgavam em pensamento. Meus pais eram prova disso.

—Vocês estão afobados demais — insisti. — Foi muita generosidade do rei nos convidar para jantar, mas isso não quer dizer que vai dar em alguma coisa. E, ainda que dê, depois de todo esse tempo, será que Delia Grace, que sempre foi um modelo de perfeição na corte, não merece estar ao meu lado?

Meu pai bufou.

— As pessoas já estão julgando sua leviandade no rio. Quer dar mais munição a elas?

Larguei as mãos no colo, chegando à conclusão de que não fazia sentido argumentar com meus pais. Será que nunca ganharia deles numa discussão? O mais próximo que eu chegava era quando Delia Grace estava do meu lado.

Era isso!

Soltei um suspiro e levantei o olhar para meus pais, cujos rostos seguiam irredutíveis.

— Entendo a preocupação de vocês, mas talvez não devêssemos levar em conta apenas nossos desejos — sugeri.

— Não devo nada àquela menina escandalosa — minha mãe disparou.

— Não. Estou falando do rei.

Ao ouvir aquilo, eles se calaram. Por fim, meu pai arriscou falar:

— Explique-se.

— Só queria dizer que sua majestade tem demonstrado grande afeto por mim, e uma das coisas que deixam meu dia mais leve é a companhia de Delia Grace. Além disso, Jameson é muito mais compassivo que o pai e talvez compreenda os motivos de eu tê-la tomado sob minha asa. Com sua permissão, gostaria de propor a questão a ele.

Eu tinha escolhido as palavras com cuidado, medido o tom. Não havia como me acusarem de mal-humorada ou birrenta, e não havia como fingirem que tinham mais autoridade que o rei.

— Muito bem — meu pai disse. — Por que não pergun-

tamos hoje à noite? Mas ela não está convidada a sentar conosco. Não dessa vez.
Concordei com a cabeça.
— Vou escrever para ela explicando tudo. Com licença.
— Mantive meu ar sereno e peguei um pergaminho na escrivaninha. Os dois saíram, aparentando confusão.
Quando a porta se fechou, ri comigo mesma.

Delia Grace,
Sinto muito, mas meus pais bateram o pé por causa do jantar de hoje. Não entre em pânico! Tenho um plano para manter você sempre ao meu lado. Venha me encontrar mais tarde hoje à noite e explicarei tudo. Coragem, amiga querida!
Hollis

Continuei sendo alvo de olhares de julgamento a caminho do jantar, mas percebi que pouco me importava. Como Delia Grace conseguia sobreviver a esse tipo de vigilância constante? E desde tão nova?

Apesar de tudo, meus pais não se importavam com os olhares. Caminhavam como se estivessem exibindo uma égua puro-sangue que tinham acabado de herdar, o que só atraía ainda mais a atenção.

Minha mãe virou para mim e conferiu tudo mais uma vez, apesar de já estarmos perto da mesa principal. Eu tinha ficado com o vestido dourado, e ela me deixara tomar emprestada uma de suas tiaras, de modo que havia um cordão de joias no meu cabelo dourado.

— Não está se destacando tanto — ela disse, com os olhos na tiara. — Não sei como seu cabelo foi sair tão loiro. Isso estraga a aparência das joias na sua cabeça.

— Não posso fazer nada a respeito — comentei. Como se eu já não soubesse. Meu cabelo era um ou dois tons mais claro do que o da maioria das pessoas, e não foram poucos ao longo da minha vida a notar.

— É culpa do seu pai.

— Acho que não — ele rebateu.

Engoli em seco ao perceber que a tensão começava a se apoderar deles. Nossa família seguia à risca a regra de que qualquer troca de farpas devia se restringir à privacidade de nossos aposentos. Os dois se lembraram daquilo de repente e engoliram suas amarguras quando nos aproximamos da mesa principal.

— Majestade — meu pai saudou com um sorriso largo e falso no rosto. Mas Jameson praticamente não notou a presença deles. Seus olhos se detinham em mim.

Fiz uma reverência, incapaz de desviar o rosto.

— Majestade.

— Lady Hollis, Lorde e Lady Brite. Parecem animados. Venham sentar, por favor.

Ele estendeu a mão num gesto para que passássemos para o outro lado da mesa. Minha respiração acelerou quando sentei ao lado do rei. Eu já estava quase chorando de alegria quando ele beijou minha mão. Ao me virar para a frente, vi o Grande Salão como nunca.

Dali da plataforma era fácil enxergar o rosto de todos e observar como a hierarquia ditava a disposição dos lugares. Para minha surpresa, enquanto toda a atenção recebida pelo caminho tinha me deixado desconfortável, receber aqueles mesmos olhares ao lado de Jameson me deixava empolgada. Ali, eu identificava o mesmo pensamento em cada par de olhos: *Queria estar no lugar dela.*

Depois de passar alguns instantes silenciosos olhando nos meus olhos, Jameson respirou fundo e se virou para meu pai.

— Lorde Brite, ouvi dizer que sua propriedade está entre as mais belas de Coroa.

Meu pai estufou o peito.

— Tendo a concordar. Contamos com um jardim magnífico e terras boas e aprazíveis. Temos até uma árvore com um balanço de madeira em que brinquei quando criança. A própria Hollis já subiu pelas cordas dele uma vez — ele disse, depois fez uma careta como se tivesse se arrependido. — Mas é difícil arranjar tempo para voltar diante da beleza de Keresken. Especialmente durante os feriados. O Dia da Coroação aqui é incomparável.

— Imagino. Ainda assim, gostaria de conhecer sua propriedade um dia.

— Sua majestade é sempre bem-vindo — minha mãe estendeu a mão e tocou o braço de meu pai. A visita de um membro da realeza envolvia um monte de dinheiro e preparativos, mas era uma vitória para qualquer família que a recebesse.

Jameson se voltou para mim mais uma vez.

— Então a senhorita subiu as cordas do balanço?

Abri um sorriso e recordei com carinho aquele momento.

— Vi um ninho e senti muita vontade de ser um pássaro. Não seria ótimo poder voar? Por isso decidi morar lá, com a mamãe pássaro, para ver se ela me acolhia em sua família.

— E?

— Levei uma bronca por rasgar meu vestido.

O rei soltou uma sonora gargalhada que atraiu a atenção da maioria dos presentes. Senti o calor de mil olhos sobre mim, mas só conseguia pensar nos dele. Ruguinhas delicadas se formaram no canto dos olhos do rei, que se iluminavam de alegria; era lindo.

Eu era capaz de fazer Jameson rir, e pouquíssimas pessoas tinham tamanho talento. Impressionava-me que uma historinha tão boba o divertisse tanto.

A verdade era que eu tinha subido as cordas do balanço muitas vezes, mas nunca chegara muito alto, em parte por temer a altura e em parte por temer as broncas de meu pai. Mas lembrava daquele dia em especial: da mamãe pássaro com os filhotes, voando para pegar comida para eles. Parecia tão preocupada com os filhos, tão disposta a atender às necessidades deles. Mais tarde, me perguntei quão desesperada devia estar naquela época para desejar ser filha de um passarinho.

— Sabe o que quero, Hollis? Quero contratar alguém para nos seguir e registrar cada palavra que pronuncia. Cada elogio, cada história. A senhorita me diverte ao extremo, e não quero esquecer de nem um segundo. Estou ansioso pelas histórias que vai contar no jantar amanhã.

O sorriso voltou a meu rosto. Amanhã. Então Jameson pretendia me manter ao seu lado por enquanto.

— Então precisa me contar todas as suas histórias também. Quero saber tudo — eu disse, apoiando a cabeça na mão, à espera.

Os lábios de Jameson ergueram-se num sorrisinho malicioso.

— Não se preocupe, Hollis. Logo vai saber de tudo.

Quatro

— Por que não foi ao jantar? Podia ter comparecido mesmo assim — perguntei, abraçando Delia Grace. Os corredores do palácio estavam vazios, o que fazia nossas vozes ecoarem mais do que de costume.

— Achei que seria mais fácil não aparecer do que sentar com a minha mãe e explicar por que não estava com você pela primeira vez em dez anos.

Fechei a cara.

— Meus pais... Às vezes acho que eles são tão metidos que não querem ser vistos nem comigo.

Delia Grace riu baixinho.

— Então eles ordenaram que eu ficasse longe?

Cruzei os braços.

— Se ordenaram ou não, não importa. Porque Jameson disse que você pode estar sempre ao meu lado.

O rosto dela se iluminou.

— Sério?

Confirmei.

— Depois que você saiu, meus pais vieram pedir que eu cortasse nossas relações. Como se eu pudesse encontrar amiga melhor! Mas eu calmamente recordei a eles que você me ajuda todos os dias, e que se isso agrada o rei, os dois deviam se contentar. Bom, é claro que minha mãe levantou o assunto no jantar, citando sua reputação, como se você tivesse alguma coisa a ver com a história.

Delia Grace fez uma cara de tédio.

— Isso é a cara dela.

— Mas ouça, ouça! Jameson perguntou: "Ela é uma amiga tão boa assim?". E eu respondi: "Só fica atrás de vossa majestade", com uma piscadela.

— O rei *ama* ser bajulado — ela comentou enquanto cruzava os braços, à espera de mais.

— Eu sei. Aí ele perguntou: "Você me considera mesmo seu amigo, Hollis, querida?". E eu... Nem consigo acreditar que tive coragem de fazer isso na frente de tanta gente... Eu tomei a mão dele e a beijei.

— Não! — ela sussurrou, empolgada.

— Foi! E disse: "Não há ninguém neste mundo que me mostre tanto respeito e carinho como vossa majestade... mas Delia Grace chega perto". Ele me encarou por um segundo e, ai, acho que teria me beijado se estivéssemos a sós. Então disse: "Se isso deixa Lady Hollis feliz, que Delia Grace continue ao seu lado". E ponto final.

— Ah, Hollis! — ela atirou os braços ao meu redor.

— Então pronto. Quero ver meus pais conseguirem contornar isso.

—Tenho certeza que vão tentar. — Ela balançou a cabeça. — Mas parece que o rei está disposto a dar tudo o que você quiser.

Baixei os olhos.

— Eu só queria ter certeza do que *ele* quer — suspirei. — Mas, mesmo se tivesse, não sei como conquistar as pessoas, e preciso fazer isso para deixar os lordes felizes com a escolha dele.

Delia Grace franziu a testa, pensativa.

—Vá dormir. Nos encontramos no seu quarto de manhã. Vamos pensar em algo.

Ela teria um plano. Quando Delia Grace não tinha? Dei-lhe um abraço e um beijo na bochecha.

— Boa noite.

Na manhã seguinte, acordei me sentindo tudo menos renovada. Tinha passado a noite com a cabeça a mil, e tudo o que queria era conversar sobre cada um dos meus pensamentos e puxar as pontas soltas até desfazer todos os nós.

Ainda não conseguia acreditar que Jameson pudesse querer me tornar sua rainha. Quanto mais pensava se era ou não uma possibilidade real, mais me empolgava com a ideia. Se ao menos conseguisse fazer algo para deixar as pessoas confortáveis com essa escolha, poderia ser idolatrada também. O povo beijaria os lugares que eu tivesse visitado, como fazia com a rainha Honovi, ou realizaria festivais em minha honra, como fazia para a rainha Albrade. Com exceção da rainha Thenelope, ela própria nascida na realeza, todas as outras tinham sido coroanas como eu. Todas haviam vindo de boas famílias, todas tinham sido aclamadas, todas haviam deixado uma marca na história... Talvez eu pudesse seguir o mesmo caminho.

Delia Grace entrou com um punhado de livros enquanto eu ainda estava na cama em posição fetal.

—Você acha que vida de rainha significa dormir até tarde, é? — ela brincou. Notei uma vaga pontada nas palavras dela, mas decidi deixar para lá.

— Não dormi bem.

— Bom, espero que esteja pronta para trabalhar mesmo assim. Temos muito o que estudar.

Ela foi até a penteadeira e espichou o pescoço; era seu jeito de me chamar para sentar.

— Estudar o quê? — eu disse, me aproximando e deixando que tirasse meu cabelo do rosto.

— Em dança e simpatia, você é capaz de superar qualquer outra nobre. Mas seu conhecimento de relações internacionais é parco, e se quer convencer os lordes do conselho de que é uma escolha séria, precisará ser capaz de discutir política com eles.

Engoli em seco.

— Concordo. E então, o que fazemos? Acho que se precisar aturar aulas de algum tutor velho e chato vou acabar morrendo.

Delia Grace fez um coque simples no meu cabelo e prendeu rapidamente com grampos, deixando o resto dele solto.

— Eu posso ajudar. Tenho alguns livros, e o rei certamente disponibilizará qualquer coisa que eu não tenha.

Assenti. Se Jameson tinha mesmo a intenção de me tomar por noiva, ia querer que eu recebesse toda a educação possível.

— Idiomas também — Delia Grace acrescentou. —Você vai precisar aprender pelo menos mais um.

— Sou péssima em idiomas! Como vou... — Soltei um suspiro. — Você está certa. Não quero ficar completamente perdida se um dia visitarmos Catal.

— Como está sua geografia? — ela perguntou.

— Boa o suficiente. Vou me vestir — disse, levantando com um salto para ir até o guarda-roupa.

— Sugiro algo no vermelho coroano.

Levantei o indicador.

— Boa ideia.

Tentei pensar em outras coisas, pequenas e estratégicas, a que pudéssemos recorrer para angariar apoio, mas conforme Delia Grace tinha bem ressaltado, eu era bem melhor em entreter do que planejar. Quando ela terminou de apertar o último cordão às costas do meu vestido, bateram na porta.

Delia Grace concluiu o laço e foi atender enquanto eu me olhava no espelho para garantir que estava tudo no lugar antes que o visitante entrasse.

Lorde Seema estava à porta, com a cara de que havia acabado de chupar um limão.

Me curvei no ato, na esperança de que meu rosto não denunciasse meu choque.

— A que devo a honra, milorde?

Ele corria os dedos tensos pelo papel em suas mãos.

— Lady Hollis, não pude deixar de notar que tem recebido uma atenção especial do rei nas últimas semanas.

— Não estou certa quanto a isso — me esquivei. — Sua majestade tem sido muito gentil comigo, mas não sou capaz de afirmar mais nada.

Ele passou os olhos pelo quarto, aparentemente desejando estar acompanhado de outro cavalheiro com quem compartilhar o momento. Como não encontrou ninguém digno de tal coisa, soltou um suspiro e continuou.

— Não sei dizer se a senhorita finge ignorância ou se não sabe mesmo. Em todo caso, *tem* a atenção dele, e espero que possa me fazer um favor.

Meus olhos saltaram para Delia Grace, que arqueou as sobrancelhas como quem diz: "Vá em frente!". Juntei as mãos diante do corpo na esperança de parecer modesta e atenta. Se eu precisava aprender mais sobre a política da corte, aquela seria uma ótima oportunidade.

— Não posso prometer nada, senhor, mas, por favor, diga- -me a que veio.

Lorde Seema desdobrou seus papéis e os entregou a mim.

— Como sabe, a província de Upchurch fica no extremo de Coroa. Para chegar lá, e a Royston ou Bern, é preciso tomar algumas das estradas mais velhas do país, que foram abertas à medida que nossos ancestrais avançavam lentamente rumo às florestas e aos campos no fim do nosso território.

— Sim — eu disse. Lembrava pelo menos um pouco da história de Coroa.

— Essas estradas carecem demais de reparos. Tenho ótimas carruagens, e mesmo elas penam. A senhorita pode imaginar o peso que a situação põe nos ombros dos mais pobres da minha região, sempre que precisam viajar à capital por algum motivo.

— Claro.

O argumento dele era bom. No solar Varinger, na minha província, também tínhamos terras cultivadas, e as famílias que moravam ali nos pagavam aluguel em dinheiro e bens. Eu tinha visto seus cavalos velhos e carroças desgastadas. Já seria um desafio vir de lá até o castelo assim, embora nossa província fosse mais próxima. Não conseguia imaginar alguém tentando o mesmo saindo dos confins do país.

— Qual é seu objetivo, senhor? — perguntei.

— Gostaria que alguém da realeza inspecionasse todas as estradas de Coroa. Tentei mencionar o assunto à sua majestade duas vezes neste ano, mas ele o pôs de lado. Pergunto-me se a senhorita não poderia... encorajá-lo a tornar isso uma prioridade.

Respirei fundo. Céus, como eu ia conseguir uma coisa dessas?

Dei uma olhada nos papéis que não tinha esperança de compreender antes de devolvê-los a Lorde Seema.

— Se eu conseguir fazer o rei priorizar isso, pediria um favor em retribuição.

— Não esperava menos — ele respondeu, cruzando os braços.

— Se o projeto avançar — comecei, devagar —, gostaria

53

que falasse com simpatia de mim a qualquer um que mencionar meu nome ao senhor. E, caso venha a comentar nosso encontro com os outros lordes, poderia ter a gentileza de lhes dizer que o recebi com cortesia?

Ele sorriu.

— Lady Hollis, a senhorita fala como se eu fosse precisar mentir. Dou minha palavra.

— Então farei tudo o que puder para ajudar esse projeto tão nobre.

Satisfeito, ele se curvou diante de mim e se retirou. Quando a porta se fechou, Delia Grace teve um ataque de riso.

— Hollis, percebe o que isso quer dizer?

— Que vou ter que dar um jeito de fazer o rei ligar para umas estradas velhas? — arrisquei.

— Não! Um lorde do *conselho privado* acabou de vir pedir um favor a você. Percebe quanto poder já tem?

Fiz uma pausa para digerir aquilo.

— Hollis — ela disse, com um sorriso malicioso —, já começamos a subir!

Dessa vez, quando adentrei o Grande Salão para o jantar e Jameson gesticulou para que me aproximasse da mesa principal, Delia Grace foi comigo. Meus pais já estavam à esquerda do rei, falando até não poder mais, então teria um tempo para pensar em como inserir a manutenção das estradas na conversa.

— Como vou fazer isso? — perguntei baixo para Delia Grace.

— Ninguém disse que precisa ser hoje. Pense mais no assunto.

Eu não sabia explicar direito, mas a questão me parecia maior do que simplesmente ganhar a fidelidade de Lorde Seema. Queria que Jameson me considerasse uma pessoa séria. Queria que soubesse que eu podia ser sua companheira, que era capaz de lidar com decisões importantes. Se ele visse isso... o pedido de casamento não estaria muito longe.

Enquanto Delia Grace e eu ouvíamos meus pais falarem sem parar de como a tiara favorita de minha mãe desaparecera no último Dia da Coroação e da esperança dela de que o culpado aparecesse esse ano para que enfim pudesse recuperá-la, lembrei de como a conversa tinha fluído fácil na noite anterior. Como eu teria dito algo na ocasião? Uma faísca de ideia surgiu na minha cabeça, e esperei minha mãe cessar o falatório e dar uma folga ao rei.

— Tive uma ideia — comecei com doçura. — Lembra do meu velho balanço no solar Varinger?

Jameson sorriu, achando graça.

— O que tem ele?

— Acho que gostaria de voltar lá, para que as mãos mais fortes do país inteiro me empurrassem. Talvez assim eu finalmente me sentisse como um pássaro — provoquei.

— Eis uma ideia realmente encantadora.

— Há muitos lugares em Coroa que eu gostaria de ver ao seu lado — continuei.

O rei concordou com a cabeça, sério.

— Como deve ser! Cada vez mais acredito que a senhorita precisa ser bem versada em toda a história de Coroa.

Era mais um item na lista de coisas ditas pelo rei que me faziam pensar que ele me queria como sua rainha.

— Ouvi dizer que as montanhas do norte são tão lindas que enchem os olhos de lágrimas.

Jameson concordou.

— A maneira como a neblina cai sobre elas... É como se elas fossem de um mundo completamente à parte.

Abri um sorriso sonhador.

— Gostaria muito de vê-las. Talvez fosse um bom momento para rodar o país, deixar seu povo vê-lo. Ostentar suas posses maravilhosas.

Ele estendeu a mão e enrolou uma mecha do meu cabelo no dedo.

— De fato, tenho algumas coisas belas, embora exista uma joia em Coroa que ainda anseio chamar de minha.

Mais um item na lista.

Baixei a voz para um sussurro.

— Eu iria a qualquer lugar com vossa majestade. Embora... — Espichei os olhos até meu pai. — Pai, você não teve problemas na estrada na última vez que foi para Bern?

Depois de engolir um bocado exagerado de comida, ele respondeu:

— Quebrei uma roda. As estradas são difíceis por lá.

— São? — Jameson perguntou.

Meu pai fez que sim com a cabeça, com o ar grave, como se tudo o que falasse com o rei tivesse a maior importância.

— Infelizmente, sim, majestade. Não há muita gente lá para fazer a manutenção. Estou certo de que existem muitas outras na mesma situação.

— Bom, então não será possível — eu disse. — Não gostaria que vossa majestade se machucasse. Talvez em outra oportunidade.

Jameson balançou o dedo.

— Quem foi mesmo?... Ah! Lorde Seema! — ele chamou.

Lorde Seema levantou a cabeça em meio à multidão e se apressou a se curvar diante do rei.

Me endireitei na cadeira quando Jameson começou a falar:

— Foi você que comentou algo sobre as estradas de Upchurch?

Lorde Seema correu os olhos entre Jameson e mim.

— Sim, majestade. Estão num estado de descaso considerável.

Jameson balançou a cabeça.

— Estou pensando em levar os Brite numa viagem pelo país, mas não poderei caso esta joia corra o risco de ficar em apuros na estrada.

— É verdade, majestade. Com vossa permissão, eu poderia formar um comitê e inspecionar as estradas. Depois, poderia preparar um orçamento adequado, se quiser. Sou um grande defensor da ideia de que todos os cidadãos de Coroa devem poder viajar com facilidade para onde quiserem, então ficaria feliz em supervisionar tudo pessoalmente.

— Permissão concedida — Jameson respondeu no ato. — Aguardo seus relatórios.

Lorde Seema ficou parado, atônito.

— Sim. Sim, claro — gaguejou enquanto se afastava, ainda um pouco boquiaberto.

— Que divertido! — falei, quase cantando. — Finalmente verei todo o nosso grandioso país.

Jameson beijou minha mão.

— Toda a Coroa. Todo o continente, se quiser. Outro item.

Voltei a apoiar as costas no assento e olhei para Delia Grace. Ela ergueu a taça com um sorriso discreto.

— Impressionante.

— Obrigada.

Corri os olhos pela multidão e avistei Lorde Seema. Ele assentiu para mim, e retribuí da mesma forma. Talvez fosse capaz de fazer isso, afinal.

Cinco

EM QUESTÃO DE DIAS, MEU MUNDO MUDOU POR COMPLETO. Jameson continuava a mandar flores e presentinhos para meu quarto sempre que julgava ter encontrado algo que fosse me agradar, mas agora os nobres também me deixavam presentes. Com tantas joias novas à disposição, realmente me tornei o que Jameson dizia que eu era: radiante como o sol. Duas camareiras foram destinadas ao meu serviço, e quando eu caminhava pelo palácio todos que passavam por mim abriam um sorriso, ainda que às vezes meio forçado. Eu não sabia se precisava agradecer ao Lorde Seema ou se as pessoas tinham finalmente notado meus esforços de ser encantadora e demonstrar o máximo de realeza quando estava ao lado de Jameson. Em todo caso, a atenção toda não me incomodava nem um pouco. Antes, eu achava que nada poderia ser mais divertido do que conquistar o coração de um rei, mas estava errada. Era muito mais emocionante conquistar o coração de inúmeras pessoas ao mesmo tempo.

Tais pensamentos preenchiam minha cabeça enquanto eu caminhava com Delia Grace em direção ao Grande Salão, cumprimentando os membros da corte e lhes desejando bom-dia.

Jameson parecia pressentir quando eu entrava no ambiente, e concentrava toda a sua atenção em mim quando eu me aproximava. Eu agora era recebida com um beijo na bochecha bem diante dos olhos da corte sempre que aparecia. E, apesar de notar alguns olhares de censura quando isso acontecia, encarava mais como um desafio do que uma decepção.

— Recebeu minha carta? — ele perguntou.

— Está falando da página cheia da mais absoluta poesia que terminava com o pedido de que o encontrasse hoje de manhã? Sim, claro que recebi.

Ele riu.

— Você extrai de mim palavras que eu não sabia que existiam — ele confessou, sem aparentar a menor timidez ao fazer tal afirmação com tanta gente por perto. — Diga-me uma coisa, está tudo bem? O que achou das criadas? Gostou das roupas novas?

Dei um passo atrás para que ele pudesse contemplar o resplendor absoluto dos meus novos presentes.

— São as mais belas que já tive. E sim, as criadas ajudam bastante, obrigada. Como sempre, vossa majestade é generoso demais.

Ao ouvir isso, o rei mexeu as sobrancelhas.

— Esses presentes vão parecer pedregulhos quando...

Ele interrompeu sua fala ao som de passos apressados, e virei na direção de seu olhar. Um cavalheiro mais velho, um dos muitos conselheiros de Jameson, irrompeu no salão e curvou a cabeça.

— Perdoe-me, majestade. Temos aqui uma família de Isolte em busca de asilo. Eles vieram apresentar seu caso.

Era costume entre todos os reinos do continente pedir autorização do monarca antes de se instalar em seu território. Se uma família fosse pega sem licença real, acabaria expulsa. Isso num dia bom. Eu já tinha visto o que acontecia em dias ruins quando o pai de Jameson, Marcellus, estava no trono.

O rei suspirou, aparentemente irritado por ter que interromper nossa conversa.

— Pois bem, faça-os entrar.

Depois, como se a ideia tivesse acabado de lhe ocorrer, voltou a olhar para mim.

— Lady Hollis, quer sentar para acompanhar o procedimento?

Ele gesticulou para o assento ao seu lado. O cavalheiro sentado ali, Lorde Mendel, correu os olhos entre nós dois.

— Majestade, eu...

Ao lado dele, Lorde Seema deu uma cotovelada discreta em seu braço. Lorde Mendel bufou, mas levantou, curvando-se para o rei e para mim. Agradecendo Lorde Seema com um aceno de cabeça, assumi meu lugar.

Lancei um olhar para Delia Grace, que demonstrava um orgulho silencioso de mim; ela sempre soubera, afinal de contas. Ouvi murmúrios descontentes alastrarem-se ao redor

— sim, eu ainda tinha corações a conquistar —, mas concentrei a atenção em Jameson. Era uma oportunidade de provar exatamente do que era capaz. Eu sabia ser séria e inteligente se o momento o exigisse.

Endireitei-me ao máximo no assento, mantive o queixo baixo e a respiração lenta. Queria que todos me vissem como uma moça ponderada e capaz. Assim, talvez Jameson enfim decidisse fazer de mim sua rainha.

Um senhor e sua esposa entraram no salão, a mão dela graciosamente posta sobre a dele. Atrás vinham os quatro filhos, três meninos e uma menina.

Todas as crianças tinham a pele clara e o cabelo em tons variados de amarelo, ao passo que seus pais já começavam a ficar grisalhos. O menino mais novo estava nervoso e agarrava com força a mão da irmã, enquanto ela examinava o ambiente com olhos que sugeriam que estava à procura de algo.

O pai desceu o joelho ao chão, então se levantou e se apresentou ao rei. Ainda que não tivessem dito, era óbvio que vinham de Isolte. Ventos terríveis varriam a região no verão, e os invernos duravam bem mais do que em Coroa. Não seria de surpreender se contassem que lá ainda nevava um pouco. Por isso, os isoltanos passavam mais tempo dentro de casa, e as bochechas coradas de sol comuns em Coroa estavam ausentes naquela família.

— Bom dia, senhor — Jameson disse, convidando o homem a falar.

— Majestade, peço-lhe que perdoe nossa aparência modesta, mas viemos direto para cá — o pai disse humildemente.

Eu não chamaria a aparência deles de modesta. Cada membro da família estava coberto de veludo, e com sobra... o que me obrigou a apertar bem os lábios para não rir. Sério, quem tinha desenhado aquelas mangas? Seria possível fazer mais um vestido com o que sobrava nos braços. E os chapéus! Nunca havia entendido a moda de Isolte.

Na verdade, eu nunca havia entendido as pessoas de Isolte em geral. A expressão que mais me vinha à mente era "falta de originalidade". Sim, eu tinha ouvido a respeito de suas grandes descobertas na astronomia e na fitoterapia, e que os remédios desenvolvidos por seus médicos vinham beneficiando muito a população do país. Mas a música que compunham era sem graça, as danças eram cópias das nossas e muito de suas outras tentativas de arte eram formas modificadas de algo já visto em outros lugares. A moda parecia seu maior esforço de criar algo que ninguém fizera ainda. Mas por que alguém faria aquilo?

—Viemos apelar à sua misericórdia para que nos permita viver em sua terra, oferecendo-nos asilo do nosso rei — o pai continuou, num tom que revelava seu nervosismo.

— E de onde o senhor vem? — Jameson perguntou, embora soubesse a resposta.

— De Isolte, majestade.

— Qual seu nome?

— Lorde Dashiell Eastoffe, majestade.

Jameson fez uma pausa antes de falar.

— Conheço esse nome — murmurou, com a testa franzida.

Assim que a lembrança veio à tona, encarou os visitantes com

63

um misto de desconfiança e pena. — Compreendo por que desejam sair de Isolte. Ah, Hollis — ele disse, voltando-se para mim com um brilho jocoso no olhar —, você se lembra de agradecer aos deuses por ter a mim como rei em vez daquele grosseiro do Quinten?

— Agradeço aos deuses por tê-lo como rei em vez de *qualquer* outro, majestade — respondi com uma piscadela charmosa, mas realmente agradecia aos céus por Jameson. Ele era mais jovem e mais forte do que qualquer outro rei do continente, muito mais bondoso que o pai e bem menos genioso que outros líderes de que eu tinha ouvido falar.

Jameson riu baixo.

— Se eu estivesse na sua situação, também teria fugido, senhor. Muitas famílias decidiram imigrar para Coroa nos últimos tempos.

De fato, havia uma família de imigrantes morando no castelo, mas eu nunca a vira.

— Isso me faz pensar no que o bom e velho rei Quinten anda aprontando para provocar tanto medo em seus súditos — Jameson concluiu.

—Trouxemos um presente para vossa majestade — Lorde Eastoffe disse, mudando de assunto. Ele acenou com a cabeça para o filho mais velho, que se pôs à frente, ajoelhou-se diante do rei e estendeu-lhe um embrulho comprido de veludo.

Jameson desceu os degraus da plataforma até o jovem e abriu o embrulho. Ali dentro havia uma espada de ouro com o cabo cravejado de joias. Quando o rei a ergueu, o sol de primavera refletiu na lâmina e me cegou por um instante.

Depois de inspecionar a espada, Jameson tomou na mão uma mecha do longo cabelo do rapaz e a cortou com seu presente. Rindo, porque a lâmina correra com facilidade, ele voltou a erguer a espada.

— É impressionante, senhor. Nunca vi nada igual.

— Obrigado, majestade — Lorde Eastoffe disse, agradecido. — Mas infelizmente não mereço o crédito. Sou nascido e criado cavalheiro, mas meu filho escolheu esse ofício para poder se sustentar com ou sem terras.

Jameson baixou os olhos para o rapaz cujo cabelo aparara com tanta graça.

— Foi você quem fez a espada?

Ele confirmou com a cabeça, mantendo os olhos baixos.

— Como eu disse, é impressionante.

— Majestade — Lorde Eastoffe começou —, somos gente simples, sem ambições, e fomos forçados a abandonar nossa propriedade por causa de graves ameaças contra nossa terra e nossa vida. Pedimos apenas para nos instalarmos aqui em paz. Juramos jamais erguer a mão contra um coroano e nos juntar ao serviço fiel que seu povo lhe presta.

Jameson desviou o rosto, e seus olhos passaram de pensativos a concentrados ao pousar em meu rosto. Ele abriu um sorriso largo, de repente aparentando estar demasiado satisfeito consigo mesmo.

— Lady Hollis, essas pessoas vieram aqui em busca de refúgio. O que diria ao apelo deles?

Com um sorriso, voltei-me para a família. Meu olhar correu curioso pelos filhos mais novos e a mãe, então se deteve

65

no filho mais velho. Ele ainda estava de joelhos, com o veludo do presente nas mãos. Seus olhos cravaram-se nos meus. Por um instante, o mundo parou. Fiquei completamente perdida naquele olhar, incapaz de desviar o rosto. Os olhos dele eram de um azul chocante: uma cor por si só bastante rara em Coroa, mas que no caso dele eu jamais tinha visto igual. Não era do tom do céu ou da água. Eu não tinha palavras para descrever. Aquele azul me tragou e se negava a me soltar.

— Hollis? — Jameson chamou.

— Sim? — respondi, ainda incapaz de desviar os olhos.

— O que você diria?

— Ah! — Pisquei e voltei ao momento presente. — Bom, eles vieram com toda a humildade, e demonstraram que vão contribuir com nossa sociedade através de seu ofício. E o mais importante é que escolheram o melhor dos reinos para se instalar, oferecendo sua dedicação ao maior dos reis vivos. Se coubesse a mim decidir... — olhei para Jameson — deixaria que ficassem.

O rei sorriu. Parecia que eu tinha passado no teste.

— Bom, aí está — ele disse aos isoltanos. — Podem ficar.

Os membros da família Eastoffe se abraçaram cheios de alegria. O jovem curvou a cabeça para mim, e retribuí o gesto.

— Uma família do seu... *calibre* deve permanecer no castelo — Jameson ordenou com palavras que soaram mais como um alerta do que um convite, embora eu não tivesse compreendido o motivo. — Pelo menos por enquanto.

— Claro, majestade. Ficarei extremamente feliz de permanecer onde quer que determinar — Lorde Eastoffe respondeu.

— Leve-os para a ala sul — Jameson ordenou a um guarda, acenando com a cabeça. Os isoltanos fizeram uma leve reverência antes de se virar para sair.

— Hollis — o rei sussurrou ao meu lado —, você agiu muito bem, mas tem que se acostumar a pensar rápido. Precisa estar pronta quando lhe peço para falar.

— Sim, majestade — respondi, lutando para não corar.

Ele se virou para falar com um de seus conselheiros, ao passo que voltei o olhar para o fundo do salão, para observar a família Eastoffe. Ainda não sabia o nome do filho mais velho, mas ele me lançou um olhar por cima do ombro e sorriu de novo.

Uma breve onda daquilo que me havia feito sustentar seu olhar antes percorreu meu corpo, e senti uma leve pontada no peito dizendo para seguir aqueles olhos. Mas ignorei. Se havia algo que eu sabia como coroana, era que não devia confiar no azul isoltano.

Seis

— Agora que isso está resolvido, tenho algo para lhe mostrar — Jameson sussurrou no meu ouvido.

Voltei-me para aqueles olhos cheios de um entusiasmo malicioso e lembrei que estava ali a seu convite. Agradeci por ter uma coisa — qualquer coisa — para me distrair daquela sensação estranha que vibrava em meu peito.

Tomei a mão de Jameson, grata. Assim que os dedos dele enlaçaram os meus, seu rosto perturbou-se.

— Está tremendo. Está passando mal?

— Não sei como consegue lidar com todos esses olhos em vossa majestade o tempo todo — respondi, arranjando uma desculpa. — Precisa tomar tantas decisões, e tão rápido.

Seus olhos se iluminaram de sabedoria enquanto ele me conduzia para a beirada da plataforma.

— Tive a imensa sorte de ter meu pai como excelente

professor. Minha noiva, quem quer que seja, terá que fazer o máximo para aprender comigo o ofício de governar.

— Não é uma tarefa qualquer, majestade.

Ele sorriu.

— Não. Mas tem suas recompensas.

Esperei que continuasse falando, mas Jameson seguia olhando para a frente.

— Majestade?

Ele continuou a sorrir e a me ignorar.

Descemos os degraus, e respirei fundo ao notar que Jameson me conduzia para uma das portas à frente do Grande Salão. Troquei um olhar com ele quando os guardas nos deixaram passar. Nunca tinha estado ali antes. Os aposentos do rei — seu espaço particular, os cômodos usados para orações e as salas que ele destinava aos integrantes de seu conselho privado — estavam separados do resto do palácio pelo Grande Salão, o que permitia a Jameson fazer entradas triunfais e ainda facilitava sua segurança.

— Majestade, aonde estamos indo?

— A lugar nenhum — ele disse, despretensioso.

— Com certeza não é lugar nenhum — insisti, já fervilhando por dentro.

— Certo. É um lugar a que tenho pensado em trazê-la desde a noite em que nos conhecemos propriamente.

Revirei os olhos.

— Refere-se ao momento em que passei a maior vergonha da vida?

Ele riu.

— Ao momento em que se tornou a moça mais encantadora de Coroa inteira.

— Devo dizer que fico muito feliz em saber que eu trouxe um pouco de alegria à sua vida — reconheci. — Nem toda dama pode dizer que fez um rei rir.

— No meu caso, nenhuma outra dama da corte poderia dizer isso. Você é a única, Hollis. Todas as outras querem alguma coisa. Já você dá cada vez mais. — Ele levantou minha mão para beijá-la. — Por isso é um prazer lhe dar algo em troca.

Passamos por mais duas duplas de guardas antes de chegarmos ao cômodo que Jameson queria me mostrar. Um dos guardas sacou uma chave especial e nos entregou uma lanterna.

— Já há algumas lanternas lá dentro — Jameson me garantiu —, mas como não há janelas, toda luz ajuda.

— Está me levando ao calabouço? — brinquei, fingindo medo.

Ele riu.

— Hoje não. Venha. Acho que, um dia, esse pode acabar sendo seu cômodo favorito do castelo.

Mais um item na lista.

Hesitante, passei pelas portas ao lado dele. Assim que meus olhos se ajustaram à pouca luz, esqueci completamente como respirar.

— Alguns desses itens são meus — ele começou. — Certamente reconhece o selo que usei no dia da minha coroação. Estes anéis aqui usei várias vezes. E aqui...

— A coroa de Estus — suspirei, completamente atônita.

— É ainda mais bonita de perto.

Contemplei aquela obra de arte por um longo tempo, sentindo lágrimas se acumularem no canto dos olhos. Mais de sete gerações antes, Coroa vivia uma guerra civil constante pelo poder. Governantes surgiam e eram derrubados em poucos anos, e o país continuava dividido por dentro e indefeso perante invasores que quisessem conquistar nossa terra. Por fim, o clã Barclay — os mesmos Barclay de quem Jameson era descendente — conquistou o que restava de seus inimigos e, apesar da luta brutal, o povo agradeceu por ter um líder definido. A população juntou o ouro e as joias que conseguiu para forjar uma coroa. Um clérigo a abençoou, e todos vieram assistir à coroação do rei Estus Barclay e conceder-lhe o direito de governá-los.

A coroa de Estus só era exibida uma vez por ano, no Dia da Coroação. Apenas aqueles com a sorte de ter nascido em família nobre conseguiam vê-la, e de relance.

— Majestade, muito obrigada. Deve confiar muito em mim para me deixar chegar tão perto de algo tão especial. Não me sinto merecedora. — Eu mal conseguia expressar a emoção que sentia, mas sabia o privilégio que aquele momento significava.

Voltei-me para ele com a visão ainda embaçada pelas lágrimas. Jameson tomou minha mão e a beijou novamente.

— Confio mesmo em você, Hollis. Como já disse, você se doa o tempo inteiro. Doa seu tempo e seu carinho, seu riso e sua atenção. Já me deu mil presentes assim. É por isso que devo dizer que o que pretendia mostrar não era a coroa de Estus... Era isto aqui.

Ele apontou para a parede à minha esquerda, repleta de prateleiras com ainda mais joias. Cordões de safira e rendas de diamantes se estendiam diante de mim. A sala não precisava de janelas: a pouca luz que tínhamos bastava para fazer as peças nos ofuscarem com seu brilho.

— Estas são as joias da rainha. Todo ano os reis de Coroa e Isolte se encontram para renovar nosso acordo de paz. O rei Quinten virá para sua visita anual no fim da semana, e quero você à altura da realeza.

Parte de mim quis desmaiar. Parte de mim desejou que meus pais estivessem ali para ver aquilo. Mas todas as outras partes queriam usar aquele colar de pedras rosadas e diamantes.

Me aproximei dele, com medo até de apontar para qualquer uma daquelas joias maravilhosas.

— Tem certeza? Sei como são preciosas.

— Não confiaria essas joias a qualquer outra pessoa. E, para ser sincero, desde aquela noite no baile eu a imagino com uma dessas preciosidades no pescoço. — Ele estendeu o braço na direção das prateleiras de joias, como se me oferecesse todas elas.

Satisfeita, apertei os lábios e estendi a mão para tocar de leve as pedras lisas e frias, de um tom entre o vermelho e o rosa.

— Este aqui.

— Perfeito.

A emoção de saber que ia usar uma joia feita para uma

rainha percorreu meu corpo. Virei para Jameson e joguei os braços ao redor dele.

—Vossa majestade é bondoso demais comigo.

— Está feliz?

— Quase feliz demais — respondi, agarrando-o com força.

Foi quando me dei conta de algo. — Majestade. Nunca ficamos completamente a sós antes.

Ele sorriu.

— Bom, você é uma moça muito virtuosa. Nem sei como consegui escapar com você agora.

—Vossa majestade é bem esperto.

Por estarmos tão próximos, e sozinhos, e absortos em nosso próprio mundo, quando ele se inclinou para me dar um beijo, eu me entreguei. Ser finalmente beijada era uma coisa maravilhosa, e ser beijada por um rei era ainda mais arrebatador.

Jameson me puxou para si, com a mão no meu queixo, e se afastou quando julgou que o beijo já tinha durado o bastante.

Algo mudou em seus olhos, como se ele tivesse chegado a uma decisão. Quando falou, seu tom era muito sério.

—Você precisa se preparar, Hollis. Passaremos por muitas mudanças.

Engoli em seco.

— Nós dois, majestade?

Ele fez que sim.

— Ao longo das próximas semanas pretendo mostrar a todo o país o quanto a adoro. E isso implicará muitas coisas. Alguns vão lhe implorar favores; outros vão amaldiçoar seu nome. Mas nada disso importa, Hollis. Quero que seja a minha noiva.

Precisei juntar toda a minha força para conseguir ao menos sussurrar uma resposta.

— Eu ficaria honrada... mas receio não ser digna.

Ele balançou a cabeça e, com cuidado, ajeitou um cacho solto do meu cabelo atrás da minha orelha.

— Acho que muitas das que entram na realeza por casamento se sentem assim, mas não precisa se preocupar. Pense na minha bisavó Albrade. Dizem que estava pálida como uma isoltana quando pronunciou os votos — ele brincou —, mas veja só a lenda em que se transformou.

Tentei sorrir, mas era difícil me imaginar fazendo algo tão corajoso como vencer uma guerra.

— Não sou guerreira — repliquei, humildemente.

— Nem quero que seja. Tudo o que peço é que seja o que já é. É essa doce Hollis que eu amo.

Que eu amo, que eu amo, que eu amo...

As palavras ecoaram em meu coração, e desejei uma maneira de guardá-las numa garrafa. Jameson teve a gentileza de me dar mais um momento para me recuperar antes de prosseguir.

— Cresci sem irmãos. Tanto meu pai como minha mãe morreram cedo demais. Mais do que qualquer outra coisa, você me deu a companhia que sempre desejei na vida. Isso é tudo o que lhe peço. Qualquer expectativa que os outros tenham é supérflua. Se acha que é capaz de ser feliz como minha companheira neste mundo, tudo ficará bem.

Ele falava com tanta sinceridade, com tanto sentimento, que meus olhos marejaram mais uma vez. Seu carinho era esmagador, e quando olhei em seus olhos, a poucos centímetros dos meus, acreditei ser capaz de enfrentar qualquer tarefa que recaísse sobre mim, desde que estivesse ao lado dele.

Era uma sensação tão estranha, tão nova. Naquele instante, tive certeza de que era amor. Não sentia apenas as pernas vacilarem, mas ele me inspirava uma determinação inflexível... Tudo isso era algo de que só Jameson era capaz.

Fiz que sim com a cabeça. Foi só o que consegui. Mas para ele, era o bastante.

— Peço que guarde segredo por enquanto. Os lordes ainda estão tentando me convencer a me casar com a princesa de Bannir para preservar a fronteira, mas não consigo aceitar a ideia. Preciso de tempo para convencê-los de que nós dois somos capazes de garantir a segurança de Coroa sozinhos.

Fiz que sim com a cabeça mais uma vez.

— Farei o mesmo.

Ele parecia a ponto de me beijar de novo, mas pensou melhor.

— Preciso levá-la de volta antes que alguém encontre nisso uma brecha para questionar sua honra. Venha, doce Hollis, vamos enfrentar a loucura.

Quando as portas se abriram para o Grande Salão, corei ao ver os olhos de todos recaírem sobre nós. Meu coração vibrava impiedosamente, e me perguntei se eles eram capazes de ver.

Capazes de ver que ali estava sua rainha.

Sete

AO LONGO DOS DIAS SEGUINTES, DELIA GRACE ME PERSEGUIU incansavelmente. Eu às vezes cantarolava como se não tivesse escutado sequer uma palavra do que ela dizia, ou me ocupava de outra tarefa completamente diferente, sempre com um sorriso no rosto. Naquele dia, me debruçava sobre o bordado de um vestido novo. No entanto, por mais que tentasse manter a concentração, não podia ignorar Delia Grace por tanto tempo.

— Por que você não me conta ao menos o que viu?

Eu ri.

— Não vi nada além de uma série de cômodos. A diferença é que Jameson mora neles.

— E por que demoraram tanto?

Eu puxava o fio dourado com cuidado, para manter meu bordado perfeito.

— Só nos ausentamos por cinco minutos.

— Quinze!

Olhei chocada para ela atrás de mim.

— Com certeza não.

— Eu estava lá fora, esperando com o resto da corte. Posso garantir que todos estávamos marcando o tempo.

Balancei a cabeça, sorrindo.

—Vai saber de tudo logo.

—Vocês se casaram?

Quase espetei o dedo.

— Faz um conceito tão baixo de mim? Sendo com um rei ou não, um casamento sem testemunha é tão ruim quanto fugir. Acha mesmo que Jameson mancharia minha reputação desse jeito?

Ela ao menos teve a decência de parecer sentida.

— Não. Desculpe, Hollis. Mas por que não me conta a verdade?

— Será que não posso fazer surpresa de vez em quando? Ou ter um segredo? Os céus sabem como é difícil guardar segredos na corte.

Ela revirou os olhos.

— Bom, se isso não é verdade, não sei o que é. — Com um suspiro, ela se aproximou e pôs as mãos nos meus ombros.

— Se algo importante acontecer, vai me contar, não vai?

— Acredite, eu queria poder contar tudo — respondi, voltando para o bordado. O vestido estava ficando bem bonito, e era uma novidade bem-vinda ter outra coisa com que ocupar a cabeça.

— Só me diga uma coisa: as coisas estão caminhando como eu desconfiava?

Apertei os lábios e a olhei de soslaio. O sorriso que me deu em resposta bastou.

— Muito bem — ela disse. —Você vai precisar de damas de companhia.

Soltei o vestido.

— Não. Não quero criar um falso círculo de amizades. Desde a noite do baile, a maioria das moças da corte olha para mim com vontade de me matar. Não as quero por perto o tempo todo.

— Mas vai precisar de gente para servi-la.

— Não — respondi. — Uma *rainha* precisa de gente para servi-la. Eu não tenho esse título... no momento.

— Hollis.

— E se eu tentar formar meu próprio séquito, os lordes vão falar. Parece que ainda não se convenceram, e não quero fazer nada que dificulte a vida de Jameson.

Ela suspirou.

— Certo, tudo bem. Se você fosse escolher mais *uma* pessoa da corte para cuidar das suas necessidades, quem seria? E, em nome de Estus, não ouse escolher aquela Anna Sophia com focinho de porco.

Soltei um suspiro.

— Posso pensar?

— Pode, mas não muito. Isso aqui não é um jogo, Hollis.

Lembrei que algumas semanas antes eu pensava que tudo não passava exatamente disso, um jogo. Mas Delia Grace tinha razão: os caminhos da nossa vida estavam sendo forjados bem diante de nós. Não era brincadeira.

— Sabe onde posso encontrar mais linha?

Ela levantou.

— A costureira real deve ter aos montes. Posso ir até lá.

— Não, não — eu disse. — Pode deixar que eu vou. Com certeza você precisa de tempo para fazer mais e mais planos para minha vida — acrescentei, com uma piscadela.

Saí pela porta lateral dos aposentos da minha família, que davam para o meio do castelo, numa encruzilhada pulsante, cheia de atividade. Tirei um segundo para contemplar os arredores. Embora já tivesse passado um tempo razoável no castelo de Keresken, sempre me pegava deslumbrada pelo ambiente.

Os amplos corredores eram grandiosos e ricamente decorados; a alvenaria era bem-acabada e bela. Por toda parte, havia arcos espetaculares que formavam abóbadas sobre qualquer espaço amplo o bastante para tal. Eu sempre pensava em pontes invertidas ao vê-las, com suas hastes baixando como se quisessem tocar nossos dedos ansiosos. Magníficas escadarias em espiral volteavam pelos três andares superiores do castelo, e diziam que as coleções de esculturas e pinturas abrigadas ali superavam qualquer outra já vista pelos embaixadores no resto do continente.

Os aposentos da minha família ficavam na parte interna da Ala Leste, uma localização respeitável. Pessoas de maior importância moravam na pequena Ala Norte, mais próxima do Grande Salão e, portanto, do rei. A Ala Norte continha ainda aposentos vazios reservados a nobres e dignitários. Seria ali que o rei Quinten ficaria durante sua visita.

As famílias de longa linhagem coroana vinham depois,

ficando nas áreas mais internas das alas Leste e Oeste, ao passo que as de linhagem mais recente, mas com relações e terras valiosas, ficavam mais afastadas. Por último, vinham as famílias menos importantes, e a partir de determinado corredor, ninguém se importava com quem morava ali. Nos andares altos, os moradores tinham autorização para ficar no castelo, mas ninguém esperava vê-los. Os cômodos da criadagem ficavam nos andares subterrâneos.

Atrás do palácio, ao longo do topo da colina que o castelo ocupava, havia anexos, despensas e outros espaços onde a multidão de trabalhadores que faziam o lugar funcionar realizava a maior parte de seus afazeres. Eu tinha a esperança de encontrar a costureira por ali.

— Ah! — exclamei ao dobrar uma esquina um pouco rápido demais.

Os dois jovens com quem quase trombei olharam para mim e logo se curvaram. Só o cabelo já os tornava inconfundíveis: eram os rapazes de Isolte. Ambos vestiam camisas muito largas — do tipo que os homens de Coroa costumavam usar *por baixo* do colete — e carregavam bolsas de couro das quais despontavam algumas ferramentas.

—Ah, por favor, não há necessidade disso — insisti, pedindo que se levantassem.

O rapaz dos olhos azuis ofuscantes ergueu a cabeça.

—Talvez haja, Lady Brite.

Abri um sorriso.

—Vejo que aprendeu meu nome. Mas Lady Brite é minha mãe. Sou apenas Hollis.

Ele se endireitou sem tirar os olhos dos meus.

— Hollis — repetiu.

Permanecemos ali por um instante, com o nome pairando entre nós, e mais uma vez me peguei com dificuldade de desviar o rosto.

— Meu nome é Silas — ele disse afinal. — E este é meu irmão Sullivan.

O menino apenas acenou com a cabeça. Silas pôs a mão em seu ombro.

— Por que não vai na frente e leva esse material para o anexo? Encontro você lá daqui a pouco.

Sem uma palavra, Sullivan se curvou mais uma vez, meio que tropeçando, e se retirou rápido.

— Desculpe — Silas disse, voltando-se para mim. — Sullivan é muito tímido com quem não conhece. Na verdade, é tímido até com quem conhece.

Comecei a rir.

— Bom, então leve minhas desculpas a ele. Não tinha a intenção de assustar vocês.

— Desde quando precisa se desculpar por qualquer coisa? Dizem que vai ser rainha.

Arregalei os olhos.

— Não é verdade? Não quis ser atrevido. É só que todos aqui comentam isso quando a veem passar.

Baixei os olhos.

— As pessoas... parecem felizes ao dizer isso?

Ele confirmou.

— Muitas delas. Se por acaso têm mais ou menos a sua

81

idade... digamos que o tom de voz é mais de inveja do que de admiração.

Suspirei.

— Entendo. Bom, não há nenhum anel no meu dedo, então ninguém pode afirmar nada com certeza.

— Se isso vier a acontecer, espero que vocês dois sejam muito felizes. Isolte tem uma rainha, mas é consenso que ela carece do nível de força e generosidade esperado de tal posição. Espero que seu povo tenha a sorte de contar com a senhorita como rainha.

Olhei para os pés, sentindo as bochechas corarem, e voltei a reparar nas ferramentas na mão dele.

— Perdoe-me, mas por que ainda trabalha, mesmo estando aqui? Você saiu de Isolte, o que foi uma decisão muito inteligente. Por que não viver como um cavalheiro, tal qual seu pai? Com certeza faria menos sujeira.

Ele riu.

— Tenho orgulho do que sei fazer. Sou melhor nas espadas e armaduras, mas quando Sullivan não se importa de me ajudar, faço joias também. — Ele deu de ombros, aparentando estar bem satisfeito consigo próprio. — Depois de presentear aquela espada ao seu rei, eu...

— Ah, mas ele também é seu rei agora — comentei.

O rapaz, Silas, fez que sim com a cabeça.

— Desculpe. Ainda estamos nos adaptando, e continuo um pouco desconfiado de reis. — Ele fez uma pausa antes de retomar a fala. — Depois de presentear o rei com a espada, recebemos vários pedidos de outras, e acho que a minha mãe até conseguiu convencer alguém a encomendar um colar. Pus as mãos na cintura e o encarei, impressionada.

— E eu que pensava que os isoltanos não eram artistas. — Ele abriu um sorriso, e eu encolhi os ombros. — É um ofício muito útil. Como foi que aprendeu, já que era membro da corte?

— Como nosso solar ficava bem perto do castelo, podíamos ir e voltar com facilidade, de modo que passávamos a maior parte do tempo em casa. — Um sorriso nostálgico se insinuou em seu rosto. — O maior arrependimento do meu pai é não ter desenvolvido uma habilidade prática quando jovem. Por isso, quando manifestei meu interesse por metais, ele me proporcionou as condições para aprender o ofício. A primeira espada que fiz foi para meu primo, Etan. — Silas mencionou o nome como se eu pudesse fazer ideia de quem se tratava. — Ele precisava de uma boa espada para batalhar num torneio. O cabo ficou frouxo e a lâmina soltou uma lasca bem grande logo no primeiro golpe, mas mesmo assim ele a usou durante todo o torneio — Silas contou, parecendo visualizar toda a cena. — Isso três anos atrás. Tenho orgulho do que sei fazer agora, mas estou sempre buscando melhorar. Todos estamos. Até minha irmã trabalha com metais, embora faça sobretudo coisas mais finas, como o acabamento das joias que Sullivan e eu criamos. — Ele ergueu as mãos. — Nossos dedos são grandes demais para isso.

Examinei suas mãos, percebendo que eram ásperas e que as cutículas estavam cheias de fuligem. Ele podia ter sido criado como nobre, mas suas mãos eram tudo menos cavalheirescas. Algo nelas me fazia achá-las lindíssimas. Escondi minhas próprias mãos atrás das costas e comentei, suspirando de admiração:

— Isso é incrível.

Ele deu de ombros.

— Não é tão incrível em Isolte. As artes não são muito valorizadas lá.

Arqueei as sobrancelhas, em concordância.

— E é sempre tão frio quanto dizem? — perguntei.

— Se a senhorita se refere ao clima, sim, às vezes os ventos chegam a ser cruéis. Se está se referindo ao povo... — Agora foi ele quem arqueou as sobrancelhas. — A companhia de algumas pessoas em Isolte pode fazer a temperatura cair ainda mais. — Silas riu da própria piada. — A senhorita não sabe como é? Nunca esteve lá?

A surpresa na voz dele não era injustificada. Se um coroano quisesse visitar algum lugar, Isolte seria o destino mais fácil, embora talvez não o mais acolhedor.

— Não. Meu pai está sempre trabalhando e quando viaja prefere ir sozinho ou com minha mãe. Já pedi para ir a Eradore. Ouvi dizer que as praias de lá são de tirar o fôlego. Mas nunca foi possível.

Não quis dizer que tinha parado de pedir havia séculos, logo que ficara claro que eles não se importariam de ter minha companhia se eu tivesse nascido homem, ou se ao menos tivesse chegado depois de um irmão. Mas não foi o que aconteceu, e eu não sabia de quem era a culpa, mas meus pais haviam decidido que era minha.

Em todo caso, eu tinha Delia Grace, e ela era melhor que uma viagem longa numa carruagem abafada, não importava o destino. Era o que eu dizia a mim mesma.

Silas ajeitou a alça da bolsa no ombro mais uma vez.

— Bom, tenho certeza de que o rei vai levá-la a qualquer lugar que seu coração desejar. Ele parece capaz de fazer qualquer coisa pela dama que resgatou de um rio congelante — Silas comentou com ar de provocação.

—Você ainda nem tinha chegado aqui quando isso aconteceu! E o lago não estava congelante! E eu estava me defendendo de um massacre de amoras. Na verdade, deveria ter me esforçado mais.

— Eu gostaria de ter visto a cena — ele comentou, em tom de brincadeira. — As damas de Isolte não ousam nem tocar a água, e de modo algum se arriscam a cair nela.

— Talvez seja melhor assim. Aquele rio me levou um par de sapatos muito querido.

Ele riu, dando um chutinho casual no chão de pedra.

— Bom, acho melhor ir atrás de Sullivan. Os funcionários do palácio tiveram a gentileza de nos arranjar um lugar para trabalhar, e vai ser bom me sentir... útil.

— Entendo o que quer dizer. O que me faz lembrar de uma coisa. Por acaso viu a sala de alguma costureira ou camareira no caminho? Estou procurando linha.

—Vi — ele respondeu, entusiasmado. — Pegue a próxima escada até o segundo andar. A sala não tem porta, então vai ser fácil de achar.

— Ah. Muito obrigada, Silas.

Ele acenou com a cabeça.

— À disposição, Lady Hollis.

Ele seguiu apressado seu caminho, e eu voltei à escadaria pensando que a parte de trás do castelo era bem mais escura do que a parte com que eu estava acostumada. Enquanto subia as escadas, pensei nas incontáveis visitas de reis e dignitários, de emissários e representantes, que haviam acontecido desde que minha família havia adotado o castelo como residência principal. Eu *vira* gente do continente inteiro. Contudo, minha conversa com Silas Eastoffe no corredor fora a primeira vez que falara com um estrangeiro na vida.

Fiquei surpresa de descobrir que ele não era tão diferente de mim, e que se encaixava bem dentro dos muros do castelo.

Oito

Na manhã seguinte, a batida na porta soou bem na hora.
— O que será? — Delia Grace especulou em voz alta. — Presentes do rei ou mais um lorde em busca de favores?
Evitei o olhar dela, sem saber ao certo qual seria sua reação.
— Nenhuma das duas opções.
— Lady Nora Littrell — a criada anunciou quando minha visita entrou.
— O que ela veio fazer aqui? — Delia Grace resmungou.
— Eu a convidei — esclareci, levantando para cumprimentar a recém-chegada. — Obrigada por vir, Lady Nora.
— Fico feliz de estar aqui. O que posso fazer por você?
Engoli em seco, ciente de que a frase seguinte deixaria Delia Grace chocada.
— Eu a chamei para lhe oferecer um posto no meu séquito.
Como esperado, Delia Grace estava completamente perplexa.

— Quê? Por que ela? — gaguejou.

— Porque ela teve a nobreza de se desculpar de suas tolices e a bondade de não usar minha própria tolice contra mim.

—Voltei a olhar para minha amiga mais querida. — Nosso alcance na corte é limitado. Lady Nora conhece pessoas que não conhecemos, e é inteligente. Como você mesma lembrou, preciso de toda ajuda que conseguir.

Ao ouvir isso, Delia Grace baixou a cabeça, corada, dando a impressão de que estava apertando os dentes com toda a força.

— O fato é que minha posição ainda não é oficial — retomei, de novo olhando para Nora —, mas se quiser, gostaria de ter as duas no meu séquito. Delia Grace será minha primeira dama de companhia, claro. Mas se quiser se juntar a nós, Nora, pode ser uma dama de companhia também. Se as coisas continuarem nesse caminho e Jameson me pedir em casamento, vou pedir a ajuda de vocês para compor o resto do meu séquito e, assim, garantir que ele seja o melhor possível. Naturalmente, qualquer favor que eu venha a alcançar vai ser compartilhado com vocês duas, com a maior alegria.

Nora caminhou até mim e tomou minhas mãos.

— Eu adoraria ser sua dama de companhia, Hollis! Obrigada! — Seu sorriso era genuíno, e qualquer ressentimento que ela nutrira contra mim por ter conquistado o coração de Jameson claramente já tinha passado. Ou talvez nunca tivesse existido de verdade.

Delia Grace, porém, ainda soltava fogo pelas ventas.

Encarei-a bem antes de falar.

— Isso só vai dar certo se vocês duas souberem cooperar. São damas bem diferentes, com personalidades e talentos distintos, e não sei como vou conseguir enfrentar tudo isso sem as duas. Por favor.

Os braços de Delia Grace estavam cruzados, e seu rosto me dizia de maneira inequívoca que eu a tinha traído da forma mais profunda possível.

— Eu tinha que arranjar outras damas. Você mesma sugeriu isso — lembrei-lhe.

— Eu sei. Só não achava... Ela vai prestar contas a mim, certo? — Delia Grace perguntou.

— Você é a primeira dama de companhia — Nora disse antes que eu pudesse responder. — *Todo mundo* vai prestar contas a você.

— Espero que você seja justa — alertei Delia Grace —, mas, sim, você estaria acima de todas que vierem depois.

Ela soltou um suspiro.

— Certo — Delia Grace disse, voltando um olhar claramente decepcionado para mim. — Se me dá licença, Lady Hollis, estou com enxaqueca. E parece que já há outra pessoa para cuidar da senhorita.

Ela saiu batendo os pés e a porta com tanta força que o estrondo ecoou pelos aposentos.

— Acho que a reação dela era de se esperar — Nora admitiu.

— Vai ser difícil desfazer tudo o que se passou entre vocês duas — comentei.

— É. Devo dizer que considerando a maneira... distante

com que todas a tratamos, fico até surpresa por você estar disposta a me dar uma chance.

Me virei para Nora.

— Bom, sou uma grande adepta das segundas chances. Espero que Delia Grace também lhe dê uma. E que você tente recomeçar do zero com ela.

O desconforto que Nora sentia estava estampado em seu rosto enquanto ela reunia forças para responder.

— Seria ótimo. Às vezes... é mais fácil viver na corte quando toda a atenção recai sobre outra pessoa. Não sei se isso faz sentido.

Suspirei.

— Faz. Bastante sentido.

Ela deu de ombros, triste.

— Minha família tem seus próprios escândalos. Quase todas as famílias nobres têm. Mas a vida aqui ficava mais fácil quando sabíamos que havia alguém em quem concentrar a fofoca.

— Eu entendo. Mas isso tudo ficou no passado. Cedo ou tarde, você vai ter que pedir desculpas a Delia Grace. Preciso da sua ajuda, mas não existo sem ela.

Nora acenou com a cabeça.

— Não vou desapontá-la. Não há palavras para expressar como estou feliz de poder fazer parte disso. Você vai aparecer nos livros de história. Tem noção disso?

Tomei um fôlego trêmulo em meio a um sorriso.

—Tenho... Acho que é por isso que estou tão nervosa.

Nora me deu um beijo na bochecha.

— Não se preocupe. Você tem Delia Grace, e agora tem a mim também.

Antes de eu conseguir agradecer, minha mãe abriu a porta com tudo, com um ar de quem estava pronta para iniciar uma guerra.

Ela correu os olhos entre Nora e mim, as mãos dela ainda nas minhas, e apontou um dedo acusador.

— Você deixou mesmo essa menina fazer parte do seu séquito?

Depois de um momento de choque, compreendi.

—Você cruzou com Delia Grace.

— Sim.

— Me pergunto por que finalmente decidiu levar a sério algo que ela falou. Será que é porque diz respeito a uma parte da minha vida em que você esqueceu de meter a mão?

Minha mãe não negou. Não disse que sua intenção era cuidar de mim ou me aconselhar. Tratava-se apenas de mais uma coisa que devia ser minha, mas aos olhos dela não era.

— O que faz você pensar que é capaz de formar o próprio séquito? — ela esbravejou. — Eu esperava que fosse manter Delia Grace, já que não havia escapatória. — Minha mãe revirou os olhos de raiva, amargurada porque a única amiga que eu tinha no castelo escolhera ficar ao meu lado. — Aceito Nora porque ela é de uma das famílias mais respeitáveis. Mas de agora em diante, seu pai e eu vamos escolher suas damas de companhia. Entendido?

Era exaustivo suportar o peso de suas constantes exigências.

Já não bastava eu estar prometida a um rei? Ninguém mais poderia lhe dar isso; um *filho homem* não poderia lhe dar isso. Ela bufou e saiu batendo os pés, tão depressa quanto tinha entrado.

— Não se preocupe — Nora sussurrou. — Tenho uma ideia.

Delia Grace estava no jardim, arrancando as pétalas das flores e jogando no chão. Nós duas amávamos aquele lugar e muitas vezes nos refugiávamos ali. Num mundo em que tudo acontecia rápido e as pessoas estavam sempre atrás de alguma coisa, o jardim era um sopro de tranquilidade.

Mas não por muito tempo.

— Como foi capaz de ir reclamar para *minha mãe*? — perguntei enquanto marchava pelo gramado. — Agora ela quer formar meu séquito inteiro. Não acha que as escolhas dela vão ser bem piores do que qualquer pessoa que eu venha a escolher?

Delia Grace fez cara de tédio.

— Sua mãe tem um pouco de juízo, o que é mais do que posso dizer de você.

— Não podemos ficar sozinhas no meu quarto para sempre! Uma hora vamos ter que descobrir em quem podemos confiar e em quem não podemos.

Ela soltou uma risada estridente.

— E você acha que é melhor começar pela pessoa que mais me provocou nos últimos dez anos?

— Nora estava errada. Ela me disse. Acho que ainda sente muita vergonha de admitir isso para você, mas sabe que tem muitas contas a acertar.

— Ah, sim. Com certeza o convite para fazer parte do seu séquito não tem *nada* a ver com essa mudança tão repentina dela.

Soltei um suspiro.

— Ainda que tenha, não devemos acolher a mudança? Por isso é que não contei para você o que estava pensando. Nora é a única moça da corte a quem eu podia pedir ajuda além de você. Mas eu sabia que você daria um jeito de evitar se pudesse.

Delia Grace permaneceu sentada, balançando a cabeça.

—Você não tinha dito para eu formar um séquito? — lembrei. — Não queria que eu aprendesse mais, que melhorasse?

Ao ouvir isso, ela finalmente levantou.

— Quer fazer o favor de parar de jogar minhas próprias ideias contra mim? — Ela respirou fundo algumas vezes e esfregou a mão na testa como se pudesse apagar a preocupação estampada ali. — Da próxima vez, pode me contar seus planos, por favor? Antes de chamar mais alguém, posso ser informada? Para me preparar, pelo menos.

Fui até ela e tomei suas mãos, feliz por ela permitir a aproximação.

—Você fala como se eu tivesse feito isso de propósito para magoá-la. Juro que não foi isso. Achei que chamar Nora ia nos ajudar. E acho que ela se arrepende de verdade de ter magoado você.

Delia Grace me encarou e balançou a cabeça de novo.

— Ela é uma grande atriz. Você é simplória demais para enxergar por trás da máscara.

Engoli a dor da ofensa.

— Bom, posso ser simplória, mas também sou o braço direito do rei. Por isso preciso que confie em mim. E preciso da sua ajuda. Você sabe que não vou conseguir sozinha.

Ela levou as mãos à cintura, pensativa. Por um instante, pensei que fosse mesmo me abandonar.

— Só não a deixe esquecer o lugar dela, certo?

Balancei a cabeça.

—Você não precisa gostar de Nora.

— Ótimo. Porque no momento mal gosto de você.

Com essas palavras, ela saiu em disparada, me deixando sozinha no meu lugar favorito, sentindo tudo menos paz.

Nove

— Lady Hollis — a criada sussurrou com a voz trêmula. Eu permanecia na cama enquanto ela buscava água fresca e acendia o fogo. — O rei exige sua presença imediatamente no Grande Salão, para um assunto urgente.

Me virei e vi que atrás dela havia um guarda. Não era à toa que a coitada estava tão nervosa. O que queria dizer o fato de terem mandado uma escolta? Meu instinto dizia que não era nada bom. Ainda assim, consegui manter a voz firme ao falar:

— Se o rei exige minha presença, estou pronta. Meu roupão, por favor.

A criada me ajudou com a roupa e rapidamente prendeu meu cabelo com grampos. Eu teria me sentido muito melhor se fosse Delia Grace no lugar dela. Em segundos minha amiga teria um plano. Lavei o rosto para parecer um pouco mais desperta e respirei fundo.

— Por favor, mostre o caminho — pedi, como se por algum motivo fosse incapaz de chegar sozinha ao Grande Salão.

Os corredores ecoavam muito quando vazios, e eu normalmente considerava aqueles sons uma música especial. Mas minhas condições — escoltada em roupa de dormir por um motivo desconhecido — afastavam totalmente o pensamento da minha cabeça.

Quando cheguei, vi Jameson sentado no trono com uma carta na mão e um ar irritado. Meus pais também estavam lá, acompanhados de outro guarda, me encarando furiosos, como se fosse eu quem os tivesse chamado tão cedo. A presença deles não era inesperada, mas a da família Eastoffe inteira era. Todos ali estavam em várias etapas do processo de se vestir, inclusive Jameson. Era preciso admitir que ele estava bem charmoso de cabelo bagunçado e camisa aberta.

Fiz uma reverência para ele, julgando pela expressão em seu rosto que talvez não fosse o melhor momento para elogiar sua aparência.

— Majestade, como posso servi-lo?

— Um instante, Hollis. Primeiro, tenho algumas perguntas. — Tanto sua expressão como seu tom de voz estavam calmos. Ele correu os olhos pelos rostos no salão, como que decidindo a quem ia se dirigir primeiro. — Vocês — ele disse afinal, apontando para os Eastoffe.

— Majestade — Lorde Eastoffe começou, ajoelhando-se.

— Mantêm contato com seu antigo rei?

O estrangeiro balançou a cabeça com fervor.

— Não, majestade, nenhum.

Jameson apertou os lábios um pouco e inclinou a cabeça para o lado.

— Acho difícil acreditar depois de ter recebido isto — ele disse, com a carta levantada. — Os reis de Coroa e de Isolte se encontram todos os anos, como sabe. Acredito que tenham feito parte da corte do bom e velho rei Quinten pelos últimos anos.

Lorde Eastoffe confirmou com a cabeça.

— Esta é a segunda vez que me encontro com ele como soberano, mas não é interessante que de repente Quinten tenha decidido trazer sua rainha consigo? — Jameson arqueou as sobrancelhas. — Pode me dar um motivo para que fizesse tal coisa?

— Quem seria capaz de compreender os motivos dele, majestade? Como sabe, o rei Quinten é muito impulsivo, e recentemente tem se tornado cada vez mais imprevisível. — Lorde Eastoffe claramente começava a suar. — Isto surpreende a mim tanto quanto ao senhor, já que ele raramente permite que sua rainha o acompanhe para fora do país.

— Penso que ouviu dizer que meu coração se decidiu afinal — Jameson anunciou. — Penso que sabe que pretendo dar uma rainha a Coroa, e trará aquela meretriz para compará-la com a mais bela dama do nosso reino.

Ele não gritava as palavras, mas quase, de modo que era difícil dizer se aquilo era um elogio a mim ou não. Depois de toda aquela agitação no meu quarto, não conseguia entender por que Jameson estava tão irritado com uma coisa tão trivial. Por acaso reis não viajavam quase sempre com as esposas? Qual era o problema de sentarmos lado a lado?

Tentei reprimir o único motivo ruim que me passou pela cabeça: a possibilidade de eu, ao lado de uma rainha de verdade, acabar parecendo uma tonta e perder todos os lordes que estávamos convencendo a me apoiar.

Baixei a cabeça. Jameson continuou:

— Só estou curioso para saber como ele descobriu a importância de Lady Hollis uma semana depois de vocês chegarem. — Ele voltou a se recostar no trono. — Conheço esse homem a minha vida inteira. Ele vai querer rebaixá-la de todas as maneiras que puder. Eu bem sei, já que tentou fazer o mesmo comigo.

— Majestade, independentemente do que o rei Quinten pensa...

— Silêncio!

Lorde Eastoffe afundou a cabeça e se curvou ainda mais enquanto secava o suor da testa. Atrás dele, a esposa pegou a mão da filha e a apertou com força.

Jameson levantou e caminhou de um lado para o outro em cima da plataforma, como se fosse um animal enjaulado à procura de um ponto fraco nas grades para escapar.

—Vocês ficarão à frente e no centro de todos os eventos. Como novos cidadãos *coroanos*, deverão demonstrar a melhor das condutas. Caso Quinten encontre qualquer motivo de reclamação em sua postura, acabarão com uma cabeça a menos de altura.

— Sim, majestade — os Eastoffe responderam em uníssono, quase sem fôlego. Até eu estava com dificuldade de encher os pulmões de ar.

— Creio que existem mais três ou quatro famílias da elite de Isolte no castelo. Passem essa instrução a elas. Se querem ficar aqui, espero plena fidelidade em troca.

— Sim, majestade.

— Lady Eastoffe vai instruir Lady Hollis nos modos isoltanos. Quero que ela faça aquela menina que Quinten pôs no trono parecer piada.

— Sim, majestade.

A mulher, que eu tinha visto só uma vez e de passagem, esboçou um sorriso reconfortante. Algo em seu rosto me dizia que não me deixaria fracassar.

— Lorde e Lady Brite — Jameson disse a meus pais —, confio-lhes a tarefa de garantir que Hollis saiba o suficiente sobre o que está acontecendo em Mooreland e Grã-Perine para que seja capaz de conversar sobre o assunto caso surja.

Meu pai deixou escapar um suspiro entrecortado enquanto girava aquele anel de prata no dedo. Era um anel muito especial, uma relíquia passada adiante por uma centena de homens que serviram diretamente ao rei Estus em batalha. Era de se esperar que meu pai tratasse a joia com cuidado, mas só a usava para se preocupar.

— É muita coisa para estudar, majestade.

— E qualquer deficiência será culpa sua. Tenho plena consciência da capacidade de Lady Hollis e *não vou* ser feito de bobo — Jameson trovejou.

— Sim, majestade — meu pai respondeu, curvando-se.

— Alguém mais tem algo a dizer? — Jameson perguntou, inspecionando-nos com seus olhos escuros.

Hesitante, levantei a mão. Ele acenou com a cabeça para mim.

—Já que os Eastoffe são artesãos, não seria bom que mandássemos fazer algo para marcar a ocasião? Um par de itens para vossa majestade e o rei Quinten, algo que destaque sua posição de igualdade, sobretudo se ele estiver intimidado por sua juventude e força, o que pode ser o motivo para ostentar a esposa. Talvez a situação seja mais pacífica se lhe oferecermos um gesto de... paz.

Dei uma espiada em Silas, cujo cabelo longo ainda estava todo bagunçado por causa do travesseiro. Seu olhar era reconfortante, como o de sua mãe, e suspirei, esperando por nós dois que a ideia fosse boa.

Jameson abriu um sorriso, embora mais frio do que o habitual.

—Viu, Lorde Brite? A mente da sua filha é mais ligeira do que a sua, mesmo em seus melhores dias. — Ele então se voltou para os Eastoffe. — Façam o que ela diz. E depressa. Eles chegam na sexta-feira.

Meu coração se apertou. Sexta-feira? Era o dia seguinte. Jameson tinha mencionado que eles chegariam no fim da semana... Como eu pudera perder a noção do tempo? E pior, como ia conseguir preparar tudo em um dia?

O rei levantou, pondo fim à reunião, e todos se dispersaram.

Levei a mão à barriga e fiquei observando as costas zangadas de Jameson, que saiu batendo o pé. Eu não sabia o que fazer. Com exceção do fato de que os isoltanos tinham sido inimigos de Coroa por muito tempo, eu não sabia nada sobre eles. Aulas sobre seus costumes? Compreender a política continental? Eu duvidava que mesmo Delia Grace seria capaz de dominar tudo isso em tão pouco tempo.

— Quando devo me apresentar ao seu serviço, Lady Hollis? — Lady Eastoffe perguntou baixo, enquanto inclinava a cabeça numa reverência, gesto ao qual eu ainda estava me adaptando.

— Creio que ainda não teve tempo de comer. Faça isso primeiro e venha assim que possível.

Ela assentiu e saiu com a família. O filho mais novo fungava. Lorde Eastoffe se ajoelhou para falar com ele.

— Não precisa ter medo de nada, Saul — prometeu. — Temos um rei diferente agora, mais bondoso. Viu como ele pediu nossa ajuda? Vai ficar tudo bem.

Atrás do pequeno estavam Silas e Sullivan, acariciando seu cabelo para consolá-lo. Silas levantou os olhos do irmão e me lançou outro sorriso parecido com o da mãe, embora eu precisasse reconhecer que os olhos dela não brilhavam como os dele. Na verdade, eu nunca tinha visto os olhos de ninguém brilharem como os dele.

— É melhor você se sair bem — meu pai alertou ao passar por mim, o que me fez perceber que eu estava encarando os Eastoffe. — Não vá nos humilhar na frente dos lordes de novo.

Soltei um suspiro. Tinha passado de parceira de dança de Jameson em jantares a sua companheira oficial para a visita de um rei estrangeiro. Pelo que me lembrava, dezenas de tarefas recaíam sobre a mãe de Jameson nas visitas de Estado. Será que esperavam que eu fizesse tudo o que cabia a uma rainha? Balancei a cabeça. Não conseguiria lidar com isso sozinha. Precisava das minhas damas.

Dez

— Não — eu disse quando Nora puxou outro vestido. — Escuro demais.

— Ela tem razão — Delia Grace concordou, relutante. — Talvez devêssemos ajustar algum modelo. Os isoltanos gostam de mangas diferentes.

— Eu ia derrubar todos os cálices da mesa — comentei com uma risada, a que ela se uniu bem rápido.

— E ia parecer o bobo da corte.

Balancei a cabeça.

— Só quero um ar de realeza. Quero dar a impressão de que meu lugar é ao lado de Jameson.

— Acho que você deve manter o dourado que já é sua marca — Delia Grace insistiu. — E o vestido rosa vai ficar bem no sol, durante o torneio.

Nora concordou.

— O rosa combina lindamente com a sua pele. Delia

Grace e eu podemos procurar entre nossos vestidos a melhor combinação para ficar atrás de você. Prometo que não vamos chamar a atenção.

Delia Grace respirou devagar e ostensivamente; pelo visto não gostava que Nora falasse por ela.

— Acho que qualquer coisa em tom creme vai cair bem. Ou o óbvio vermelho coroano. Como quiser, milady.

Parte da raiva tinha passado, mas não tudo.

Delia Grace foi atender uma batida na porta e eu a segui, certa de que se tratava de Lady Eastoffe. A mulher entrou rapidamente, seguida pela filha. Ambas me fizeram uma reverência.

— Lady Hollis, por favor me permita apresentar minha filha, Scarlet.

— É um prazer conhecer as duas oficialmente. Por favor, venham.

Lady Eastoffe juntou as mãos enquanto caminhava.

— Por onde gostaria de começar? — perguntou.

Suspirei.

— Não sei ao certo... Não sou a melhor das alunas, mas só preciso saber o bastante sobre Isolte para não parecer uma completa idiota.

O rosto de Lady Eastoffe demonstrava ao mesmo tempo doçura e seriedade enquanto ela ponderava.

— Toda mulher na sua posição passou por um momento como esse quando sua "era" começou, por assim dizer. Vamos fazer todo o possível para que brilhe.

Meus ombros desabaram com essas palavras, que quebraram a tensão que eu carregava desde a hora em que tinha me levantado.

— Obrigada. — Estendi a mão para indicar que elas deviam sentar-se à mesa.

Lady Eastoffe tomou o assento mais próximo de mim.

— Temos muito pouco tempo, por isso precisamos começar pelo mais importante. Preciso lhe contar a respeito do rei Quinten — ela disse com um ar sério enquanto eu me acomodava. — Ele é um homem perigoso. Talvez a senhorita saiba que a linhagem da família Pardus é quase tão antiga quanto a da família Barclay.

Fiz que sim, embora só tivesse uma vaga ideia daquilo. Jameson era o sétimo descendente do rei Estus, e ninguém no continente podia se gabar de uma dinastia mais longa que a dos coroanos. Disso eu tinha certeza.

— Como todos os países, tivemos bons e maus reis, mas esse tem algo de... assustador. Sempre teve fome de poder, e o maneja com o desleixo de uma criança. O medo o fez piorar com os anos, e agora ele é um velho paranoico. Sua primeira esposa, a rainha Vera, passou por diversos abortos espontâneos e morreu há seis anos. O príncipe Hadrian é seu único filho ainda vivo, e tem a saúde frágil. O rei Quinten se casou recentemente com uma mulher muito jovem, na esperança de gerar mais herdeiros...

—Valentina?

— Valentina — ela confirmou. — Mas, até agora, foi em vão. Todas as esperanças dele estão depositadas no príncipe Hadrian, que pelo que ouvi dizer vai se casar no ano que vem com alguma princesa relutante. O coitado do rapaz parece prestes a morrer a qualquer momento.

— Ele está tão doente assim? — perguntei.

Lady Eastoffe franziu a testa e olhou para a filha, que respondeu em seu lugar.

— Quem pode dizer? Ele conseguiu sobreviver até agora. Talvez seja naturalmente esverdeado.

Me permiti abrir um sorriso com o comentário antes de relaxar de novo na cadeira.

— Então o rei de vocês está preocupado porque sua linhagem pode acabar com ele ou com o filho...

— Sim — Lady Eastoffe confirmou.

— E não existe ninguém que possa assumir depois e manter a paz?

Ela hesitou antes de responder.

— Ele costuma eliminar aqueles que poderiam ficar com seu trono.

— Ah... Bom... Acho que não entendi ainda. O que isso traz de bom para ele?

— Nada que alguém racional seja capaz de enxergar — Scarlet respondeu rápido. — Mas, como dissemos, o medo o enlouqueceu, e o melhor que se pode fazer agora é evitá-lo.

Lady Eastoffe prosseguiu:

— Claro que a senhorita deve obedecer a seu rei. Deve brilhar, ser o melhor que puder. Mas também deve ficar longe do rei Quinten se possível.

Assenti.

— E Valentina?

— Sinto dizer que não a conhecemos bem — Scarlet começou, trocando um olhar preocupado com a mãe. — Poucas pessoas conhecem. Mas ela é jovem como nós, e se a senhorita conseguir mantê-la entretida, pode cair nas suas graças.

Voltei-me para Nora e Delia Grace.

— Minha capacidade de entreter as pessoas é meu ponto forte. Mas não sei muito bem como fazer isso sem saber os interesses dela.

Nora suspirou.

— Talvez possamos levá-la até a cidade, mostrar algumas lojas...

— Ótimo. Isso. E vamos pensar mais coisas — prometi a Lady Eastoffe.

— Vou refletir a respeito também — Scarlet falou. — Se lembrar de algo, farei questão de lhe dizer. Como muitos membros da corte vão vir com o rei, podemos perguntar se têm alguma ideia quando chegarem.

Suspirei aliviada.

— Obrigada. A vida inteira me disseram que os isoltanos eram mais pedras que pessoas. Parece que fui mal informada.

Lady Eastoffe abriu um sorriso conspiratório.

— Talvez seja melhor esperar até conhecer o rei antes de mudar totalmente de ideia.

Soltei uma risada fácil, e ela e Scarlet se juntaram a mim. Eu estava grata por ter a quem recorrer caso surgisse alguma dúvida durante a visita.

— Admiro a senhorita — Lady Eastoffe declarou. — Tão jovem e tão corajosa.

Estranhei o comentário.

— Corajosa?

— Não é pouca coisa se tornar rainha. Admiro até Valentina por isso, independente do que penso dela em outros sentidos.

Engoli em seco.

— Eu estaria mentindo se dissesse que não estou nervosa.

— O que é natural. Mas já está fazendo a melhor coisa que poderia fazer, encorajando seu rei a buscar a paz. — Ela balançou a cabeça. — É uma atitude grandiosa.

Fiz que sim com a cabeça e olhei para minhas mãos. Suas palavras eram generosas, mas isso não afastava a preocupação de que eu seria o elo frágil da corrente, capaz de desatar o caos a qualquer momento.

— O rei Jameson parece bem apegado à senhorita — Scarlet comentou. — Como conseguiu chamar a atenção dele?

Vi Delia Grace levar a mão à cintura, com um sorriso que dizia tudo.

— Foi basicamente sorte — respondi. — O rei andava flertando com algumas moças da corte, embora ficasse claro para quase todo mundo que não era nada sério. Na época, fazia mais ou menos um ano e meio que o pai dele tinha sido enterrado. A mãe faleceu uns três meses depois do rei Marcellus.

— Sim — Lady Eastoffe disse. — Meu marido e eu viemos aos dois funerais.

Recebi aquela informação com curiosidade. Eles deviam ser uma família de posição bem elevada para acompanhar o rei Quinten em tantas viagens internacionais.

— Certa noite, Delia Grace e eu estávamos dançando juntas no Grande Salão. Segurávamos uma a outra pelos pulsos e girávamos sem parar, até que nossas mãos escorregaram e caímos para trás. Delia Grace caiu nos braços de algumas jovens, e eu caí nos de Jameson.

Precisei rir por um instante. Era meio ridículo ter conquistado o coração do rei daquele jeito. Lady Eastoffe soltou um suspiro e Scarlet apoiou o queixo na mão, ambas absorvidas pela história.

— A situação era tão hilária para mim que eu só ria, feliz e ignorante de quem me segurava. Quando enfim me endireitei para lhe agradecer, ele também estava rindo. Todos disseram que tinha sido a primeira vez que o rei tinha dado risada desde a morte dos pais, e agora vivo para fazê-lo sorrir. Acho que todos imaginavam que Jameson ia acabar passando para outra...

— Nem todos — Delia Grace me lembrou.

— Quase todos — Nora se intrometeu, com uma piscadela.

Abri um sorriso malicioso e me virei para Delia Grace.

— Bom, você sempre confiou mais em mim do que eu mesma. Mas foi pura sorte. Se tivéssemos dado mais um quarto de volta, teríamos caído de bunda no chão. Mais meia volta e Delia Grace seria a anfitriã de vocês, e eu sua fiel companheira.

Nora concordou com a cabeça e tornou a falar:

— Se é que ela escolheria a gente.

Era uma observação válida, que me fez rir mais uma vez. Até Delia Grace ficou com um sorrisinho divertido no rosto.

— Hum... — fingiu ponderar. — Acho que eu teria sorte de ter vocês duas ao meu lado.

— É muito bom que a senhorita tenha um grupo seleto de amigas — Lady Eastoffe disse. — É prudente saber exatamente em quem confiar. A rainha Valentina tem apenas uma dama de companhia.

— Sério? Acho que vou lhe perguntar a respeito. Pretendo manter meu séquito pequeno. Quando chegar a hora, claro.

Lady Eastoffe fez uma careta.

— Talvez a senhorita tenha que esperar um pouco para falar qualquer coisa a ela.

— Por quê?

— Protocolo. Apenas o chefe da casa fala primeiro. Como a senhorita não é casada, seus pais precisam apresentá-la, mas o rei pode passar por cima deles e fazê-lo ele próprio. Geralmente a pessoa com a hierarquia mais alta fala primeiro, e quando isso não ocorre... — Houve uma longa pausa. Será que eu nunca falaria com aquela mulher? — Em caso de dúvidas, trate Quinten e Valentina como se fossem seu rei e sua rainha. Ainda que não sejam, vão gostar da bajulação, e é mais provável que reajam com gentileza.

— Certo. E as refeições? Tenho sentado à direita do rei, mas imagino que o lugar passará ao rei Quinten agora. Será que devo...

Sem bater, meus pais invadiram o quarto. Meu pai carregava diversos livros e pergaminhos.

— Podem sair — minha mãe disparou para Lady Eastoffe.

— Mãe, pai. Lady Eastoffe é minha convidada. Por favor, demonstrem...

— O rei me deu uma tarefa — meu pai interrompeu. — Está sugerindo que eu a ignore?

Lady Eastoffe sorriu e se levantou do assento.

— Pode me chamar a qualquer momento, Lady Hollis. Se nos ocorrer qualquer outra coisa a respeito da rainha, avisamos. Foi um prazer vê-los, Lorde e Lady Brite.

Meu pai empurrou minhas flores para o lado e desenrolou um mapa.

— Temos muito o que estudar. Grã-Perine está à beira de uma guerra civil, e nem sei por onde começar a falar sobre Mooreland.

Soltei um suspiro ao olhar para os mapas cor de lama. Não importava quem estivesse me ensinando, depois de vinte minutos minha cabeça já estava cheia até a tampa. Entre protocolos e relações internacionais, não restava espaço para mais nada. E o pior era que eu não estava nem perto de saber tudo o que precisava para o dia seguinte.

Onze

DEPOIS QUE MEUS PAIS SAÍRAM, NORA E DELIA GRACE PASSARAM o resto do dia me testando sobre o que tinha aprendido até então. A cada resposta certa, eu podia comer um bocado de torta, portanto eu, naturalmente, estava faminta na hora do jantar.

No caminho até o Grande Salão, Nora cochichou atrás de mim:

— Tente não parecer tão mal-humorada. É uma grande honra.

— Não consigo evitar. Nunca vou conseguir decorar tudo, não tão rápido.

Delia Grace se inclinou para mim.

— Ela tem razão. Nada disso importa desde que você mantenha Jameson feliz.

Suspirei, endireitei o corpo e entramos em meio a reverências e sorrisos educados. Jameson ficou, como sempre, encantado de me ver. Pensei em suas palavras quando estávamos na sala das joias. Ele tinha me dito que tudo o que queria de mim era que eu fosse exatamente quem eu era. Como equilibraria isso com as expectativas que todos os demais depositavam em mim? Com certeza, se o decepcionasse na frente de um quase inimigo, o afeto dele acabaria por diminuir.

Parte de mim se perguntava se isso seria tão ruim assim.

Balancei a cabeça e tentei me recompor. Só uma idiota abriria mão de um rei.

— Meu coração — Jameson me cumprimentou, beijando minha bochecha diante da corte inteira. — Como foi seu dia?

— Só me resta a esperança de que a audição do rei Quinten esteja piorando, para que não descubra o pouco que retive das aulas.

Jameson deu risada, e desejei poder rir também.

— Ah, acho que faz bem em ter um medo saudável de Quinten. Eu mesmo tinha quando era menor. Precisei superar quando herdei a coroa — ele disse casualmente, enquanto pegava seu cálice.

— Mas o que vossa majestade, entre todas as pessoas, temia? É o rei.

Ele fez uma careta.

— Mas não era quando o conheci. Desde nosso primeiro encontro eu o achei parecido com um vilão dos contos antigos. Conforme convivemos mais, percebi que "vilão" talvez fosse bondade demais.

— Engraçado — eu disse. De repente tinha perdido todo o apetite. — O que ele fez para que pensasse assim?

Jameson não respondeu logo, aparentando certa dificuldade para escolher as palavras.

— Não é uma coisa específica, mas seu comportamento em geral. Ele age como se o mundo o tivesse ofendido profundamente, e passa cada minuto da vida tentando se vingar.

— Do quê? De quem?

Jameson ergueu o cálice para mim como se eu tivesse feito uma pergunta muito boa.

— Ninguém nunca sabe ao certo, minha querida Hollis. Meu pai viveu seus dias preparado para ir à guerra contra Quinten. Se não fosse pela minha mãe, os dois teriam batalhado ainda mais. Mas, se eu precisar entrar em guerra, quero que haja um ganho real por trás dela, não será por disputas tolas. Tenho certeza de que chegará o momento em que irei atrás de Quinten por um bom motivo, mas até lá vou me esforçar para manter a paz.

Sorri para ele em completa adoração.

— Vossa majestade é um rei maravilhoso. Falo sério, do fundo do coração.

Ele estendeu o braço e tomou a minha mão entre as suas, beijando-a com fervor.

— Sei que fala — ele sussurrou. — E não tenho dúvidas de que será uma rainha memorável.

Aquela palavra ainda fazia meu coração disparar. O dia em que eu receberia a coroa ainda era inimaginável para mim.

— Isso me faz lembrar — ele disse — que tenho uma surpresa para você.

Lancei um olhar agudo para Jameson.

— Juro que se convidou mais algum rei para se juntar aos festejos de amanhã e eu tiver que aprender novos protocolos, vou voltar para o rio e pular na água. E dessa vez não vou sair!

Jameson riu sem parar, e eu não sabia distinguir se ele gostava de me ver sob pressão ou se eu sabia muito bem enganá-lo.

— Não, não é nada disso. É só uma coisa para ajudá-la. Mas — ele disse, voltando-se para Nora e Delia Grace — acho que vou precisar de um pouco de ajuda.

Ele então ergueu o guardanapo.

Doze

— Não ouse espiar — Jameson insistiu enquanto apertava o pano com força em volta dos meus olhos.

Soltei uma risadinha.

— Desde que você prometa não me deixar cair!

— Não se preocupe — Delia Grace sussurrou enquanto segurava minha mão. — Eu fico de olho. Como sempre.

Apertei sua mão com um pouco mais de força quando entramos numa escadaria curva, agradecida por poder contar com ela, mesmo depois de todos os altos e baixos.

— Majestade, aonde está me levando?

— Só mais uns degraus — ele cantarolou em meu ouvido. Seu hálito fez cócegas no meu pescoço. — Nora, por favor, poderia abrir a porta?

Eu a ouvi suspirar — um som abafado de admiração — e senti Delia Grace fazer uma pausa antes de agarrar minha mão. Estendi o braço e me segurei no paletó de Jameson, agarrando com força um bom punhado de veludo na esperança de não cair.

— Muito bem, Hollis. É por aqui — Delia Grace passou à minha frente para me posicionar. Levou um tempo até ela estar satisfeita.

Com um rápido gesto, Jameson tirou minha venda. A primeira coisa que vi foi ele. Eu tinha me virado para ver sua expressão, na expectativa de que estivesse radiante de alegria. E estava mesmo.

Ah, aqueles olhos cintilantes, cor de mel, que faziam inveja às estrelas. Mesmo ao fim de um dia horrível, poder olhar para aquele sorriso e saber que eu era a responsável já tornava tudo melhor.

A segunda coisa que vi foi o lugar onde eu estava. Contemplei os aposentos da rainha. Meu coração corria o risco muito sério de parar de bater.

— As quatro últimas rainhas de Coroa dormiram aqui. Como vai receber a rainha Valentina e seu séquito amanhã, é justo que estes cômodos lhe pertençam.

— Majestade — suspirei. — Não.

— Como poderá avistar o rio, talvez não sinta necessidade de pular lá de novo — Jameson comentou em tom casual enquanto me conduzia até a janela.

A lua, baixa no céu, estava redonda e cheia; refletia no rio ao longe e iluminava a cidade. Lembrei da vista do rio Colvard de que Delia Grace e eu tínhamos desfrutado uma vez, quando estávamos em um quarto vazio um ou dois andares acima. Subíramos às escondidas, com uma garrafa de hidromel e xales bem grossos, para conversar e esperar o sol nascer. Quando nasceu, o rio refletiu seus raios, e foi como se a cidade inteira estivesse coberta de ouro. Havia julgado impossível que outro lugar do castelo tivesse uma vista comparável. Mas eu estava errada.

— Mandei colocarem roupas de cama novas, claro — Jameson disse, me mostrando o lugar. — E as tapeçarias na parede também são novas. Achei que pudessem ajudar a manter a temperatura agradável.

Meu coração estava todo descompassado tentando acompanhar aquilo. Inclinei-me para ele.

— Majestade... não sou a rainha.

Ele sorriu de novo, muito satisfeito consigo mesmo.

— Mas será — disse, antes de beijar minha mão. — Só estou lhe concedendo o que será seu por direito... com uns meses de antecedência.

Mal consegui respirar.

—Vossa majestade é bondoso demais comigo.

— Isso não é nada — ele sussurrou. — Quando você for a rainha, será coberta de joias, presentes e elogios por toda a vida. E suspeito que por muitos anos depois, também — Jameson acrescentou com uma piscadela. — Conheça bem o quarto. Instale-se. Meus homens vão trazer todos os seus pertences para cá antes da chegada de Quinten.

Eu ainda estava pasma. Ia morar nos aposentos da rainha. Eles eram meus agora.

— Parece bobeira desejar boa noite ao sol, mas farei isso mesmo assim. Boa noite, Lady Hollis. Vejo você amanhã.

No segundo em que as portas se fecharam, Nora e Delia Grace tiveram seu primeiro momento de verdadeira camaradagem. Deram-se as mãos e começaram a pular e a berrar, como se os aposentos tivessem sido dados a elas.

— Dá para acreditar? — Delia Grace exclamou. Ela agarrou minhas mãos e me puxou da sala de entrada, onde a rainha recebia seus convidados, para o dormitório propriamente dito. À direita da cama grande com dossel ficava a janela com vista arrebatadora para a cidade e o rio; na parede da esquerda havia uma passagem para uma antecâmara. Eu sabia, das minhas poucas visitas aos aposentos da rainha, que suas damas de companhia dormiam ali. Mas na parede atrás da cama havia outra porta, pela qual eu nunca tinha passado.

Com reverência, Nora e Delia Grace me acompanharam quando abri a porta pesada. Os aposentos continuavam e continuavam. Havia escrivaninhas e salas para reuniões privadas. Em outra antecâmara, uma coleção de armários.

Fiquei zonza, como se o próprio assoalho estivesse sobre o rio e balançasse com a correnteza.

— Delia Grace, poderia me levar de volta para a cama? — perguntei, estendendo o braço. Ela logo veio e o agarrou, com o rosto tingido de preocupação.

— Hollis?

— Aqui. — Nora abriu o dossel. Deitei e procurei respirar mais devagar.

— Você não está feliz? — Delia Grace perguntou. —

Está ganhando tudo o que qualquer moça do reino gostaria de ter!

— Claro que estou feliz. É só que... — Precisei de uma pausa para desacelerar a respiração. — É muita coisa ao mesmo tempo. Soube que vou precisar fazer sala para uma rainha, tive um monte de aulas e recebi novos aposentos, tudo em um dia. Eles chegam *amanhã*.

— Estamos aqui para ajudar — Nora me consolou.

Balancei a cabeça e comecei a chorar.

— Não sei se quero tudo isso.

—Você precisa dormir — Delia Grace disse antes de se virar para Nora. — Tire os sapatos dela.

— Eu nem tenho camisola aqui — me queixei.

— Eu pego uma. Só fique calma — Nora sumiu num lampejo e fiquei a sós com Delia Grace, que tirava meus sapatos ela mesma.

Não havia água no jarro nem fogo na lareira. Tinham trazido roupa de cama e acendido velas para que o lugar ficasse apresentável, mas não estava pronto para ser habitado.

—Vamos ficar no meu quarto mesmo esta noite — murmurei. — Podemos fazer a mudança de manhã.

— Não! — Delia Grace insistiu, me empurrando de volta para a cama. — O rei vai considerar uma desfeita. Você ganhou as segundas melhores acomodações do palácio inteiro, e quer trocá-las por um punhado de itens pessoais? Perdeu o juízo?

Eu sabia que ela estava certa, mas a sensação era de que eu tinha saído girando das mãos de Delia Grace e me tornado o braço direito do rei de um dia para o outro. Não sabia lidar com isso.

Deitei de lado enquanto Delia Grace desatava meu vestido como se os laços não fossem nada. Em poucos minutos, Nora voltou com camisola, roupão e pantufas. Também trouxe minha escova e um vasinho.

— Achei que ia gostar de ver algo seu aqui — ela disse.

— Deixo na penteadeira?

Acenei de leve com a cabeça e consegui abrir um sorriso enquanto ela punha o vaso no lugar. Delia Grace me pôs sentada e Nora abriu a cortina para inspecionar a antecâmara.

— Tem espaço para quatro ou cinco, acho, caso você já queira escolher suas damas de companhia.

— *Se* houver mais alguém além de vocês duas, podem escolher. Mas não hoje.

— Nora, veja se encontra algumas criadas — Delia Grace ordenou. — Vou colocar Hollis na cama e buscar algumas coisas. Lenha, flores...

— Será que devemos trazer mais alguns pertences do quarto dela?

— O rei disse que trariam tudo de manhã. Podemos esperar até lá.

Elas faziam planos ao meu redor, como se eu nem estivesse ali, como se tudo não estivesse acontecendo comigo e por minha causa. Como eu não suportava pensar em mais nada naquele dia, deixei que continuassem. O dossel da cama se fechou, criando um espaço acolhedor e silencioso, mas sem barrar totalmente o som das duas perambulando pelos aposentos, nem o das criadas preparando a lareira.

Não dormi. Mas ouvi quando Delia Grace e Nora finalmente pegaram no sono. Então encontrei meus sapatos e saí silenciosamente do quarto.

Treze

ÀQUELA ALTURA DA NOITE, EU SABIA QUE A LUA ESTARIA BRILHANDO pelos vitrais do Grande Salão. Passei por cantos com casais sussurrando e rindo baixinho, e recebi reverências de guardas e criados que trabalhavam mesmo já tão tarde.

No Grande Salão, o fogo da enorme lareira estava reduzido ao brilho das poucas brasas que um criado cutucava a fim de extrair delas os últimos vestígios de calor. Parei no meio da arcada e me pus a observar a explosão de cores no piso. Nada, claro, era comparável à maneira como as cores dançavam à luz pujante do dia, mas havia algo quase sagrado na maneira como se projetavam sob o luar. Eram ainda os mesmos desenhos, os mesmos padrões, e no entanto pareciam mais calmos e cautelosos.

— É a senhorita, Lady Hollis?

Virei na direção da voz. A pessoa na fogueira que eu julgava ser um criado era na verdade Silas Eastoffe.

Claro que ele estava ali. No momento em que eu me perguntava se valeria a pena abandonar meu rei, deparava com alguém que fizera algo parecido com seu próprio soberano. E quem poderia dizer qual era o maior criminoso entre nós dois? Talvez Silas fosse a pior pessoa com quem eu pudesse topar. Não só porque também tivera o impulso de se tornar um traidor — e sucumbira —, mas porque havia algo naqueles olhos azuis que me fazia pensar... eu nem sabia ao certo no quê.

Tentei assumir um ar de dignidade, como se meu roupão fosse a mesma coisa que um vestido a meus olhos. Era difícil fazer isso sob o peso do seu olhar.

— Sou eu. O que está fazendo de pé a essa hora?

Ele sorriu.

— Posso lhe perguntar o mesmo.

Endireitei o corpo.

— Perguntei primeiro.

— A senhorita vai mesmo ser rainha, hein? — ele disse, em tom provocador. — Se quer saber, *alguém* achou que seria uma boa ideia fazer um par de objetos de metal para dois grandes reis em um único dia... Sullivan e eu só paramos de trabalhar há vinte minutos.

Mordi o lábio, e minhas tentativas de parecer distante se esvaíram perante a culpa.

— Sinto muito. Quando falei aquilo tinha esquecido completamente da data da visita. A chegada também me pegou de surpresa.

— Pegou mesmo? Minha mãe disse que a senhorita foi uma aluna muito aplicada hoje. — Silas cruzou os braços e recostou na parede, como se fôssemos amigos jogando conversa fora.

— Aplicada, sim; mas boa? Ainda não sei. — Fechei um pouco mais o roupão. — Nunca fui a mais inteligente da corte. E quando esqueço disso por um momento, Delia Grace faz questão de me lembrar. Ou meus pais. Mas sua mãe e Scarlet tiveram bastante paciência comigo hoje. Talvez eu precise da ajuda delas de novo amanhã. Quer dizer, hoje, acho.

— Posso avisá-las, se quiser.

— Também vai precisar avisar que me mudei.

— Mudou? Em um dia?

— Em uma hora. — Pus o cabelo para trás e engoli em seco, na tentativa de não deixar transparecer minha irritação. — O rei me mudou para os aposentos da rainha esta noite. Nem sei se meus pais já sabem. Não faço ideia de como o conselho privado vai receber a notícia. — Esfreguei a testa como que para desfazer as rugas de preocupação. — Ele queria que eu estivesse à altura do papel antes da chegada do rei Quinten. Logo vou receber joias, e o rei falou de vestidos novos. Do nada tenho um novo quarto... É um pouco demais — desabafei.

— Mas não é isso que a senhorita quer? Vai ser a mulher mais bem cuidada do reino.

Soltei um suspiro.

— Eu sei. Só não sei bem o que... — Detive-me. Estava contando coisas demais àquele rapaz. Tratava-se de um estranho de outro país. Quem achava que era para perguntar da minha vida? Mas no mesmo instante senti que preferia contar meus problemas a ele do que a qualquer outra pessoa, mesmo as que supostamente sabiam tudo sobre mim. — Acho que não são os presentes que estou recebendo, mas o ritmo em que chegam. Você tem toda a razão. Tenho tudo o que poderia pedir e mais.

O sorriso dele não pareceu tão genuíno como antes.

— Ótimo.

Senti chegar um desfecho para o qual não estava preparada, então engatei um novo assunto.

— E como está se adaptando? Gosta de Coroa até agora?

Ele sorriu.

— Eu sabia que a comida era diferente, e o cheiro no ar também, fora as leis. Só que, no passado, quando eu vinha em visitas, sempre sabia que voltaria para casa. Não quero parecer ingrato. Tenho mais motivos para agradecer ao rei por nos deixar ficar do que sou capaz de listar. Mas às vezes fico triste em saber que nunca mais verei Isolte.

Baixei a cabeça e amansei a voz na tentativa de incentivá-lo a ser mais positivo.

— Com certeza poderá voltar em visitas. Vocês ainda têm família lá, não?

Ele abriu um sorriso exíguo.

— Temos. E sinto saudade de todos. Mas espero de todo o coração que amanhã seja a última vez que ponho os olhos no rei Quinten.

As palavras dele me causaram calafrios na espinha, e notei uma estranha semelhança com o que Jameson dissera.

— Se ele é tão terrível assim, também vou desejar o mesmo. E desejarei a felicidade de sua família enquanto viverem em Coroa.

— Obrigado, Lady Hollis. É mesmo a joia que todos dizem.

Quis lhe dizer que, até onde sabia, ninguém além de Jameson me considerava uma joia. Mas suas palavras eram tão doces. Eu não queria estragar o momento.

Ele ajeitou uma mecha solta de cabelo atrás da orelha. O resto estava preso atrás por um cordão, e me dei conta de que, por causa do pedaço que Jameson cortara, Silas havia ficado com essa mecha rebelde. Também me dei conta de que ele não havia tremido com a espada tão perto de seu rosto.

— Acho que vou tomar meu rumo — ele disse. — Não quero segurar a senhorita.

— O que estava fazendo aqui, aliás? — soltei rápido. Não estava preparada para vê-lo ir embora, não ainda. — Estamos a uma boa distância do seu canto no castelo.

Ele apontou para o alto.

— Como eu disse, nós, isoltanos, somos grandes pensadores, mas não grandes criadores. A arte aqui, a arquitetura... têm algo a mais. Eu descreveria se pudesse, mas não tenho palavras. — Ele olhou para trás, para os vitrais. — Gosto de ver a luz no vidro. É... calmante.

— É mesmo. Toda a luz refletida aqui parece estranha, mas se a gente olha para cima, percebe que havia um plano desde o começo.

Ele concordou com a cabeça.

— E a senhorita disse que não era boa aluna. Admiro sua forma de pensar, Lady Hollis. — Ele se curvou. — Direi à minha mãe para procurá-la depois do café da manhã. Acho que vamos precisar que Scarlet nos ajude a finalizar os presentes.

— Sinto muito mesmo.

Ele deu de ombros, e seu rosto mais uma vez relaxou.

— Foi uma boa ideia. Especialmente se pensarmos no passado tumultuado dos reis. Mas será que a senhorita poderia me avisar com mais antecedência da próxima vez que tiver um lampejo de genialidade? É muita coisa para um rapaz só.

Ri baixo. Sem pensar, estendi o braço para reconfortá-lo e tomei sua mão.

— Prometo.

Pego desprevenido, Silas baixou a cabeça, fixando o olhar em nossas mãos. Mas não teve pressa de soltar. Nem eu.

— Obrigado, Lady Hollis — Silas sussurrou antes de acenar com a cabeça e sumir pelos corredores do castelo.

Acompanhei seu percurso com o olhar até ele se tornar uma das sombras de Keresken e se misturar com a noite. Depois, olhei para minha mão e estiquei os dedos, como se fosse capaz de me livrar do calor que sentia ali.

Balançando a cabeça, afastei a sensação. Não importava o que tivesse acontecido, era a menor das minhas preocupações no momento. Virei para trás e observei a explosão de cores no chão.

Se eu quisesse, poderia atravessar o salão e bater à porta dos aposentos de Jameson. Poderia dizer ao guarda que precisava falar urgentemente com o rei. Poderia dizer a ele que precisava de mais tempo; que, como não nascera rainha, estava tendo dificuldade para acompanhar as mudanças.

Mas.

Olhei para a outra ponta do Grande Salão, pensativa. Eu gostava de Jameson. De verdade. Só isso já me fazia querer me esforçar mais, dar a impressão de que conseguiria lidar com tudo, mesmo que ainda não tivesse chegado a esse ponto. O amor de um rei era capaz de deixar uma pessoa disposta a tudo. E não havia nada mais inebriante do que ser adorada por ele, e pelo povo que me adorava por causa dele. No dia seguinte, eu teria o privilégio de contar a meus pais que tinha ganhado aposentos novos. Eu veria os lordes cederem aos desejos de Jameson, ciente de que agora eu estava não apenas acima de todas as moças do reino, mas também de todas as princesas solteiras do continente. Muito em breve, eu seria a rainha.

Levantei os olhos para a janela pela última vez antes de voltar para meus novos aposentos. Havia uma emoção em subir as escadas rumo a um espaço que não só tinha sido feito para a realeza, mas que também ficava longe dos meus pais. Só isso já era motivo de agradecimento. E todas essas coisas juntas me deixavam pronta para o que fosse.

Catorze

A MANHÃ SEGUINTE FOI UM GRANDE ALVOROÇO, COM TODOS OS meus bens sendo trazidos aos novos aposentos. Em meio ao caos, um pajem chegou com uma caixa. Vinha escoltado por dois guardas que o observaram depositá-la com cuidado numa mesa. Nora e Delia Grace trocaram olhares confusos, e eu acenei com a cabeça ao pajem indicando que ele podia abrir a carga. Desfrutei do suspiro coletivo das garotas ao contemplar o brilho ofuscante do colar rosado.

— Céus, Hollis! — Delia Grace disse ao se aproximar e espiar, sem ousar tocar a joia.

— Foi isso o que aconteceu aquele dia nos aposentos do rei. Ele me deixou escolher uma joia para hoje.

— E você fez uma escolha espetacular — Nora comentou.

— Conheço esse colar — Delia Grace disse, perplexa. — Foi feito para a rainha Albrade em pessoa, Hollis. Foi feito para uma guerreira.

Sorri, pensando que precisava mesmo de algo feito para a guerra. Eu já estendia a mão para pegar o colar quando outro pajem entrou, carregando outra caixa.

— Perdão, Lady Hollis — ele disse. — Sua majestade acredita que isto vai combinar com o colar.

O pajem não esperou minhas ordens para abrir o pacote; possivelmente agia sob ordens do rei, que queria me surpreender. Dei a mão para Delia Grace quando vi a tiara que Jameson tinha escolhido. Era de tirar o fôlego. Cravejada com as mesmas pedras que o colar, irradiava como o sol irrompendo no horizonte.

Como o sol. Jameson tinha escolhido com cuidado.

— Preciso de ajuda, damas de companhia. Nada disso vai adiantar se nos atrasarmos.

Sentei à penteadeira enquanto Delia Grace pegava a tiara e Nora, o colar.

— Quando der meio-dia, você já vai estar exausta! Isto aqui é tão pesado. — Nora prendeu o fecho, e ao sentir todo o peso do colar em mim dei razão a ela. Mas, cansada ou não, eu não tiraria aquilo do pescoço antes do pôr do sol.

— Aqui — Delia Grace disse ao colocar a tiara no meu cabelo e prendê-la com alguns grampos.

Fiquei ali na penteadeira, olhando-me no espelho. Nunca tinha me sentido tão linda. Não sabia bem se parecia comigo mesma, mas era inegável que parecia da realeza.

Engoli em seco.

— Conto com vocês para me salvar caso percebam que estou prestes a fazer alguma idiotice. Preciso do máximo de compostura e beleza para que o rei Quinten não encontre nada para criticar em mim.

Nora aproximou o rosto do meu e me encarou pelo espelho.

— Pode deixar.

— É óbvio — Delia Grace acrescentou.

Fiz que sim com a cabeça.

— Então vamos lá.

Mantive as mãos unidas diante do corpo durante o curto trajeto dos aposentos da rainha até o Grande Salão. Me sentia mais e mais confiante a cada suspiro e a cada cabeça curvada por que passávamos. Dava para ver nos olhos de todos no caminho que meu objetivo tinha sido alcançado: com meu melhor vestido dourado e a tiara que Jameson escolhera, eu parecia uma rainha radiante.

Nos primeiros lugares do salão estava a família Eastoffe, à frente e no centro, como Jameson havia exigido. Lady Eastoffe abriu um sorriso animado ao me ver; ela levou a mão ao peito e seus lábios se moveram como se dissessem "linda". A seu lado, Silas tropeçou ao se curvar, tentando manter os olhos no piso e em mim ao mesmo tempo. Segurei o sorriso e me esforcei para apresentar uma expressão firme antes de chegar a Jameson.

A boca do rei estava levemente aberta, e ele levou um tempo para lembrar de estender a mão para me receber.

— Céus, Hollis. Esqueci até de respirar. — Ele balançou a cabeça sem parar de me olhar, me fazendo corar. — Jamais vou esquecer de você neste momento: uma rainha nascente, e um sol nascente.

— Obrigada. Mas vossa majestade merece parte do crédito. Isto aqui é lindo — disse com a mão na tiara. — Amei.

— Fico feliz que tenha gostado das joias, mas garanto que não há neste salão outra mulher que faria jus a elas.

Ainda trocávamos olhares quando as fanfarras soaram ao longe para anunciar a chegada do rei Quinten. Jameson sinalizou para que os músicos ficassem preparados, e eu desviei o olhar para Delia Grace, que gesticulou para que eu endireitasse o colar e centralizasse a maior das pedras preciosas.

Quando o rei Quinten e sua comitiva entraram, estávamos prontos; parecíamos quase uma pintura quando ele começou sua caminhada pelo tapete vermelho desenrolado no centro do grande corredor. A última vez em que o vira tinha sido no funeral da rainha Ramira, e desejei desesperadamente ter prestado mais atenção nele na ocasião. Só lembrava que meu vestido preto arranhava meu braço e que eu tinha passado a maior parte da cerimônia tentando dar um jeito na manga. Mas não importava, pois eu sentia que o conhecia agora: era exatamente como Lady Eastoffe tinha me dito.

O cabelo estava ralo e na maior parte grisalho, embora alguns fios loiros ainda se insinuassem. Ele caminhava com o auxílio de uma bengala, os ombros levemente curvados, e me perguntei se não era em parte pelo peso de tanto tecido. Mas foi a expressão em seu rosto que me fez gelar: quando olhei em seus olhos, senti meu coração esfriar. Havia alguma coisa em Quinten, um ar de que ele ao mesmo tempo tinha tudo e nada a perder. O poder que acompanhava essa dualidade o tornava temível.

Desviei o rosto o mais rápido que pude e me concentrei na rainha Valentina. Não devia ser muito mais velha que eu, o que queria dizer que a diferença de idade entre ela e o rei era mesmo muito grande. Valentina sorria sem mostrar os dentes e mantinha a mão direita na barriga, como se a protegesse.

Do outro lado do rei, o príncipe Hadrian era inconfundível. Sim, a maior parte dos isoltanos parecia necessitada de sol, mas o príncipe era quase um fantasma. Também eu comecei a me perguntar quando se tornaria um fantasma de fato. Ele mantinha os lábios bem apertados, como se quisesse esconder o esforço que todo movimento lhe exigia, mas o fio de suor em sua testa era evidente. Aquele homem deveria estar na cama.

Com os três diante de mim, percebi que não devia ter medo. Coroa podia ser um país bem menor que Isolte, mas nosso rei era bem mais grandioso.

— Rei Quinten — Jameson disse em voz alta, abrindo os braços. — Estou muito feliz que tenha chegado seguro com sua família ao nosso reino. Lady Hollis e eu queremos lhe dar as boas-vindas como meu pai fazia: como soberanos em pé de igualdade, escolhidos pelos deuses, e como bons amigos.

Vários acontecimentos silenciosos se deram ao mesmo tempo. O rei Quinten revirou os olhos com a menção aos deuses, o príncipe Hadrian levantou a mão trêmula para secar o suor do lábio superior, e eu suspirei aliviada por todos termos sido apresentados.

Jameson desceu da plataforma, que tinha sido equipada com assentos extras para os convidados, e foi cumprimentar o rei Quinten. Ele apertou a mão do soberano com suas duas mãos, o que fez o salão explodir em palmas entusiasmadas. Meus olhos não paravam de voltar a Valentina. Ela era altiva, mas eu não sabia dizer o que a mantinha tão elevada. Não era felicidade, aparentemente, nem orgulho... A rainha era difícil de compreender.

Jameson convidou o rei, Valentina e Hadrian para sentar conosco, e os membros da comitiva de Quinten começaram a se misturar com a corte de Jameson. A visita tinha oficialmente começado.

Voltei-me para Valentina, que fora acomodada ao meu lado, na esperança de fazê-la se sentir confortável.

— Isolte é um país enorme. Em que região vossa majestade nasceu?

Ela me devolveu um olhar arrogante.

— Não é você quem fala primeiro. Eu falo.

Fui pega de surpresa.

— Mil perdões. Imaginei que a apresentação do rei tivesse sido suficiente.

— Não foi.

— Ah. — Fiz uma pausa. Estava quase certa de que não tinha feito nada de errado. — Bom, e agora? Vossa majestade já falou comigo.

Ela fez uma cara de tédio.

— Parece que sim. Qual foi a pergunta mesmo? De onde eu era?

— Sim — confirmei, ressuscitando meu sorriso.

Ela examinou os muitos anéis que trazia nos dedos.

— Se eu lhe dissesse, por acaso reconheceria o nome?

— Bom...

— Duvido. Pelo que sei, passou a vida inteira entre o solar de sua família e o castelo Keresken — ela disse com a sobrancelha arqueada.

— E entre esses dois lugares tive tudo o que poderia querer do mundo — reconheci. — Talvez possa lhe mostrar a arquitetura mais tarde, se vossa majestade quiser. A alvenaria nas...

— Não — ela respondeu depressa, cortando minha fala e mais uma vez levando a mão à barriga. — É muito importante que eu descanse.

Ela se recostou no assento, com ar entediado, e tive a certeza de que estava frustrando Jameson. Suspirei e desviei o olhar. Tinha passado a maior parte das vinte e quatro horas anteriores preocupada, imaginando que não seria capaz de conversar com Valentina. Agora, ficaria feliz se nunca mais a ouvisse falar.

Corri os olhos pelas pessoas, à procura de meus pais, que saberiam iniciar uma conversa. Delia Grace talvez pudesse ter alguma ideia também... Mas não vi ninguém conhecido a não ser os Eastoffe.

Saí do meu lugar para ir lhes pedir ajuda e os encontrei enquanto cumprimentavam calorosamente outra família.

— Não sabia que vocês viriam — Lorde Eastoffe dizia enquanto abraçava forte um homem mais velho. — Estou feliz de poder contar pessoalmente como está nossa adaptação. As cartas nunca conseguem transmitir tudo.

O cavalheiro e a esposa estavam com um rapaz que, pelo nariz e pelas têmporas, era claramente seu filho. Embora o casal fosse todo sorrisos por reencontrar os parentes, o filho dava a impressão de que preferiria estar limpando estábulos.

— Scarlet — cochichei.

Ela se virou para mim.

— Lady Hollis, está radiante! — Ela abriu um sorriso luminoso, e uma ternura quase de irmã surgiu em seu rosto.

— Obrigada — respondi, sentindo-me um pouco mais relaxada ao lado dela. — Ouça, preciso da sua ajuda. Por favor, diga que pensou em algo para dizer à rainha. Ela claramente não tem a menor vontade de conversar comigo.

Scarlet suspirou.

— Ela é assim com todo mundo. Talvez seja por isso que só tem uma dama de companhia. Mas de fato lembro que hoje de manhã ouvi alguém dizer que ela se interessa por comida. Provavelmente vai gostar se houver alguma oportunidade de conhecer um prato novo. Venha aqui. — Ela segurou meu braço e me puxou para a frente. — Tio Reid, tia Jovana? Esta é Lady Hollis. A futura rainha. — Scarlet brilhava de orgulho.

Dei a mão para ela.

— É um prazer conhecê-la, Lady Hollis — a tia de Scarlet disse. — As notícias do seu noivado iminente chegaram a Isolte. Sua beleza é muito comentada, mas não lhe fizeram justiça.

Senti meu coração bater um pouco mais rápido ao ouvir aquilo. Era inacreditável que gente de outros países tivesse ouvido a meu respeito e soubesse meu nome.

— A senhora é muito gentil — respondi, com a esperança de que minha voz tivesse saído mais firme do que eu me sentia.

— Estes são os Northcott, nossos tios — Silas explicou. — Este é nosso primo Etan.

Olhei para o rapaz, que se limitou a me lançar um olhar fulminante.

— É um prazer conhecê-lo — eu disse.

— É — ele respondeu, seco.

Bom, Etan era quase tão áspero quanto Valentina. Só deixou um minúsculo sorriso se insinuar em seu rosto quando Saul apareceu e o envolveu em seus braços. Saul mal chegava à altura do peito do primo, que bagunçou, brincalhão, o cabelo do pequeno. Depois, Etan voltou a ser impassível como uma armadura.

— Ouvi dizer que haverá um torneio de lanças — Lorde Northcott comentou. — Espero ver um de vocês lá — completou, apontando para Sullivan e Silas.

Sullivan apenas baixou a cabeça, mas Silas falou pelos dois:

— Apesar de estarmos de fora desta vez, estou muito empolgado para assistir. É a primeira vez que estamos aqui numa ocasião tão festiva. Não sei se as coisas são diferentes em Coroa. Nunca vi.

Ele olhou para mim em busca de confirmação.

— Duvido que sejam — eu disse em tom de brincadeira.

— Visto que tantas coisas em Isolte são, bem, *importadas* de Coroa, estou certa de que tudo lhes será bem familiar.

A maioria aceitou a brincadeira e riu da minha observação. Menos Etan.

— Isolte é uma nação tão soberana quanto Coroa. Nossas tradições têm o mesmo valor, e nosso povo também é sagrado.

— Com certeza. O privilégio de conhecer seus primos já me ensinou muito sobre o mundo além de Coroa — eu disse, com um sorriso para Scarlet. — Espero ver Isolte com meus próprios olhos um dia.

—Também espero que veja — Etan disparou, em tom sarcástico. — Tenho certeza de que vão recebê-la com fanfarra na fronteira.

— Etan — o pai dele disparou. Houve um arrastar de pés e muitas cabeças baixas, mas o comentário me escapava.

— Não compreendi.

Etan me encarou como se eu fosse uma criança.

— Não. Claro que não. Por que compreenderia?

— Etan — a mãe dele sussurrou, exasperada.

— Em que o ofendi? — perguntei, confusa de verdade com o fato de tanto ele como Valentina terem encontrado tão rápido um motivo para me criticar.

Ele abriu um sorriso maldoso.

—Você? *Você* não é capaz de ofender ninguém — ele vociferou com um gesto para minha tiara, que fazia a luz dançar a cada passo meu. —Você é um enfeite.

Respirei fundo e fiquei com raiva ao sentir minha pele ficar vermelha.

— Como é?

Ele apontou para a plataforma, para o lugar ocupado pela rainha Valentina, ao lado do meu assento vazio.

— O que vê ali?

— Uma rainha — respondi com firmeza.

Etan fez que não com a cabeça.

— Aquilo é um vaso vazio, um item bonito feito apenas para ser visto.

— Etan, já chega — Silas esbravejou, mas o primo não quis saber de parar.

— Se não sabe o que está acontecendo na fronteira do seu próprio país, o que está acontecendo com seu próprio povo, só posso concluir, senhorita, que é exatamente a mesma coisa: decoração para seu rei.

Engoli em seco, desejando ser fria e esperta como Delia Grace. Ela teria feito picadinho daquele rapaz. Mas parte de mim sentia que ele tinha alguma razão. Se me tornaria rainha, deveria considerar melhor a linhagem de mulheres à qual em breve seria incluída.

Eu não era guerreira. Nem cartógrafa. Não devorava livros nem tinha extrema bondade ou qualquer outra coisa que me tornasse notável aos olhos dos outros.

Era bonita. E não havia nada de errado com isso. Mas a beleza, sozinha, valia muito pouco. Até eu sabia disso.

Ainda assim, eu me negava a ser humilhada por causa do meu único dom.

— É melhor ser um enfeite de Coroa do que um canalha de Isolte — sibilei, erguendo o queixo bem alto. — Bem-vindos a Coroa, Lorde e Lady Northcott. Estou feliz por terem vindo.

Então lhes dei as costas e voltei para meu assento, que — eu esperava que Etan notasse — era basicamente um trono. Desenhei mentalmente a imagem do sol nascendo sobre o rio e tentei pensar em coisas que me deixassem feliz e calma.

Não ia chorar. Não ali, não naquele momento. Não ia dar margem para que ninguém naquele salão — principalmente ninguém de Isolte — achasse que eu não era paciente, equilibrada e boa o suficiente para estar à direita de um rei.

Quinze

— Por favor — supliquei. — Ela é terrível.

Jameson deu uma risadinha enquanto caminhava por seus aposentos privados, removendo alguns dos apetrechos mais pesados das suas roupas agora que a recepção já tinha passado.

— Todos eles são terríveis — o rei concordou.

— Ela se acha *muito superior*. Não vou conseguir passar uma noite com ela — falei, de braços cruzados, recordando a cara de repulsa da rainha. — Prefiro comer nos estábulos.

Ele gargalhou abertamente ao ouvir isso, num tom comparável aos urros da multidão ainda reunida do outro lado da porta.

— Eu também! Mas não se preocupe, minha Hollis. A visita é curta, e eles logo vão embora. — Jameson se aproximou e passou os braços pela minha cintura. — Então poderemos voltar a assuntos mais importantes.

Abri um sorriso.

— Você é a coisa mais importante pra mim. Por isso, se insistir que devo fazer uma refeição ao lado daquela infeliz, eu aceito.

Jameson pôs a mão sob meu queixo e ergueu meu rosto.

—Vou poupá-la. Desta vez — acrescentou, num tom mais próximo do sério. — Mas infelizmente terei que jantar com Quinten esta noite para conversar sobre alguns acordos e negócios... coisas que a deixariam entediada. Então vá em frente. Passe a noite com suas damas de companhia.

Tomei a mão debaixo do meu queixo e a levantei para poder beijá-la.

— Obrigada, majestade.

Um brilho de satisfação surgiu nos olhos dele, e tive dificuldade de me concentrar sob o peso do seu olhar.

— É melhor você voltar — ele disse. — Não se preocupe. Vou dar uma desculpa para sua ausência no jantar.

— Diga a ela que sufoquei debaixo de uma pilha de vestidos isoltanos — brinquei, e saí com o som do riso dele ecoando nos ouvidos.

Do lado de fora, Delia Grace e Nora aguardavam ansiosas.

—Venham, damas, não estou me sentindo bem — eu disse, fingindo solenidade. — Creio que é melhor me retirar agora.

Delia Grace entendeu de imediato e me seguiu a um passo de distância pela multidão, que eu atravessava cautelosamente. Num dos cantos finalmente avistei meus pais. Minha mãe olhava de cima a baixo as pessoas que os abordavam, provavelmente para parabenizá-los por seu grande sucesso. Não seria interessante contar a todos que eu tinha sido escolhida pelo

143

rei justamente por ser o oposto de tudo aquilo que os dois haviam tentado me tornar?

Mesmo depois de tudo o que acontecera, eles mal falavam comigo, exceto para me corrigir ou tentar tomar uma decisão no meu lugar. A distância só deixava ainda mais fácil desafiá-los.

Olhei por cima do ombro para Nora.

— Por que não reúne mais algumas moças e traz para meus aposentos? Vai ser bom ter mais gente naquele espaço.

— Claro, Lady Hollis — ela respondeu, exultante.

— Vou ver se arranjo um ou dois músicos. Para nos animar — pensei em voz alta. O plano me soava melhor a cada minuto. Peguei Nora antes que ela fosse muito longe. — E traga Scarlet Eastoffe se puder. Se a família Eastoffe inteira quiser escapar da presença de seu antigo rei, diga a eles que são bem-vindos nos meus aposentos.

Ela fez que sim e partiu para formar nossa pequena comitiva. Pelo menos o dia ainda podia dar uma guinada para melhor. Eu tinha sido poupada de uma noite na companhia de Valentina e ia poder dançar.

Nora abriu a porta para Yoana e Cecily enquanto eu ajudava Delia Grace a pôr as últimas cadeiras contra a parede.

O espaço principal da sala de recepção já estava livre para quem quisesse dançar e conversar, e chamei um dos músicos da corte para animar o ambiente. Depois da loucura da mudança e da tensão de conhecer Valentina, aquilo ia ser muito bom.

— Obrigada por nos convidar. — Cecily nos cumprimentou com uma leve mesura.

— Ah, vocês são muito bem-vindas. Lembram-se de Delia Grace, claro — eu disse, apontando para ela. Delia Grace estava de pé, com a cabeça erguida, consciente de que finalmente ocupava uma posição cujo prestígio ninguém poderia negar.

— Sim — confirmou Yoana ao lado de Cecily, engolindo em seco. — Fico feliz em vê-la.

— Delia Grace, querida, poderia mostrar a elas onde estão os aperitivos?

Minha dama de companhia assentiu, sem sentir necessidade de falar com ninguém que não quisesse. Eu sabia bem que ela se deleitava com a certeza de que eu expulsaria dali qualquer um que ousasse respirar errado para minha amiga.

Houve outra batida à porta, e Nora abriu de novo.

— Scarlet! — gritei. — Estou tão feliz que tenha vindo.

Fiquei encantada de ver os pais dela e Saul entrarem logo depois, mas me surpreendeu que os Northcott tivessem se juntado a eles. Por último, como se estivesse determinado a ser discreto, Silas cruzou a porta. E lá se foi meu coração, dobrando as batidas como se estar preso no meu peito não fosse nada confortável.

Limpei a garganta e me virei para cumprimentar os convidados.

Lorde Eastoffe se aproximou e se curvou diante de mim.

— Obrigado por nos deixar vir. Rever o rei Quinten foi mais... perturbador do que imaginávamos.

Inclinei a cabeça para o lado, compreendendo o que ele queria dizer.

— Podem se esconder aqui todo o tempo que quiserem. Os aposentos são quase infinitos e temos comida de sobra. Vamos acampar aqui — brinquei. — Por favor, fiquem à vontade.

Delia Grace já começava a se mexer ao ritmo da música, e fui me juntar a ela numa dança cuja coreografia tínhamos criado no ano anterior.

— É linda — Nora comentou, enquanto Delia Grace e eu tocávamos pulsos e dávamos uma volta uma ao redor da outra.

— Obrigada — Delia Grace respondeu. — Gastamos semanas nisso.

— Você devia fazer a coreografia para a dança do Dia da Coroação — Nora acrescentou.

Delia Grace pareceu quase espantada com a sugestão gentil.

— Se Lady Hollis quiser... Mas obrigada.

Quando a dança terminou e uma nova música começou, Nora começou a fazer alguns passos que ela própria tinha inventado. Francamente, se ela e Delia Grace preparassem a coreografia da nossa dança, faríamos uma das melhores apresentações de todos os tempos.

Mais de uma vez me peguei distraída por um par de olhos azuis que observava tudo com satisfação de uma cadeira encostada na parede. Olhei para Silas e falei, movendo-me ao ritmo da música:

— Sabe dançar?

Ele se endireitou na cadeira.

— Danço de vez em quando. Mas entre todos os membros da família, Etan é o melhor dançarino — ele disse, apontando com a cabeça para o primo, do outro lado do salão. O rapaz estava com a testa franzida, inspecionando as tapeçarias na parede, com as mãos atrás das costas e um ar de quem estava ali muito a contragosto.

— É uma piada, não é?

Silas riu.

— Pior que não.

— Bom, por favor não se ofenda caso eu não faça um convite a ele.

Silas fez uma careta.

— Com o humor que ele está, acho que não aceitaria.

Soltei um suspiro, concordando.

— E você? — perguntei.

Ele engoliu em seco e olhou para o chão.

— Aceitaria... Mas talvez não hoje.

Quando Silas voltou a me olhar, notei suas bochechas levemente coradas, e não pude culpá-lo por não querer dançar em uma reunião tão íntima.

— Lady Hollis, venha ver — Cecily me chamou. Eu fui, atravessando o salão em silêncio, grata por ter um tempo para abafar o sorriso nascendo em meu rosto. O que Silas Eastoffe tinha que deixava até o ar mais doce? Ele fazia tudo parecer... fácil. As palavras saíam mais claras, os pensamentos vinham menos nublados. Eu não sabia que havia pessoas capazes disso, de deixar tudo mais nítido.

O salão se dividia em conversas descontraídas e acessos

de riso, o que me deixava no mais alto bom humor. Tanto que me pareceu perfeitamente natural acabar com o pequeno Saul como parceiro de dança, sabe-se lá como. Girei-o de um lado para o outro, recebendo muitas palmas, e fiquei feliz por ver as lágrimas do dia anterior darem lugar ao riso. Ao fim da canção, me abaixei e lhe dei um beijo na bochecha.

— Obrigada, milorde. Dança muito bem.

O violinista tocava ao fundo enquanto todos falavam. Quando nos sentamos para conversar também, comecei a pensar que os novos aposentos podiam vir a ser um lugar aconchegante de verdade. Eram promissores.

— O rei deve gostar muito da senhorita — Silas disse, vindo para o meu lado. — Estes aposentos são incríveis. Me lembram dos nossos no palácio de Chetwin. Mas a arquitetura coroana é tão diferente. Acho que só as pedras já mudam tudo.

— Como assim? — perguntei. As pedras eram as mesmas que eu conhecia desde sempre.

— Em Isolte, as construções têm um tom levemente esverdeado ou azulado. É por causa de um mineral das pedras do litoral norte, e fica muito bonito. Mas escurece os ambientes, principalmente no inverno. As cores dessas pedras de vocês são tão quentes. Por isso tudo parece mais vivo, acolhedor. Na vastidão desses aposentos, o resultado é impressionante.

Fiz que sim com a cabeça, com vários sentimentos percorrendo meu coração.

— Aqui é de longe o lugar mais lindo em que já recostei a cabeça, mas eu estaria mentindo se dissesse que não sinto falta da simplicidade do meu antigo quarto. Isso sem falar na saudade de saber o que ia acontecer quase todo dia.

Engoli em seco, mais uma vez me perguntando se não teria falado demais, mas ainda com a sensação de que não escolheria outro ouvinte.

Silas abriu um sorriso suave.

— A simplicidade tem certa beleza, não é? — Ele voltou a correr os olhos pelo salão. — Houve uma época da minha vida em que eu teria escolhido as roupas novas, a comida mais requintada e todas as seduções da corte. Mas posso dizer que hoje, depois de perder isso, aprendi que nada neste mundo é capaz de substituir a lealdade, a paciência e o verdadeiro carinho.

Soltei um suspiro.

— Acho que serei obrigada a concordar com você. A posse mais valiosa que se pode ter é a garantia de um lugar no coração de alguém. É bem melhor do que qualquer colar, bem melhor que quaisquer aposentos.

Trocamos um olhar silencioso.

— Então trocaria sua coroa de ouro por uma de flores? — ele perguntou com um sorriso.

— Acho bem possível.

— Combinaria com a senhorita — ele comentou, e me peguei olhando em seus olhos por um instante a mais.

— Eu disse ao seu pai que vocês estão convidados a se esconder aqui pelo tempo que quiserem. Se precisarem de alguma coisa, sabem onde ficam meus aposentos. Não tenham medo de pedir.

Silas fez que não com a cabeça.

— Já fez muito por nós. Veja como Scarlet e Saul estão felizes. Não posso pedir mais.

Ele tinha razão. Todos estavam sorrindo... com uma exceção.

— Aliás, obrigada. Por tentar me defender hoje cedo.

Silas levantou o olhar e, como eu, observou o primo: solitário e infeliz.

— Se ele a conhecesse não teria dito aquelas coisas. Eu lhe disse como tem sido boa para nós, e generosa. Contei como minha irmã fala bem da senhorita, e como até Sullivan sorri ao ouvir seu nome.

— Sorri mesmo? — soltei.

Silas fez que sim, orgulhoso. O elogio que era receber a aprovação silenciosa de Sullivan não me passou despercebido.

— Minha mãe louva sua coragem, meu pai diz que é sábia para sua idade, e eu...

Ele se deteve depressa, e voltei meu olhar para ele, morta de vontade de saber o fim da frase.

— E você?

Silas me dirigiu um olhar sério. Dava para ver que as palavras estavam presas em sua boca. Ele baixou a cabeça, respirou fundo e voltou a me encarar.

— E eu estou muito feliz de ter encontrado uma amiga em Coroa. Achava, de verdade, que seria impossível.

— Ah. — Corri os olhos pelo salão, na esperança de que ninguém conseguisse perceber a frustração em meu rosto. — Bom, do jeito que sua família é atenciosa, não acho nada impossível. E você sempre terá minha amizade.

— Obrigado — ele sussurrou.

— Silas?

Ambos nos voltamos na direção da voz da mãe dele.

— Com licença, por favor — Silas disse, e tive a peculiar sensação de estar sendo resgatada.

— Sem problemas. Também preciso circular — eu disse enquanto ele se retirava.

Por motivos que não conseguiria explicar, peguei um copo de cerveja e caminhei até a figura emburrada diante da ampla janela.

— Alguma coisa de errado, Sir Etan? — perguntei ao oferecer o copo. Ele o pegou sem uma palavra de agradecimento.

— Não quero ofender. Seus aposentos são muito bonitos. Tenho certeza de que estava morta de vontade de mostrá-los para todo mundo.

Balancei a cabeça.

— Não foi por isso que o convidei.

— Imagino que seu rei queira que voltemos a Isolte com relatos de como ele trata bem sua futura rainha. Mas não tenho tempo para fofocas. Preferiria estar em casa.

— Ora, veja só. Temos uma coisa em comum. — Dei-lhe as costas e fui até Delia Grace, me recusando a deixar Etan estragar minha alegria.

— Esse rapaz é péssimo — eu disse. — Se não fosse parente de pessoas que têm me ajudado tanto, poderia enxotá-lo agora mesmo.

— O que foi? — Nora perguntou, tendo ouvido só o fim da frase.

— Nada. É só que esse primo dos Eastoffe, Etan, é um tanto metido.

— Como se tivesse cabimento algum isoltano ser metido aqui — Delia resmungou.

Olhei para trás, torcendo para que ninguém estivesse perto o bastante para ouvir aquilo.

— A propósito — ela continuou —, acho que vou seguir o conselho de Nora e começar a pensar na coreografia da nossa dança para o Dia da Coroação. Só para garantir que estaremos preparadas.

— Boa ideia. As coisas andam tão corridas.

— Seria melhor uma coisa pequena. Só quatro dançarinas. Então só precisa escolher mais uma e estaremos prontas para começar.

— Boa ideia. Hummm. — Repassei na cabeça as outras moças da corte. Não havia muitas que eu conhecesse bem, e não gostava daquelas que conhecia. Céus, se eu não conseguia nem pensar em mais alguém para dançar com a gente, como ia escolher meu séquito? Corri os olhos pelo salão na tentativa de encontrar alguém que pudesse nos ajudar. Meus olhos se iluminaram ao pousarem na pessoa perfeita.

— Scarlet? — chamei, me aproximando dela, que conversava com a tia.

— Sim, Lady Hollis?

— Sabe alguma coisa sobre o Dia da Coroação? — perguntei, apertando os olhos. — Confesso que não conheço nenhum feriado de Isolte.

— Ouvi falar a respeito. Não é uma festa para comemorar a formação da linhagem real?

— Isso! Num gesto simbólico, recoroamos o rei e juramos fidelidade a ele. Talvez seja meu feriado favorito. A maioria das pessoas passa o dia dormindo, então as comemorações começam no fim da tarde e festejamos noite adentro.

Lady Northcott arregalou os olhos.

— É desse tipo de feriado que eu gosto. Talvez acabe me mudando para cá também.

Achei graça na animação dela.

— Bom, parte da comemoração é composta por danças. Quase todas as moças da corte participam de uma ou outra apresentação, e é claro que vamos preparar a nossa. Gostaria de se juntar a Delia Grace, Nora e eu? Vai ser uma boa oportunidade de impressionar o rei.

O rosto dela se iluminou.

— Ah, eu adoraria! Quando começamos?

— Temos que esperar pelo menos o rei Quinten ir embora. Não vou ter muito tempo para pensar em danças até lá.

— Claro. Avisem quando forem ensaiar e eu estarei lá.

A tia de Scarlet pareceu ficar muito feliz pela sobrinha. De soslaio, vi Silas tentando conter um sorriso.

Era verdade que Valentina tinha sido fria comigo e Etan, grosseiro. Duas vezes. Mas quando vi os olhos de Silas brilharem de gratidão, só consegui concluir que o dia havia sido muito bom.

Dezesseis

Na manhã seguinte, sentei na cama e inspirei o ar matinal, esperançosa. Nada como os malabares, os músicos e os jogos do torneio para aliviar minha tensão.

— Estou muito empolgada — Nora disse, me cutucando para que eu me virasse na cama. Foi o que fiz, e ela pôs meu cabelo para trás e começou a escová-lo.

— Eu também — falei, encolhendo as pernas contra o peito e abraçando-as, quase com a sensação de que devia segurar o entusiasmo dentro de mim.

— Jameson vai participar de alguma prova?

Fiz que não com a cabeça.

— Ele vai fazer companhia ao rei durante todo o evento. E como só a armadura já seria o bastante para derrubar Quinten — comentei com desdém —, acho que Jameson vai ficar na arquibancada hoje. Nem sei se vou me dar ao trabalho de levar algum acessório para atirar aos cavaleiros.

— Por quê? Não precisa atirar nada se não quiser.
—Vamos ver. Em todo caso, quero usar o saiote vermelho, com meu dourado característico por cima.
Ela concordou.
—Vai ficar bonito. Acho melhor prender seu cabelo para não sujar. Venha.

Fomos para a penteadeira para que ela pudesse fazer um coque baixo envolto por uma rede dourada, e passar uma faixa larga de cetim vermelho na frente do cabelo.

— Ninguém pode duvidar da minha torcida hoje, pode?

— Com esse monte de vermelho, não mesmo — Nora respondeu com um sorriso.

— Onde está Delia Grace? — perguntei, estreitando os olhos.

— Ela teve algum problema no vestido e precisou ir atrás de linha.

Arqueei as sobrancelhas.

— Não é à toa que está tudo tão calmo por aqui.

Ao som da risada de Nora, pus-me a vasculhar a gaveta em busca de fitas e lencinhos.

— Não se esqueça de torcer bastante e tomar cuidado para não deixar nenhum cavaleiro charmoso roubar seu coração — alertei-a.

Embora soubesse que Jameson ia sentar bem ao meu lado, virei um lencinho várias vezes na mão. Nora tinha razão: eu podia levá-lo e não dar a ninguém. Estava enfiando o lencinho por baixo da manga do vestido quando Delia Grace entrou, tensa.

— Por que a maldita costureira fica lá nos fundos do palácio? Será que ninguém aqui deste lado nunca precisa de agulha e linha? — Ela bufava enquanto conferia se o caimento dos vestidos estava bom e se os penteados estavam certos.

— Minha primeira ordem vai ser reservar alguns cômodos para camareiras nesta ala — prometi. — Com certeza há mais gente do que imaginamos com essa mesma necessidade.

Ela tirou uma mecha solta de cabelo do meu pescoço e enfiou de volta na rede do coque.

— Às vezes — ela comentou, fazendo que sim com a cabeça —, acho que somos as únicas que sabem o que se passa de verdade aqui dentro. Pronto, já pode ir.

— E lá vamos nós, senhoritas — eu disse, entregando uma fita para Delia Grace antes de sairmos.

Mantive a cabeça erguida e fui atravessando a multidão reunida rumo ao camarote do rei, onde Jameson já se instalava. Quinten estava à sua esquerda, junto com sua preciosa rainha. Soltei um suspiro. Com Valentina sentada do outro lado do camarote, pelo menos as chances de eu precisar interagir com ela eram poucas.

Quando eu já estava próxima, vi um jovem de armadura se aproximar de mim.

— Silas Eastoffe, é você? — perguntei, embora a resposta fosse bastante óbvia, pois ao lado dele estavam seus pais e seu terrível primo.

Ele tirou o elmo e se curvou levemente.

— Sim, sou eu, Lady Hollis. Resolvi arriscar uma luta

de espadas, afinal. E veja... — Silas deu uma volta. Não me custou muito captar o que ele queria mostrar.

Olhei para seus pais, cujas expressões oscilavam entre satisfação e cautela.

— Você não está usando nem vermelho nem azul — comentei.

Ao longe, os tios de Silas acenavam. Lorde e Lady Eastoffe retribuíram o cumprimento e foram ao encontro deles. Voltei-me para minhas damas de companhia.

— Delia Grace, Nora. Podem ir para seus lugares. Encontro vocês em breve.

As duas logo obedeceram, e fiquei a sós com Silas e Etan, embora desejasse que o primo levasse aquela cara azeda para junto dos pais.

— Não tem medo de ofender alguém? — perguntei baixo a Silas.

— Pelo contrário. Tenho orgulho do meu passado e do meu presente, por isso espero honrar os dois reinos hoje.

Quanto mais coisas descobria a respeito de Silas, mais o admirava.

— É muita nobreza, cavaleiro.

Ao lado dele, Etan fez uma cara de tédio.

— E você, Sir Etan? — perguntei. — Não vai participar hoje? Não gosta de torneios?

Ele me olhou de nariz em pé, como se eu fosse um inseto.

— Não brinco de guerra, só luto de verdade. Lanças e espadas cegas não me assustam.

Virei de novo para Silas.

— Meu primo já foi voluntário do Exército isoltano diversas vezes — ele contou, orgulhoso. — Luta para manter a paz na fronteira. Não gostava de gastar meu tempo com alguém que lutava contra meus conterrâneos, mas não podia negar a bravura do rapaz.

— Bom, pois tem minha admiração pela sua coragem e minha compaixão pelos sacrifícios que certamente fez.

Ele desdenhou do meu elogio.

— Não preciso de nenhuma das duas coisas. Não vindas de você.

Balancei a cabeça e segurei a saia do vestido.

— Fico feliz por sua espada estar embainhada hoje, Sir Etan. Talvez sua companhia fosse mais agradável caso pudesse embainhar também a língua.

Com mais uma careta arrogante, ele se retirou às pressas, me deixando sozinha com Silas. Finalmente.

— Eu tentei.

Ele sorriu e deu de ombros.

— Eu sei. Gosto disso em você. Sempre tenta.

Pensei nas palavras dele. Etan tinha me chamado de enfeite, Delia Grace aproveitava qualquer oportunidade para me lembrar de que eu era má aluna, e meus pais... bom, sempre encontravam uma infinidade de defeitos em mim. Mas Silas não parava de encontrar virtudes que eu mesma desconhecia. Ele dissera que gostava da minha forma de pensar. E estava certo, porque eu tinha um monte de boas ideias. E dissera que eu sempre tentava, e também estava certo. Eu não desistia fácil.

Me peguei com vontade de encontrar algum motivo para ficar mais um pouco perto dele. Em vez disso, me despedi com um aceno de cabeça e me retirei, olhando para trás enquanto caminhava. Eu sentia alguma coisa inominável perto de Silas; era como se estivéssemos unidos por um fio, o qual me puxava sempre que eu ia muito longe. Já começava a pensar que o destino tinha feito nossos caminhos se cruzarem, mas — como nossos caminhos tinham começado de jeitos tão diferentes —, não fazia a menor ideia do motivo. Por impulso, puxei o lenço da manga e o deixei cair no chão antes de sair às pressas.

Assim que cheguei ao camarote real, curvei-me perante o rei Jameson.

— Majestade.

— Lady Hollis, está radiante hoje. Como vou me concentrar nos jogos desse jeito?

Sorri e em seguida olhei para o rei Quinten e a rainha Valentina.

— Majestades, espero que tenham dormido bem.

A rainha olhou para mim parecendo confusa com a gentileza.

— Obrigada.

Tomei meu lugar e tentei prestar atenção nos jogos que já começavam. Como sempre, a disputa de que Jameson gostava menos, o combate com lança sem montaria, abria o evento. E eu não podia culpá-lo: eu mesma achava a luta lenta demais, e nunca entendia bem quando alguém fazia ponto. Algumas das outras disputas eram bem mais simples.

— Ahá! — o rei Quinten berrou. — Mais uma vitória para meus homens!

— Seus soldados são fantásticos — Jameson concordou, amistoso. — Meu pai sempre dizia. Mas acho que a maré pode mudar nas disputas a cavalo. Os coroanos são excelentes cavaleiros. Minha Hollis aqui cavalga com velocidade e graça.

Me inclinei para a frente e aceitei o elogio.

— Vossa majestade é muito gentil. E o rei e a rainha de Isolte, costumam cavalgar?

— Eu andava a cavalo antes — Valentina respondeu com um sorriso débil antes que o marido gesticulasse para que se calasse.

— Não se posso evitar — o próprio rei respondeu rapidamente.

Fiz uma careta para Jameson, que compreendeu minha irritação na hora e respondeu mostrando a língua, o que exigiu todo o meu esforço para não rir.

Quando o combate com lanças finalmente terminou, os primeiros grupos começaram a aparecer para a atração seguinte: espada. Depois de alguns combates, Silas entrou na arena.

— Olhe lá, majestade — eu disse, apoiando o braço no de Jameson e apontando para Silas. — Vê aquele jovem sem cores?

O rei concentrou o olhar no outro lado da arena.

— Vejo.

— É um dos filhos dos Eastoffe. Ele queria honrar os dois reis, por isso não escolheu um lado — expliquei. — Fez isso em nome de seu passado e de seu presente.

Jameson ponderou a respeito.

— Muito diplomático, suponho.

Fechei a cara, um pouco frustrada com seu comentário.

— Achei o gesto dele encantador.

Jameson riu.

— Ah, Hollis, você enxerga a vida de uma maneira tão mais simples. Bem que eu gostaria de ser assim.

A disputa começou, e logo vi que Silas tinha falado a verdade: era bem melhor fazendo espadas do que as empunhando. Ainda assim, me peguei cada vez mais na beirada do assento, torcendo para que ele desse um jeito de ganhar. Silas se atrapalhava todo com os pés, mas era forte e desferia golpes com muito mais convicção do que seu adversário, que vestia azul.

O público vibrava e berrava a cada espadada, e levei a mão aos lábios, esperando que, se Silas não vencesse, pelo menos saísse ileso. Nunca me preocupava com Jameson quando ele participava de alguma disputa. Talvez porque cavalgava muito bem ou porque eu acreditava ser impossível o rei ser derrotado.

A consciência de que tanto a derrota como uma ferida eram bem possíveis aumentava minha preocupação. Mas recuperei a esperança de que Silas pelo menos não se machucasse quando avistei uma pontinha dourada saindo de sua manopla.

Ele tinha pegado. Senti meu coração acelerar ainda mais ao ver que ele tinha apanhado meu lenço e o usava. Olhei de soslaio para Jameson, na esperança de que não tivesse notado. Disse a mim mesma que, mesmo que notasse, várias moças da corte bordavam seus lenços com fios dourados. Era um segredo emocionante e delicioso.

Silas e seu oponente se moviam para a frente e para trás; nenhum dos dois queria ceder. Depois de uma das mais longas lutas de espada a que já havia assistido, tudo terminou com alguns passos em falso do homem de azul e um golpe forte de Silas em suas costas. O adversário foi ao chão e a disputa acabou.

Levantei, comemorando loucamente, com palmas estrondosas.

Jameson levantou também.

— Torce mesmo por esse espadachim — comentou.

— Não, majestade — berrei para vencer o barulho, com um sorriso de orelha a orelha. — Torço pela diplomacia.

Ele soltou uma boa gargalhada e acenou para que Silas se aproximasse.

— Muito boa luta, senhor. E agradeço sua... mensagem.

Silas tirou o elmo e se curvou diante do rei.

— Obrigado, majestade. Foi uma honra lutar hoje.

O rei Quinten precisou piscar algumas vezes para ter certeza do que via. Então se levantou, furioso.

— Por que está sem cores? — quis saber. — Onde está seu azul?

Jameson virou para ele.

— Ele é cidadão de Coroa agora.

— Não é!

— Ele fugiu do seu país e pediu asilo aqui. Já jurou fidelidade a mim. Mesmo assim, não quis usar as cores de nenhum país para não o insultar. E o senhor ainda tem coragem de criticá-lo?

A voz de Quinten saiu baixa e grave.

— Nós dois sabemos bem que ele nunca será um coroano de verdade.

Logo atrás dele, avistei a rainha Valentina levar a mão à barriga, seus olhos se alternando nervosos entre Quinten e Jameson. Até aquele momento, ela parecia estar acima de um simples nervosismo, mas era evidente que ficara preocupada com o desfecho da situação. Eu mesma não queria ver, então imaginava que ela tampouco quisesse.

—Venha comigo. Toda essa comoção não é boa para vossa majestade. — Eu a conduzi escada abaixo, até a sombra atrás do camarote real. Ainda podíamos ouvir as vozes de Jameson e Quinten, mas as palavras nos chegavam abafadas.

— Esses reis... — brinquei, na tentativa de desfazer a tensão.

—Acho que homens em geral são assim — ela respondeu, e nós duas rimos.

— Posso lhe oferecer algo? Água, comida?

Valentina balançou a cabeça.

— Não. Já estou feliz de ficar longe da gritaria. O rei Quinten se irrita com facilidade, e prefiro me manter longe disso.

— Me sinto mal pelo espadachim. Sua intenção era boa.

— Silas Eastoffe — ela disse, com os olhos baixos. — Acho que ele só tem boas intenções.

Era curioso. Eu tinha consciência de que Silas conhecia a rainha, mas nunca havia pensado no que ela saberia dele.

— Ele já fez coisas assim antes?

— Não exatamente. Já testemunhei algumas conversas em

que ele tentava fazer seu interlocutor pensar no outro lado da questão. Ele sempre quer que os outros reflitam.

Fiz que sim com a cabeça.

— Não o conheço bem, mas me parece que é isso mesmo.

Um estouro de passos veio descendo pelos degraus, então lá estava Quinten, castigando sua bengala; ele puxou a esposa tão rápido que nem tive tempo de me despedir com uma reverência. Jameson desceu logo em seguida, com as mãos na cintura.

— Bom, acabou o torneio. Quinten decidiu que prefere descansar a ser insultado.

— Ah, não. Sinto muito.

Ele fez que não com a cabeça.

— Sei que aquele rapaz tentou ser hábil, mas acabou causando um problema enorme.

— Mas que ridículo! Não importam as cores. Não é apenas um entretenimento? Uma diversão?

— Claro, mas...

— E será que uma pessoa que se esforça ao máximo para buscar o meio-termo não dá um ótimo exemplo do que *todos* deveríamos fazer? Por que tudo precisa ser uma competição?

— Hollis!

Jameson nunca tinha levantado a voz para mim antes. Calei-me, atônita.

— Você não precisa se preocupar com isso. Não precisa pensar tanto. Só precisa mostrar a Coroa que pode ser uma boa rainha. E melhor do que aquela garota de Quinten.

Engoli em seco.

— Com certeza pensar em como melhorar nossas relações com o maior país do continente faz parte dos deveres de uma boa rainha.

— *Eu* faço isso, Hollis. — Ele balançou a cabeça. — Rapaz tolo. Vamos torcer para que dê para resolver isso.

Jameson beijou minha mão e saiu.

Fiquei me sentindo pequena. O rei nunca tinha demonstrado descontentamento comigo antes. Nunca havia me corrigido. Mas, na verdade, eu nunca tinha dado minha opinião antes. Será... será que Etan estava certo? Eu não passava de um enfeite?

Não podia acreditar nisso. Se era para fazer parte de uma longa linhagem de rainhas magníficas, eu não deveria seguir suas pegadas? Pegadas que levavam às casas dos pobres. Pegadas que levavam ao campo de batalha.

Eu passara tanto tempo com medo de me comparar a elas. E agora era inimaginável pensar que não podia nem tentar chegar perto.

Marchei até onde os competidores circulavam na esperança de encontrar uma família específica em meio à massa de pessoas. Abri caminho por entre a multidão até, infelizmente, avistar um rosto familiar.

— Etan! — chamei.

O rapaz se virou e acenei para chamar sua atenção. Ele inclinou a cabeça para mostrar que tinha entendido.

— Onde está Silas?

Suspirando, Etan se aproximou e me puxou do meio do mar de gente.

— Não tem olhos?

— Não sou alta que nem você. Ele está bem?

— Está. Tio Dashiell o levou para trás das árvores até as coisas se acalmarem, já que quase todo mundo está indo no outro sentido. Venha, é por aqui.

Segui suas passadas largas o melhor que pude, tentando acompanhar seu ritmo. Quando finalmente os encontramos, Silas estava sentado num barril e conversava com os pais com uma expressão estupefata no rosto. Assim que me viu, levantou e começou a tentar reparar seus erros.

— Lady Hollis, sinto muito. Peça perdão ao rei por mim.

— Tenha calma — insisti.

Ele tomou minhas mãos em súplica.

— Se o rei Jameson revogar nossa permissão para ficar aqui por minha causa... Hollis, minha família...

Suas mãos eram ásperas, mas seus olhos azuis eram muito suaves.

— Eu sei — suspirei. — Por favor, diga que terminou de fazer aqueles presentes que sugeri.

Ele fez que sim.

— Ficamos acordados até tarde para garantir que estivessem prontos antes da chegada do rei, mas ninguém nos deu instruções sobre quando entregar.

— Perfeito — eu disse. — Preciso escrever para a rainha Valentina.

Dezessete

PERMANECI IMÓVEL ENQUANTO DELIA GRACE DAVA REPETIDOS NÓS no vestido na tentativa de ajustá-lo.

— Isso é muito estranho — ela disse. — Como estão seus braços?

— Pesados — reconheci.

Delia Grace voltou ao embrulho e tirou outra coisa de lá.

— Para a cabeça. Ou podemos usar alguma coisa sua se preferir.

Os acessórios de Valentina eram muito bonitos. A técnica não era tão refinada como em Coroa, mas as joias eram maiores, mais substanciosas.

— Se ela mandou, vou usar.

Andei em círculos pelos meus aposentos carregando alguns livros e me acostumando ao peso das mangas e da tiara. No meio da minha sétima volta, Silas e Sullivan entraram.

Vestiam o que tinham de melhor e traziam suas obras sobre almofadas pretas.

Sullivan vinha atrás do irmão e olhava temeroso para Nora e Delia Grace. Embora eu ansiasse para falar com Silas, comecei por seu irmão.

— Estas senhoritas são minhas amigas — eu disse, com a mão no braço dele. — E você não precisa dizer nada esta noite. Só levante a almofada para que o rei Jameson possa pegar o presente.

Ele fez que sim e abriu o menor dos sorrisos.

— E você, por que está rindo? — perguntei ao voltar-me para Silas.

— Por nada. Só é incrível vê-la no azul isoltano. Poderia até se passar por uma nativa.

— Se crescesse mais um ou dois palmos e passasse menos tempo no sol, quem sabe?

— Quem sabe? — ele respondeu antes de baixar o tom de voz. — Não sei se isso vai resolver alguma coisa, Lady Hollis.

— Nem eu — falei, manuseando nervosa minhas roupas pesadas. — Mas temos que tentar.

Depois de uma batida rápida à porta, Valentina entrou no quarto, seguida por sua única dama de companhia. Eu tinha escolhido para ela o vestido menos vermelho que pude encontrar, quase rosa. Como esperava, combinara muito bem com sua pele.

— O que acha, Lady Hollis? — ela perguntou.

— Acho que deve ficar com ele. Caiu muito melhor em vossa majestade do que em mim.

Ela sorriu, encantada com o elogio. Valentina era outra pessoa quando sorria.

— Meus braços parecem tão livres — ela disse ao erguê--los acima da cabeça.

— Poderia fazer o favor de me dizer por que as damas de Isolte usam tanto tecido nas mangas? — perguntei exasperada.

Ela riu.

— Primeiro, porque é um sinal de status. Mostra que a pessoa tem como comprar mais tecido e que não precisa trabalhar com as mãos. As mulheres do campo não usam vestidos assim, pelo menos não sempre. Segundo, as mangas mantêm a pessoa aquecida. Isolte é um país muito mais frio.

— Aaah. — Agora eu compreendia. Fazia sentido, embora eu não planejasse adotar o costume, com ou sem dinheiro para comprar mais tecido.

— Quando ela sorri, vocês duas poderiam passar por irmãs — Delia Grace cochichou ao meu lado.

Quando conheci a rainha, estava nervosa demais para pensar em qualquer coisa além de causar uma boa impressão, mas Delia Grace tinha razão. Considerando o cabelo mais claro e os traços de nossos queixos, poderíamos passar por parentes.

— Me disseram que o jantar começou faz quinze minutos, então todos já devem estar sentados — ela comentou. — Estou pronta. Quando quiser ir...

— Ótimo. Delia Grace, Nora, podem ir com a dama de companhia da rainha e tomar seus assentos.

As duas obedeceram, e a isoltana, bastante confusa, se retirou dos aposentos com elas.

— Sullivan — continuei —, poderia caminhar atrás da rainha Valentina? Silas, por favor, me acompanhe.

Ele assentiu.

— Claro, milady. — Então acrescentou, mais baixo: — Talvez seja mais fácil para meu irmão acompanhar a senhorita.

Cravei os olhos no chão antes de juntar coragem para confessar:

— Mas preciso de você comigo. Por favor?

Ele me encarou por um longo instante, como se quisesse responder às minhas palavras. No fim, apenas assentiu, e nossa pequena comitiva deixou meus aposentos.

Os corredores estavam praticamente vazios. Todo mundo queria participar do banquete, no mínimo para desfrutar da comida abundante.

— Quais são as chances de seu rei ainda estar zangado? — perguntei a Valentina.

— Altas. Ele não costuma esquecer.

— Acha que isso vai funcionar?

Ela pensou por uns instantes antes de responder.

— Seu rei parece mais razoável que a maioria dos monarcas, então restaurar o bom humor dele já ajuda. Acho que, se nossos subalternos virem nossa atitude, tentarão imitá-la. As ovelhas só vão aonde os pastores levam.

— Muito bem observado, majestade — comentei, com o olhar em Valentina. Ela era mesmo muito bonita. Tinha o cabelo quase do mesmo tom que o meu, mas a pele mais próxima do leite que do mel. Era altiva como uma estátua, de modo que nem com meu salto mais alto eu conseguia atingir sua altura. — Muito obrigada por concordar em fazer isso. Tenho consciência de que não fiz bom uso das palavras quando nos conhecemos, por isso começamos mal. Não era minha intenção ofender, e agradeço muito sua ajuda.

Ela fez um gesto preguiçoso com a mão, dispensando minhas palavras.

—Você não me ofendeu. É que às vezes é mais fácil, sabe? Ficar em silêncio.

Comecei a rir.

— Silêncio é um talento que me falta.

Ela apertou os lábios como se já tivesse reparado nessa minha característica.

— Uns anos de coroa na cabeça talvez a façam mudar isso.

Quis perguntar o que aquelas palavras significavam, mas já estávamos na entrada do Grande Salão. Senti um nó nas entranhas, temendo que, como Silas, piorássemos as coisas apesar de nossa boa intenção. Valentina devia ter sentido meu receio, pois estendeu o braço para que entrássemos no salão de mãos dadas.

No começo, ninguém notou nossa presença, mas logo ouvi murmúrios e suspiros à medida que mais e mais partes do salão se calavam para conferir o que aconteceria quando chegássemos à mesa principal. Assim que a mudança no volume das vozes chegou aos ouvidos de Jameson, ele levantou os olhos e os fixou no corredor. Viu o vestido vermelho, e seu rosto quase se abriu num sorriso antes que percebesse que não era eu. Seus olhos passaram rapidamente para a direita de Valentina, para mim. Ele me olhou fixamente, meio boquiaberto.

Jameson cochichou algo para o rei Quinten, que acabou

por levantar os olhos do prato, ranzinza como sempre. Felizmente, a imagem da esposa em vermelho coroano e de mim em azul isoltano bastou para que mantivesse um silêncio estupefato.

Nos aproximamos da plataforma e nos curvamos diante deles. Como o status de Valentina era mais elevado, ela foi a primeira a falar.

— Majestades, viemos aqui esta noite fazer um apelo à paz entre nossos dois grandiosos reinos.

— Ainda que os equívocos do povo das duas nações sejam grandes, seus reis são melhores que os súditos, e é aos senhores que dirigimos o olhar em busca de orientação.

— Estou vestida de vermelho porque fiz uma amiga em Coroa.

— E eu estou vestida de azul porque ganhei mais uma amizade de Isolte. — Gesticulei então para que Sullivan e Silas viessem à frente. — Estas coroas de ouro em forma de ramos de oliva são para vossas majestades. Foram feitas por uma família nascida em Isolte que agora mora em Coroa. Que elas possam ser um símbolo da nossa fraternidade pelos anos vindouros.

A multidão atrás de nós começou a aplaudir, e me virei para pegar a primeira coroa.

— Como é leve! — exclamei.

— Fiz o melhor que pude por você — Silas disse baixinho.

Meu olhar se deteve nele por um instante a mais do que deveria antes de eu passar para trás da mesa a fim de colocar a coroa na cabeça do rei Quinten enquanto a rainha Valentina fazia o mesmo com Jameson. Ele sorriu e trocou algumas palavras com ela, ao passo que Quinten me olhou fixamente.

— Vejo que ficou bem próxima dos Eastoffe — ele comentou.

— Tento ser uma excelente anfitriã no castelo do rei Jameson, independente da origem dos nossos hóspedes.

Ele fez que sim com a cabeça.

— Sugiro que tome cuidado. O povo de Isolte prefere manter distância deles ultimamente.

— Não posso imaginar por que alguém faria isso — deixei escapar antes de lembrar que pretendia criar pontes, e não as destruir com um machado. Engoli em seco e voltei a falar: — Eles têm se mostrado humildes e úteis desde que chegaram.

O olhar dele me serviu mais de aviso do que suas palavras.

— Se quer ficar perto do fogo, tudo bem. Quem vai se queimar é você.

Fiz outra reverência, como era obrigada, mas odiava fingir que tinha qualquer respeito por aquele homem. Com a cabeça, dispensei Silas e Sullivan, murmurando um agradecimento antes de me voltar para a rainha Valentina.

— Você é mais sábia do que se podia imaginar. Amanhã conversaremos mais — ela disse no meu ouvido antes de trocarmos de posição e nos sentarmos cada uma ao lado de seu rei.

— Que tal? — perguntei a Jameson ao sentar.

— Acho que se você caísse de um barco com essa roupa, as mangas iam levá-la direto para o fundo.

— Precisei mesmo treinar um pouco antes de andar — admiti, rindo.

Ele sorriu.

— Brincadeiras à parte, você fica linda com qualquer roupa — o rei disse antes de apoiar as costas no assento e dar um gole de sua bebida. — Ouvi falar que a moda agora é que as noivas usem branco. Não será excepcional?

Baixei os olhos, corando. Claro que estava feliz por ele ainda me achar bonita com as cores de Isolte, mas queria saber o que pensava do meu gesto com Valentina, se gostara da nossa estratégia e do nosso esforço. Antes que eu pudesse perguntar, o rei Quinten lhe deu um toque no ombro.

— Não adianta nada discutir. Precisamos voltar ao contrato — ele insistiu.

Soltei um suspiro sem que Jameson percebesse. Não fazia ideia de que contrato era aquele, mas estava feliz por saber que não o abandonariam por causa de uma simples batalha num torneio. Ainda que Jameson não dissesse nada em agradecimento, parecia ter sido um sucesso.

Por todo o salão as pessoas conversavam, comiam e riam. Embora Valentina e eu não tivéssemos ido até a fronteira nem tirado um rei da guerra, havíamos dado alguns passos em direção à paz. Eu queria acreditar que as rainhas que haviam me precedido aprovariam minha atitude. A julgar pelos rostos sorridentes e os ombros relaxados dos presentes, parecia que a maioria dos membros da corte aprovava.

Da sua mesa, Silas chamou minha atenção e levantou a taça para mim. Retribuí o gesto e tomei um gole. Aquele rapaz era só bondade. Nada relacionado a ele poderia me deixar queimada.

O centro do salão, por onde Valentina e eu avançáramos ao entrar, começava a se encher de pessoas para dançar à medida que a refeição se aproximava do fim e a música mudava.

Estremeci ao ver Silas levantar da mesa e caminhar até a plataforma.

— Majestade — ele disse, curvando-se diante de Jameson.

— Vejo que o rei Quinten o mantém ocupado. Gostaria de saber se poderia convidar Lady Hollis para uma dança.

Jameson respondeu, com um sorriso malicioso:

— Só se ela quiser.

Respirei fundo.

— Bom, se não posso dançar com vossa majestade... — Dei um beijo na bochecha de Jameson antes de descer da plataforma para ir ao encontro de Silas e ficar ao seu lado até a música da vez terminar.

— Quis cumprir minha palavra. Eu disse que dançaríamos se você me convidasse — ele sussurrou.

— Mas não cheguei a esse ponto — falei baixinho.

— Não consegui esperar. Espero que não se importe.

Sorri.

— De forma alguma. Estava morta de vontade de dançar, e ultimamente Jameson anda mais interessado em só observar. Fico grata por alguém me convidar. Nenhum outro cavalheiro da corte faria isso agora.

— Entendo. Bom, pelo menos por uma música, vamos esquecer dos reis, das cores e de todo o resto. Vamos apenas aproveitar a dança, certo?

— Certo. — Suspirei.

A música começou e nos posicionamos um de frente para o outro, movendo-nos no compasso dos outros pares.

— Nem sei como agradecer — eu disse. — Você e sua família nos salvaram esta noite.

Ele revirou os olhos.

— Mas fui eu quem causou o problema.

— Besteira. Acho que todos sabemos qual é o verdadeiro problema — comentei enquanto avançava um passo na direção dele e punha minha mão sobre a sua. A pele áspera tocava a minha com enorme delicadeza. Dava para notar os vestígios de nobreza em seus gestos.

— Ainda assim, era o mínimo que podíamos fazer.

— O rei já o compensou pelo trabalho?

Ele balançou a cabeça.

— Combinamos de não falar sobre reis durante a dança.

Ele tinha razão.

— Muito bem — concedi.

Cruzamos os braços e giramos em círculos. Ele não era o melhor parceiro que eu já tivera, mas era mais firme que Jameson.

— Não sei se teremos muitas oportunidades depois disso, mas espero que possamos conversar de novo em breve — ele disse.

— Concordo. É bom ter alguém com quem falar. E isso é outra coisa pela qual tenho que lhe agradecer.

Ele me brindou com seu sorriso, e a admiração franca em seu olhar me fez esquecer que havia outras pessoas no salão.

— Estou aqui para o que precisar — Silas disse. — Se alguém aqui está em dívida sou eu. Você deu um lar à minha família. Defendeu publicamente minhas ações. É uma dama notável, Hollis. — Em seguida, acrescentou com uma expressão um pouco mais sombria: — Será uma rainha inesquecível.

A música chegou ao fim, e eu o saudei com uma reverência. Virei na direção de Jameson, para saber se tinha gostado da dança. Ele não estava nem olhando.

Voltei os olhos rapidamente para Silas. Com um gesto da cabeça, indiquei que ele deveria me acompanhar para fora do Grande Salão.

Segui para lá e esperei por ele num corredor mais afastado. Ouvi a próxima música começar e avistei a sombra de Silas antes mesmo que ele chegasse até mim.

— Como a dança já terminou, agora posso dizer que, se o rei ainda não o compensou pelo trabalho, vou garantir que o faça.

Silas baixou a cabeça.

— Não precisa se preocupar com isso. As coroas foram presentes.

— Eu insisto! Tudo o que fizemos esta noite não teria acontecido sem a sua família, por isso estou em dívida com vocês.

—Você nos deu um lugar para morar. Somos nós que estamos em dívida.

Pus as mãos na cintura, gesto que se revelou de uma dificuldade surpreendente por causa das mangas. Silas notou e começou a rir de mim.

— Pode parar! Estou me esforçando muito!

— Eu sei — ele disse, abafando a risada. — E, problemas de indumentária à parte, você foi ótima. — Ele apontou na direção do Grande Salão. — As pessoas não estão cochichando apenas sobre sua atitude maravilhosa de hoje, Hollis. Estão dizendo que sempre souberam que você seria uma grande rainha.

— Sério?

A palavra saiu da minha boca como um suspiro cheio de esperança.

Ele confirmou.

—Você foi magnífica.

Eu o encarei, olhando bem para a esperança que cintilava no azul de seus olhos. Havia mesmo algo de extraordinário naquele tom. E na forma como seu cabelo caía sobre os ombros. E no modo como ele sorria, como se não refreasse nada, como se não guardasse suas preocupações, seu carinho e seu cuidado para mais ninguém.

— Fico muito feliz por ter conhecido você — confessei.

— Desde que chegou, eu me sinto... diferente.

— Também me sinto diferente... — ele disse, e logo sua voz se reduziu a um sussurro — quando você está perto.

De repente me dei conta de que estávamos totalmente a sós. Nos vastos corredores do castelo, o som de passos era inconfundível, e eu não ouvia nada.

— Acho melhor eu voltar — suspirei.

— É.

Mas nenhum dos dois se mexeu. Até que de repente nos mexemos, e nos encontramos no meio do corredor num beijo roubado.

Silas levou as mãos às minhas bochechas com tanta ternura que senti todas as minhas entranhas derreterem. Senti os calos de seus dedos correrem pelos contornos do meu rosto, e não consegui evitar a comparação com as mãos macias de Jameson. Sabendo que Silas trabalhava duro, sabendo que seus calos se deviam a esse trabalho, eu valorizava seu toque ainda mais.

Eu podia ter permanecido ali perdida no beijo por séculos, mas ouvi o som de passos ao longe.

Recuei com tudo. Não tinha coragem sequer de olhar em seus olhos. O que eu tinha feito?

— Espere cinco minutos antes de voltar — sussurrei com urgência. — Por mim, por favor não conte isso a ninguém.

Eu já estava andando quando ouvi sua resposta.

— Como quiser — Silas disse simplesmente.

Caminhei até o Grande Salão de cabeça erguida, na tentativa de convencer a mim mesma de que, se aparentasse autoconfiança, ninguém jamais desconfiaria que tinha acabado de beijar um rapaz que com toda a certeza não era meu pretendente. Que era um estrangeiro. Que agora era, em todos os aspectos que eu aprendera a valorizar, um plebeu.

Silas tinha razão: para onde quer que eu me voltasse, as pessoas me dirigiam olhares satisfeitos e sorrisos agradecidos. Eu finalmente tinha conquistado respeito, no instante exato em que decepcionava a todos.

Fui até a mesa principal e dei um beijo na bochecha de Jameson. Ele me lançou um olhar terno, mas continuou a conversar com o rei Quinten. Eu estava contando os minutos para que aquele homem fosse embora e levasse sua comitiva inteira junto. Precisava que tudo voltasse ao normal.

Contudo, comecei a me perguntar se chegaria a existir um normal. Desde o instante em que olhara Silas Eastoffe nos olhos, sentira *algo*. O fio me puxava, tenso, indestrutível. Ainda sentia o puxão quando ele entrou no salão, os olhos baixos, como se fosse incapaz de reunir forças para fingir qualquer felicidade.

Eu tinha dito que ele não me deixaria queimada. E ainda acreditava nisso. Se eu acabasse em chamas, seria por minha própria culpa.

Dezoito

RESPIREI FUNDO, INALANDO O CHEIRO FRESCO DAS FLORES QUE se abriam. Eu ficaria feliz em passar uma hora sozinha no labirinto de plantas dos pacíficos jardins de Keresken, mas era surpreendentemente agradável estar ali ao lado da rainha Valentina, enquanto Jameson e o rei Quinten treinavam tiro com arco. Jameson estava em bela forma, como certamente Quinten já estivera um dia. Àquela altura da vida, suas costas curvadas tornavam o gesto de puxar a corda um tanto desafiador. Ainda assim, pelos dedos seguros e pela firmeza no olhar, dava para ver que sabia exatamente o que estava fazendo.

Valentina e eu, refugiadas à sombra dos diversos guarda--sóis que os criados do palácio seguravam sobre nós, observamos Jameson atirar de novo. A flecha acertou muito perto do alvo, e o rei se voltou para mim com as sobrancelhas arqueadas, claramente à espera de elogios.

— Bravo, majestade! — comemorei, para logo em seguida engolir em seco. Tinha sido difícil pronunciar as palavras. O beijo secreto escondido em minha garganta bloqueava todas as palavras que eu sabia que tinha de dizer, e impedia todas as ações que eu devia realizar.

Eu tinha medo de que algo no meu modo de sorrir ou na sombra nos meus olhos acabasse por me entregar. A qualquer momento, Jameson descobriria que eu o tinha traído. E eu ainda não sabia explicar como aquilo tinha acontecido.

Mas não podia mudar nada. Minha esperança era esquecer o ocorrido e continuar firme em meu caminho em direção a Jameson e à coroa. Com um suspiro, virei-me para Valentina.

— Gostaria de agradecê-la mais uma vez por ontem — disse, na tentativa de retomar a conversa descontraída da noite anterior. Era muito mais difícil quando as circunstâncias pareciam tão oficiais.

— Meu papel foi pequeno. Você orquestrou tudo. Entendo por que seu rei gosta tanto de você — ela comentou, olhando para Jameson cheia de admiração. Não havia outro modo de olhar para ele.

Então por que beijei outra pessoa?

— Eu... ainda não sei bem o que fez com que me escolhesse — comecei, atrapalhada com as palavras. — Alguns dizem que é porque o faço rir. — Inclinei a cabeça para o lado, ainda sem saber ao certo qual era a verdadeira resposta à pergunta. — Como você e o rei Quinten se conheceram?

Ela deu de ombros.

— Não há muito o que dizer. Vivo na corte com meus

pais desde criança. É uma corte grande, então nossos caminhos só se cruzaram de verdade há poucos anos. E foi isso. Lancei-lhe um olhar de quem compreendia bem a situação.

— Sua história é muito parecida com a minha. É incrível o que pode acontecer quando saímos do campo para ir ao palácio.

—Verdade. O castelo foi praticamente nosso lar por anos; só saíamos para viajar. — Um sorrisinho se insinuou no rosto dela. — Já estive em quase todos os países do continente — Valentina se gabou. — Meus pais queriam que eu visse o mundo.

— Que inveja... Você sabe como meu mundo é pequeno. Ela fez que sim.

—Talvez seu rei seja mais aventureiro e a leve para conhecer os príncipes de cada nação. Ia ajudá-la muito. Existe certo tipo de educação que só recebemos ao viajar.

Pela maior parte da vida, eu nunca tivera motivos para pensar que precisava ver qualquer coisa além das colinas perto do solar Varinger e do nascer do sol sobre o rio Colvard, que cortava a capital. Mas conhecer gente da outra ponta do continente fora uma iluminação, e eu tinha muita vontade de ver mais coisas.

— Espero que sim. E vossa majestade? Tem a esperança de concluir esse tipo de educação? De visitar os últimos países que faltam?

O sorriso dela se desfez.

— O rei está extremamente preocupado com seu reino.

— Ah. — Eu não sabia ao certo o que aquilo queria dizer,

mas compreendi que, o que quer que fosse, era motivo suficiente para ficar perto de casa. Ao menos a viagem até Coroa não era muito longa.

— Isso me deixa com saudades dos meus pais — ela disse em voz tão baixa que quase não escutei. Quando voltei a olhá-la, Valentina já não se parecia tanto com uma rainha, e sim com o que era de verdade: outra jovem tentando encontrar seu caminho. — Guardo algumas lembrancinhas das nossas viagens... Este colar — ela disse, com a mão na corrente prateada ao redor do pescoço longo. — Meu pai o comprou para mim em Montoth, de uma cigana à beira da estrada. Tenho a impressão de que não foi ela quem fez.

Concordei com a cabeça, perguntando quem teria usado aquela joia em outros tempos.

— Era uma senhora simpática. Vibrante. Meu pai pagou mais do que ela tinha pedido. Porque era generoso.

— Então certamente vou querer conhecê-lo algum dia.

Valentina manteve o olhar fixo no horizonte e segurou o colar.

— Bem que eu gostaria. Gostaria que você pudesse ter conhecido meu pai e minha mãe.

Soltei um suspiro, ciente de que tinha acabado de arruinar uma conversa promissora.

— Sinto muito.

Valentina voltou os olhos para o rei.

— Eu também.

Não compreendi a súbita nota de raiva em sua voz, mas

não tive muito tempo para refletir sobre o assunto. Adiante, as criadas já traziam bandejas repletas de comidas elaboradas.

— Ouvi dizer que você gosta de culinária estrangeira. Tomei a liberdade de mandar fazer alguns pratos especialmente para você — eu disse, indicando o exército de criados que se aproximava. O rosto de Valentina se iluminou.

— É mesmo? — ela perguntou, incrédula.

— Sim. Eu... não estou enganada, estou? Claro que não precisa comer nad...

— Não, não! Estou encantada! — ela exclamou assim que as bandejas começaram a ser postas sobre a toalha, uma após a outra. — Este aqui eu conheço — ela comentou. — Vocês costumam preparar para o Dia da Coroação, certo?

— Isso. Tentei pedir algumas coisas específicas de cada região, além de pratos associados aos feriados de Coroa. Aquelas tortas ali, por exemplo. São para o solstício e vêm com uma calda dourada.

Ela pegou uma das guloseimas e enfiou na boca. Eu quase sempre gostava de arriscar, mas comida exótica me fazia pensar duas vezes. Admirei o fato de Valentina não hesitar.

— Uma delícia! E esses aqui?

Ela passava de um prato para o outro fazendo perguntas e comendo o quanto aguentava. O sorriso franco no rosto lhe dava um ar mais jovem, mais esperançoso. Naquele breve instante, vi a Valentina que não estivera presente no Grande Salão ou no torneio. Ela era realmente bela; isso era inegável, mesmo quando estava de cara fechada. Algo naquele rosto me fez compreender o motivo de Valentina estar no trono, de ser adorada pelas massas.

Mas logo lembrei dos comentários feitos pelos Eastoffe e me dei conta de que aparentemente ninguém a adorava. Imaginei que o povo nunca tivesse visto aquele sorriso.

— Fazia tempo que ninguém fazia algo tão bonito por mim — ela disse, desfrutando do sol. — Obrigada.

— É um prazer. Venha me visitar sempre que estiver de estômago vazio.

O som do seu riso dançou pelas árvores.

—Valentina! — o rei Quinten disparou, com a mão indicando o arco, como se as risadas tivessem interrompido algo da mais alta importância.

O sorriso brilhante sumiu num instante, e toda a luz ao redor dela se apagou. Com recato, a rainha baixou a cabeça e pegou uma torta para cobrir a boca.

— Ele é um tirano — murmurou baixo. — Sou capaz de jurar que, se fosse possível, caçaria a alegria em pessoa. — Ela logo caiu em si, e acrescentou: — Por favor, não comente isso com ninguém.

Também peguei uma tortinha para esconder a boca.

— Não se preocupe. Entendo muito bem o valor de manter certo nível de privacidade. Perdi bastante nos últimos tempos, e não consigo nem imaginar a sua situação. Jamais contaria nada a ninguém. Além disso, acho que você tem razão. Ele é meio rabugento.

Ela apertou os lábios para conter o sorriso.

— Quais são nossos planos para esta noite, Lady Hollis?

Senti meu coração disparar. A maré estava mesmo mudando.

— Ganhei recentemente um par de dados de ouro do rei Jameson. Estou tentando aprender alguns jogos.

— Vou levar dinheiro. É muito mais divertido quando apostamos alguma coisa — ela disse, como se pronunciasse uma pérola de sabedoria.

— Podemos convidar nossas damas de companhia também, se quiser.

Ela balançou a cabeça.

— Não. Quero ficar a sós com você.

Abri um sorriso.

— Claro, majestade.

Ela revirou os olhos ao ouvir o título.

— Tudo bem, era divertido quando eu queria que você me bajulasse, mas agora pode me chamar só de Valentina mesmo.

— Posso sempre bajular em nome dos velhos tempos, caso venha a ficar entediada.

Ela achou graça de novo, mas cortou o riso rapidamente. Reparei que o rei Quinten bufou antes de olhar para nós, sem pressa daquela vez. Seus olhos passaram por Valentina e logo se detiveram em mim, o que me deu calafrios. Eu podia ter vencido a resistência de Valentina, mas ainda não passava de um inseto para ele. Tratei de desviar o rosto rapidamente.

Lembrei a mim mesma que estava ali para acompanhar a rainha e que, se ela estivesse contente, minha tarefa estaria cumprida, mas sabia que quando me tornasse rainha sempre haveria um Quinten em minha vida. Dignitários e enviados surgiriam o tempo todo, e eu estaria na linha de frente, incapaz de me esconder. Alguns talvez viessem a gostar de mim, mas sempre haveria quem fizesse questão de me ignorar.

Ergui a cabeça e pensei em Valentina. Nós, mulheres numa gaiola de ouro, precisávamos aproveitar ao máximo o que tínhamos.

Dezenove

Não demorou muito para Valentina se cansar, o que por mim não era problema; também tinha assuntos particulares a resolver. O embrulho era leve e, como Lady Eastoffe já tinha mencionado a pintura do lado de fora de seus aposentos, eu sabia aonde ir.

Teoricamente, estava indo ver Scarlet, mas meus sentimentos armavam um complô dentro de mim. Eu sentia coisas demais ao mesmo tempo para compreender bem o que eram. Silas estaria lá? Tentaria conversar comigo? Eu queria que ele tentasse?

O beijo tinha sido uma surpresa. Não, não uma surpresa: um erro. Era fácil conversar com Silas, era fácil compreendê--lo. Havia uma motivação bondosa em tudo o que ele fazia, e a forma como os membros de sua família valorizavam uns aos outros me fazia querer estar perto não apenas dele, mas de todos. Além disso, Silas tinha uma beleza própria, com aqueles olhos azuis e seu sorriso angelical. Sim, Silas Eastoffe tinha bastante charme.

Mas, visto que não era Jameson Barclay, nada disso importava. O charme não me daria uma coroa nem traria esperança ao reino. Charme era bom, mas não necessário.

Endireitei o corpo diante da porta, me preparei para o que quer que estivesse — ou *quem* estivesse — do outro lado e bati.

— Lady Hollis! Que bom vê-la! — Scarlet me cumprimentou, escancarando a porta.

— Bem a pessoa que eu estava procurando — eu disse, ignorando a pontada no coração. — Espero não estar atrapalhando.

— Não, jamais. Por favor, entre. — Ela gesticulou para que eu o fizesse. Foi o que fiz, inspecionando o ambiente.

Havia uma pequena lareira e uma mesa grande o bastante para umas quatro ou seis cadeiras, apertando bem. Não havia muita decoração, mas os Eastoffe tinham algumas flores sobre o gaveteiro debaixo da janela. Duas portas davam para onde deviam ficar os dormitórios. Me senti um pouco mal por Scarlet provavelmente ter de dividir o quarto com os irmãos e não ter um canto só seu.

A única coisa que salvava os aposentos era a janela solitária. Ela tinha o mesmo tamanho de todas as outras janelas daquela fachada do castelo, então todos os aposentos, independentemente do tamanho, possuíam um amplo painel de vidro que deixava a luz passar. Olhei pela janela e achei a vista muito diferente da minha.

— Está vendo aquela casinha? — ela perguntou, apontando para uma pequena construção de pedra com telhado de palha e uma chaminé grande soltando fumaça. — É onde Silas e Sullivan estão trabalhando.

— Ah, é? — perguntei, me aproximando da janela para conferir.

— Quando Sullivan precisa dos meus dedos finos para o acabamento de alguma joia, ou Silas quer que eu faça o polimento de alguma espada, eles penduram um lenço azul na janela. Então sempre dou uma olhada.

— Eles têm tanto talento — comentei, admirada. — Sei costurar, mas só isso.

— Não é bem assim! — Scarlet protestou. — Você dança muito bem, e conversa duas vezes melhor do que qualquer pessoa de Isolte. — Me segurei para não dizer que aquilo estava longe de ser um elogio. — Mas também admiro meus irmãos. É raro ver uma pessoa de Isolte se dedicar a algo que possa ser considerado arte. E, mesmo quando os comparamos, vemos que fazem coisas bem diferentes.

— Como assim? — perguntei, com o olhar na janela daquela casinha, na tentativa de descobrir se era Silas ou o irmão que passava por ali.

— O trabalho de Sullivan... até precisa de fogo, mas é muito mais delicado. A quantidade de metal usado é bem menor... No fim das contas, o que Sullivan faz é muito mais seguro, e talvez ele pudesse trabalhar num lugar fechado.

— Parece que ele se mantém perto de Silas tanto quanto pode.

Ela confirmou.

— Sempre foi assim. Acho que nenhum de nós o entende como Silas. As pessoas acham que Sullivan é frio, mas não é verdade. Ele só não sabe o que dizer.

Abri um sorriso triste para Scarlet.

— Conheço bem essa sensação. Mas e o que Silas faz lá fora, então?

— É bem mais perigoso. Ele enfia grandes pedaços de metal no fogo, tira e depois os martela até ganharem a forma desejada. Silas já se queimou algumas vezes. Em pelo menos duas achamos que tinha inutilizado o braço para sempre. Felizmente, as infecções foram eliminadas, e ele ficou bem.

— Ainda bem.

Era consenso que os curandeiros de Isolte tinham feito bem mais avanços na medicina do que os de Coroa. Se Isolte podia usar nossa dança, nossa música e nossa arte, não poderíamos usar seus conhecimentos de medicina, plantas e estrelas? Eu arriscaria dizer que tanto Jameson como o pai jamais deixariam o orgulho de lado por tempo suficiente para pedir aquilo ao país vizinho.

— Mas Silas parece ser bom no que faz — acrescentei.

— Um dos melhores — Scarlet se gabou.

Sorri.

— Bom, a irmã dele é uma excelente professora e amiga, e eu trouxe algo para ela. Aqui está. Obrigada por concordar em nos ajudar no Dia da Coroação.

Ela pegou o embrulho e foi até a mesa.

— Para mim?

— É. E quero que saiba que estou tentando escolher pelo menos parte do meu séquito, por segurança. Gostaria muito que fizesse parte dele, mas vou precisar de um tempo para convencer Delia Grace das suas muitas virtudes. Espero que não se importe de esperar até eu conseguir fazer com que ela seja um pouco mais... receptiva.

Scarlet me lançou um olhar por cima do ombro.

— Não tenho a menor intenção de ofender, mas não vislumbro o dia em que Delia Grace será receptiva.

Comecei a rir. Apesar de ter passado pouquíssimo tempo com Delia Grace, Scarlet já a compreendia melhor do que a maioria. Lembrei de seus olhos atentos no primeiro dia em que entrara no Grande Salão. Me perguntei o quanto aquela moça não sabia da vida no castelo.

— Além disso, eu teria que recusar seu convite, de qualquer forma — ela prosseguiu. — Queremos nos mudar para o campo logo, para um lugar mais amplo e tranquilo.

Eu não sabia bem como receber a notícia. Sentia uma pontada de tristeza, mas também certo alívio. Eu não correria mais o risco de cruzar com Silas pelos corredores, ou sob as cores derramadas pelos vitrais. Não havia mesmo espaço para mais surpresas — ou erros — na minha vida. Eu ficaria livre de tudo isso assim que ele deixasse o palácio para sempre.

Voltei para a realidade e tentei continuar a conversa normalmente.

— Coroa dispõe de ótimas terras. Com certeza encontrarão um lugar que os atenda.

Ela abriu o presente e soltou um suspiro de alegria.

— Hollis, eu amei! — Scarlet disse, apertando o vestido contra o peito.

— Sobrou tecido, caso queira deixar mais comprido. Você é muito alta.

Ela riu.

— Eu sei. E veja só as mangas.

— Achei que ia gostar de uma roupa que combinasse com a das outras moças quando finalmente formos dançar. Também queria agradecer por ter concordado em se juntar a nós, apesar de Saul ter sido o meu parceiro preferido naquele dia.

— Fazia muito tempo que ele não sorria tanto. Só isso já foi um presente para todos nós.

Havia uma ponta de melancolia na voz dela que quase me fez chorar. Me perguntei se algum dia seria capaz de compreender o que eles tinham sofrido.

— Ótimo — comentei sem saber ao certo o que mais poderia dizer. — Bom, é melhor eu ir. *Alguém* tem uma reunião particular com a rainha Valentina hoje, graças à dica de uma amiga recente — acrescentei, olhando bem para Scarlet.

— A comida?

— Eu a enchi de doces de Coroa, e ela adorou. Obrigada.

— Quando quiser, Hollis. De verdade.

Ela ainda segurava o vestido e o apertava contra o corpo para ver como ficaria.

— Tenha um bom dia, Lady Scarlet.

Algo mudou no olhar dela. Scarlet devia ter perdido toda a esperança de voltar a ser chamada de lady. Fechei a porta ao sair e tomei o caminho dos aposentos da rainha. Pensei em como tinha rido de Scarlet comigo mesma naquele primeiro dia no Grande Salão. Me senti tão boba por não ter compreendido naquele momento o que compreendia agora: não éramos tão diferentes. Eu não era muito diferente dela, nem de Valentina, nem de Nora. No fundo, tínhamos feito inimizade com a cabeça, e as desfeito com o coração.

Vinte

Sentada diante da penteadeira, eu brincava com meu cabelo. Conforme o pedido de Valentina, tinha dispensado minhas damas de companhia naquela noite. Pela primeiríssima vez, estava sozinha nos meus novos aposentos. Tirei um instante para fechar os olhos e curtir a solidão. O palácio nunca ficava completamente em silêncio, e imaginei que era uma das coisas que acabaria aprendendo a amar. O fogo estalava e soltava faíscas, e dava para ouvir a batida distante de passos no andar de cima. Do lado de fora da janela, a cidade que se estendia quase até o castelo estava longe de descansar. Eu ouvia os cavalos nas ruas, homens gritando ordens e gente rindo ao ar livre. Se me concentrasse, era capaz de ouvir até os remos golpearem as águas do rio. Ao contrário do barulho do Grande Salão, esses sons eram uma canção bem-vinda.

Eu tinha passado a vida inteira me divertindo com danças,

torneios e companhias sem nunca perceber como um instante de calmaria era bom. Descobrira aquilo tarde demais.

Abri os olhos ao ouvir a batida na porta e fiquei paralisada por um segundo até lembrar que era eu quem deveria abrir. Lá estava Valentina, sorridente, balançando uma bolsinha de couro.

— Espero que esteja preparada para perder a sua fortuna, Lady Hollis. No meu auge, eu deixava os nobres da corte sem nada. — Ela passou por mim e entrou sem esperar convite. Embora eu me irritasse profundamente quando minha mãe fazia aquilo, a atitude de Valentina me pareceu tão natural que até aumentava seu charme.

— Agora não deixa mais? — perguntei ao sentar à mesa da sala de recepção.

Ela balançou a cabeça.

— Não. Os homens da corte mantêm distância. As mulheres também. — Ela largou a bolsinha e correu os olhos pelo ambiente, chegando a espiar o dormitório contíguo antes de sentar. — Seus aposentos são lindos.

— Bom, têm que ser. São os aposentos da rainha.

Valentina olhou em volta mais uma vez.

— Já?

Confirmei.

— Como eu ia me encontrar com uma rainha, o rei quis me dar roupas, joias e quartos comparáveis aos dela — expliquei com um sorriso. — Acho que é só uma questão de tempo até eu receber o pedido oficial de casamento.

Mais uma vez o rosto de Valentina se encheu de surpresa.

— Ele ainda não lhe deu o anel?

— Ainda não. Quis ser cauteloso. Mas agora parece que todos já sabem de suas intenções, então não deve demorar.

Ela pareceu intrigada com a minha situação. Já pegando meus dados de ouro, comentou.

— Sua relação com o rei é extremamente curiosa. Parece que ele gosta do seu... espírito livre, digamos.

Dei de ombros.

— Eu gostaria que todos pensassem assim, mas fico feliz por Jameson valorizar isso. O que fez o rei Quinten se sentir atraído por você? Não falou muito disso ainda.

Os olhos dela ficaram distantes no ato.

— É que não falo muito sobre isso mesmo — Valentina reconheceu.

— Ah — eu disse, franzindo a testa em confusão. — Desculpe se eu...

— Não foi nada. Pouca gente entende. Seria bom se alguém finalmente conseguisse compreender. — Ela suspirou, girando os dados nas mãos, sem olhar para mim. — Depois da morte da rainha Vera, quase todos na corte imaginaram que Quinten permaneceria solteiro. Ele tinha um herdeiro e, até onde todos sabíamos, não estava interessado num novo casamento. Acho... Acho que é possível que ele a tenha amado de verdade. Vera, digo. Eu o peguei sorrindo para ela algumas vezes quando eu era pequena.

"Eu tinha planos de me casar com Lorde Haytham. Ele gostava muito de mim, e meus pais o aprovavam, de coração. Quinten, na época, dedicava-se inteiramente à missão de encontrar uma esposa para o filho. Porém, parece que os relatos sobre a saúde frágil de Hadrian se espalharam muito além do que qualquer um podia imaginar. As poucas moças abordadas logo se tornavam noivas de outra pessoa. Uma delas, Sisika Aram, era uma amiga muito querida, e sei que foi prometida a outro *no mesmo dia* em que sua família foi chamada para conversar com Quinten."

— Por quê? — perguntei. — No mínimo, elas teriam a chance de entrar para a família real.

— Na época eu me perguntava a mesma coisa. Agora sei que elas foram muito espertas — Valentina respondeu, ainda sem me encarar, com um tom de voz que dava a entender que sua história de amor não tinha quase nada de amor. — No fim, Quinten recorreu a outros países, coisa que não desejava fazer a princípio, porque tinha certeza de que encontraria alguém para o filho em Isolte. Por fim, Quinten finalmente encontrou alguém para o príncipe, e o casamento está marcado para o inverno.

— Neve significa sorte em Isolte, não? — perguntei, com um sorriso.

Ela confirmou.

— Esperamos que caia uma camada bem grossa para abençoar o casal.

Era bonito. A neve não significava nada em Coroa, tampouco a chuva ou a brisa. Mas eu desejaria que nevasse para Hadrian.

— Espere. Isso não explica nada do seu envolvimento com Quinten.

— Ah — ela soltou, com um sorriso sem alegria. — Eu sabia menos da família real do que os outros. Como disse, viajava muito, e quase só conversava com meu grupo de amigas. Mas a maioria delas se casou, e eu perdi minhas amigas conforme foram deixando a corte para cuidar de suas novas propriedades e começar sua família... Coisas de recém-casadas.

— Certo.

— Assim, quando ficou evidente que o rei estava à procura de uma nova esposa, eu era uma das poucas jovens elegíveis da corte. Fiquei encantada com a ideia de usar a coroa, com a imagem de um homem com vestes reais. Quando meus pais receberam uma proposta extremamente generosa pela minha mão, fiquei lisonjeada.

"O que eu só soube mais tarde é que Hadrian teve um acesso de febre bem assustador poucas semanas antes de Quinten pedir minha mão. Passou três dias inconsciente. O rei se dera conta de que precisava de outro herdeiro, e eu tinha sido a escolhida. Não pela minha inteligência, nem pela minha linhagem, nem por saber cantar. Sou uma jovem saudável e tenho a obrigação de gerar um filho. *A obrigação.*"

Ela soltou um suspiro e eu me calei, atônita. Valentina, que para mim parecia tão digna de amor, talvez não fosse nem um pouco amada na vida real.

— Não fique assim — ela disse enquanto jogava os dados sem nenhum propósito a não ser vê-los cair. — A maioria dos casamentos reais funciona desse modo. Gostar do marido é desejável, mas o necessário é manter a dinastia. E a cama do governante é tão confortável quanto qualquer outra.

Engoli em seco.

— Posso fazer a pergunta mais indelicada que alguém poderia fazer no momento?

Ela abriu um sorriso malicioso.

— Gosto de você, Hollis. Vá em frente, pergunte.

— O que aconteceu com Lorde Haytham?

— Foi embora da corte. Agora mora no interior, e faz três anos que não o vejo. Acredito que já tenha se casado a essa altura, mas não sei. — Ela baixou a cabeça. — Eu não me importaria muito se fosse o caso. Mas gostaria de saber.

Por uma fração de segundo, pensei em Silas. A família dele encontraria uma propriedade. Ganhariam fama graças às peças impecáveis que produziam. Ele chamaria a atenção de alguma moça, superaria os preconceitos dela com aqueles olhos azuis penetrantes. E viria a se casar.

Ou talvez não.

Como eu ia saber?

— Agora posso fazer uma pergunta indelicada também? —Valentina arriscou.

Afastei os pensamentos e voltei a encará-la.

— Com certeza tem todo o direito.

—Você precisa me dizer a verdade. Seu rei... já foi cruel com você?

— Cruel? Como assim?

Ela fez um gesto evasivo com a mão.

— Só... *cruel*.

Vasculhei minhas lembranças. Talvez Jameson tivesse sido insensível, mas nunca cruel.

— Não.
A rainha levou a mão à barriga, na defensiva.
—Valentina?
Ela balançou a cabeça.
— Não é nada.
Estendi o braço por cima da mesa e agarrei sua outra mão.
— Tenho certeza que é, sim. Se há uma pessoa capaz de compreender a pressão que é passar de dama da corte a rainha, sou eu. Pode falar comigo.
Seus lábios apertados começaram a tremer antes de se abrirem numa sequência de soluços rápidos e entrecortados.
— Todo mundo me vigia o tempo todo. Estão esperando que eu lhes dê outro herdeiro, e sei que cochicham sobre mim. Mas não é culpa minha! — ela insistiu. — Tomo tanto cuidado!
— Do que está falando? — perguntei com os olhos na mão delicada sobre sua barriga. —Você está grávida?
— Não tenho certeza. Faz dois meses que não tenho sangramento, mas os sintomas... Já engravidei duas vezes antes, mas perdi. Este parece que vai ser diferente. Sinto... Sinto...
— Shhh. — Tentei acalmá-la enquanto me aproximava para lhe dar um abraço. — Com certeza vocês dois vão ficar bem.
—Você não entende — ela disse, endireitando-se na cadeira, tremendo e secando desesperadamente as lágrimas. Cheguei a pensar que Valentina estava tendo um ataque, porque a tristeza logo se transformou em raiva, e ela não parou de tremer nem por um segundo. — Se você contar alguma

coisa disso, acabo com a sua vida, ouviu? Se eu precisar escolher entre sua vida e a minha...

— Valentina, já falei que valorizo muito a privacidade. Tudo o que me disser vai ficar só entre nós duas.

Sua vontade de lutar arrefeceu. Ela relaxou o corpo e se recostou exausta na cadeira. As mãos estavam sobre a barriga, não tanto em proteção, mas em oração. Eu nunca tinha visto olhos tão assustados.

— Elas acham que me considero superior a elas —Valentina começou. — Todas as mulheres da corte. Não falam comigo porque subi de posição e devo me achar boa demais para me misturar com elas. Mas não é verdade. É Quinten. Ele gosta que eu fique reclusa.

Lembrei de Scarlet ter comentado que Valentina passara seis meses isolada. Me perguntei se alguém sabia que sua solidão não fora escolha própria.

— Sinto muito. É por isso que você só tem uma dama de companhia?

Ela fez que sim.

— Nem falamos a mesma língua. Ela me traz o que sabe que eu preciso, e estamos conseguindo nos entender melhor, mas não chega a ser uma confidente. Não tenho ninguém com quem conversar, nenhum aliado, e estou com medo.

— Medo? — Céus, ela era a rainha. — Medo de quê?

Notei o terror em seus olhos, e ela começou a tremer e balançar a cabeça muito rápido.

— Falei demais. Eu... Você não pode contar isso nunca.

— Valentina, se está em perigo, pode pedir asilo em um

dos nossos santuários. Ninguém teria permissão para tirá-la de lá.

— Talvez isso valha aqui — ela disse, levantando desajeitada —, mas não em Isolte. Eles não ligam.

— Quem não liga?

— Eles sempre vêm. Se ficar no caminho, eles sempre, *sempre* vêm.

— Quem?

— Levaram meus pais. E, se eu não gerar um herdeiro, vai ser só uma questão de tempo...

Eu a segurei pelos ombros.

—Valentina, do que está falando?

Algo mudou mais uma vez em seu olhar. Seu rosto ficou calmo, decidido. Eu nunca tinha visto as emoções de alguém quicarem de um lado para o outro tão rápido.

— Seja muito grata por sua linda vidinha, Hollis. Nem todas temos esse luxo.

O que ela estava tentando dizer? Quem eram *eles*? Antes de eu descobrir como formular minhas perguntas, ela já tinha levantado, ajeitado o vestido e saído.

Fiquei ali sentada, na cadeira dura, pasma. O que tinha acabado de acontecer?

Tentei desacelerar meus pensamentos e repassar a conversa. Valentina podia estar grávida ou não, e já tinha perdido dois bebês desde que se casara com o rei Quinten. Ela estava sozinha em Isolte. Tinha perdido os pais por meios obscuros. E temia pela própria segurança.

Não adiantava pedir mais respostas a ela. Mesmo que tivesse coragem, não sabia se Valentina conseguiria falar alguma coisa naquele estado. Tinha uma ideia de a quem poderia pedir mais informações, mas depois da noite anterior, não estava certa de que seria capaz de encará-lo.

Só que não conseguia me segurar. Precisava saber mais. Saí depressa dos aposentos em direção aos fundos do castelo. Os corredores estavam quase todos vazios, mas mesmo que não estivessem eu teria corrido. Hesitei um pouco diante da porta dos Eastoffe. Teria sido mais prudente ir embora, pelo bem de muitas pessoas.

Mas, se eu fosse embora, não teria como ajudar Valentina. Do outro lado da porta, ouvi conversas baixas, mas todo o ruído cessou abruptamente quando bati. Foi Lorde Eastoffe que veio abrir.

— Ah, Lady Hollis. A que devemos o prazer da sua visita? — ele perguntou, animado.

Atrás dele, estavam sua esposa, sorridente, assim como as visitas da família. Exceto Etan, que se retirou da mesa com cara de enfado. Mas ele não era o único a parecer pouco receptivo. Fiquei surpresa de ver até Scarlet assumir um ar cético e Sullivan baixar a cabeça. Silas parecia não saber bem como reagir à minha visita inesperada.

Pensei que podia conversar com qualquer um deles. Scarlet, por ser mulher, talvez soubesse mais. Mas havia só um entre os presentes a quem eu confiaria um segredo.

— Descobri que tenho uma pergunta bem específica sobre Isolte e gostaria de saber se posso tomar Silas emprestado por alguns minutos. Prometo que não vai demorar.

Lorde Eastoffe olhou para trás.

— Claro. Filho?

Silas levantou e me seguiu até o corredor com o rosto melancólico.

— Acho que tem uma porta ali, não é? — indiquei, com muita dificuldade de olhar em seus olhos.

— Tem. É por ela que vamos até os anexos.

Fui atrás dele, e agradeci pela lua estar quase cheia quando seguimos pelo caminho do lado de fora do castelo. Ainda não tínhamos ido muito longe quando ele se virou.

— Desculpe.

— Quê? — perguntei.

— Pela noite passada. Não sei o que me passou pela cabeça, e sinto muito por ter ofendido você.

— Ah. — Corei ao lembrar daquele beijo estonteante. — Você não me ofendeu.

Ele arqueou a sobrancelha.

— O jeito como saiu em disparada pelo corredor disse o contrário.

Comecei a rir.

— Acho que eu podia ter reagido diferente.

— Você podia ter ficado — ele sugeriu, com um leve sorriso no rosto.

Fiquei sem ar.

— Acho que nós dois sabemos que eu não podia. Mal conheço você, e mesmo que conhecesse, sou comprometida.

— Achei que você tinha dito que o rei ainda não havia pedido sua mão.

Soltei um suspiro.

— E não pediu. Ainda não pode pedir, mas...

— Então que promessa estaria quebrando? Fiquei parada, apertando as próprias mãos, tentando encontrar uma resposta irrefutável. Não consegui.

— Tenho me esforçado muito para convencer as pessoas de que sou digna da posição em que me encontro. Creio que estou quase lá, e não quero fracassar. Tenho medo do que aconteceria se falhasse — admiti. — Nem sempre reagi com medo diante das situações. Agora, o medo parece pairar sobre cada uma das minhas escolhas. Mesmo sobre a escolha de vir aqui esta noite.

Silas deu um passo na minha direção. Por um instante, senti o ar fugir dos meus pulmões. Precisei de um tempo para me recuperar.

— O que houve? — ele perguntou.

—Valentina — confessei, tentando me concentrar no motivo daquele encontro. — Ela foi me visitar hoje, e no começo parecia bem, mas então conversamos sobre a família dela e o rei, e de repente ficou muito abalada e começou a me dizer coisas sem sentido.

Fiz uma pausa e respirei fundo. Não podia revelar o segredo de Valentina; precisava tomar cuidado na escolha de palavras.

— Eu estava me perguntando se você sabe alguma coisa sobre os pais dela — prossegui. —Valentina só falava que *"eles sempre vêm"*, parece que alguém os levou. Faz alguma ideia do que ela quis dizer?

Silas olhou para o chão.

— Receio que sim. Os pais de Valentina eram... — ele fez uma pausa para encontrar a palavra certa — *contrários* a certas coisas que vinham acontecendo em Isolte. Começaram a manifestar demais sua oposição e chamaram a atenção dos Cavaleiros Sombrios.

Um arrepio perpassou meus braços de cima a baixo.

— Quem são eles?

— Não sabemos. Alguns dizem que são nobres, outros que são ciganos. Alguns estão convictos de que são membros da guarda real, mas ninguém sabe com certeza. A identidade deles é cuidadosamente protegida, porque quando chegam, a destruição é total. Inspiram o ódio mais violento na minha terra natal. Conheci um homem que perdeu tudo num incêndio supostamente iniciado pelos Cavaleiros Sombrios. Esse homem se vingou de alguém que acreditava ser um deles. Matou uma família inteira.

Silas se deteve, balançando a cabeça.

— Estava errado. Todos sabiam que Lorde Klume era um homem bom, mas seu status e sua proximidade com o rei faziam muitos pensarem o contrário. Para manter a paz, o rei Quinten mandou executar o assassino de Lorde Klume, de modo que ninguém se sentisse tentado a fazer justiça com as próprias mãos. Mas muitas pessoas vivem com o medo de que, se disserem ou fizerem algo de errado, irão atrás delas. E como ninguém pode ter certeza da identidade dos Cavaleiros Sombrios, é difícil saber em quem confiar.

— Então os pais de Valentina confiaram nas pessoas erradas?

Silas deu de ombros.

— É provável. Em todo caso, o desaparecimento dos pais da rainha pôs a maioria das pessoas em seus devidos lugares.

— Desaparecimento? Ainda não os encontraram?

— Encontraram, sim — Silas disse, olhando para a distância como se ainda pudesse ver a cena. — Os corpos foram deixados em frente aos portões do castelo. Todos viram. *Eu* vi. Foi algo... pensado. E Valentina... Quando ela chegou aos corpos, emitiu um som que eu nunca tinha ouvido um ser humano produzir antes. Ainda sou incapaz de imaginar sua dor.

Balancei a cabeça.

— Não foi à toa que vocês decidiram ir embora.

— Meus pais só queriam nos dar uma chance — Silas disse simplesmente. — Durante quase toda a nossa vida, a paz parecia um sonho inalcançável.

Admirei a esperança dele, e me encantava saber que por morarem em Coroa teriam a chance de uma vida feliz. Mas eu ainda pensava em Valentina; ela não tinha a opção de ficar. Levei a mão ao coração e pensei em suas palavras.

— Acha que a rainha corre perigo?

Silas respondeu de imediato.

— Não. O rei precisa dela. Valentina é seu único meio de conseguir outro herdeiro. Você viu o príncipe Hadrian. Cada dia que sobrevive é um milagre. Seu casamento está marcado para o inverno, mas...

Ponderei a respeito.

— Não sei. Ela parecia tão... Não sei nem se tenho as palavras certas para descrever. Parecia desesperada, amedrontada, ansiosa e cansada. Tudo isso ao mesmo tempo, e mais.

Silas estendeu a mão e tocou meu braço.

— Ela talvez seja a pessoa mais solitária que conheço. As mulheres da corte não se envolvem com ela, nenhum homem em sã consciência ousaria olhá-la, e agora seus pais foram mortos. Com certeza deve estar sentindo várias coisas. Não gosto muito dela como rainha, mas fico feliz por ao menos ter conversado com você.

Eu só conseguia pensar no calor do toque de Silas e na ternura de sua voz. Ficava cada vez mais difícil lembrar a mim mesma que estava ali por causa de Valentina.

— Sempre estarei disposta a ouvir qualquer um que precisar de uma amiga.

— Eu sei — ele disse baixinho. — Isso torna você única. Tenho a sensação de que mesmo as pessoas em quem não tem muita confiança podem confiar em você.

Fiz que sim.

— E é por isso que preciso ir agora. Já contei mais do que Valentina gostaria. Espero que me faça a gentileza de guardar os segredos dela.

— Farei tudo o que me pedir.

Mordi o lábio e escolhi as palavras com cuidado.

— Outras pessoas precisam de mim... Tenho medo de desapontá-las se me demorar demais.

A mão dele ainda estava no meu braço.

— Gostaria que se demorasse mesmo assim.

Lágrimas começaram a despontar no canto dos meus olhos, e um peso surgiu em minha garganta.

— Não sei que sentimento é esse, não entendo por que

não consigo ficar longe de você... Mas *preciso*. Tanta coisa depende do meu casamento com Jameson. E não só em relação a mim, mas a você também. Jameson poderia mandar você e sua família de volta a Isolte caso se sentisse ofendido. E não quero colocar a vida de vocês em risco, se as coisas são tão ruins quanto conta. Gosto demais de Scarlet.

— Só de Scarlet? — ele perguntou, baixinho.

Fiz uma pausa antes de responder.

— Não. De você também. *Você* significa muito para mim.

À pouca luz que as estrelas nos concediam, seus olhos pareciam cristalinos.

— E eu sofreria com qualquer coisa que a magoasse. Parece que perdemos de um jeito ou de outro.

Fiz que sim, as lágrimas já transbordando.

— Acho que a vida vai nos dar uma felicidade que ainda não somos capazes de enxergar — eu disse, e apontei para o céu. — Agora só vemos estrelas, pequenas faíscas de luz. Mas logo o sol virá. Só temos que esperar.

— Mas *você* é meu sol, Hollis.

A frase era diferente do que Jameson já dissera dezenas de vezes a meu respeito. Ele sempre dizia que eu era *o* sol, brilhante mas longínquo, iluminando tudo a seu alcance. Ser o sol de Silas me fazia sentir que tinha um motivo para me levantar.

— Prometo me afastar. Não vou mais atrás de você, nem puxarei conversa. E tenho certeza de que não precisará mais de nenhuma joia de emergência para visitas reais.

Concordei com a cabeça.

— Ótimo. Isso vai ajudar — ele prosseguiu, engolindo em seco. — Antes de eu nunca mais falar com você de novo... será que me concederia um último beijo?

Nem questionei aquele desejo. Voei para cima dele.

E foi tão fácil. Era como entrar no ritmo de uma dança ou respirar fundo. Parecia que beijar Silas sempre tinha sido meu destino, algo que eu sabia fazer sem pensar. As mãos dele subiram pelo meu cabelo e me seguraram com força enquanto seus lábios se moviam intensamente, como se soubessem que jamais voltaríamos a ficar a sós daquela maneira. Agarrei a camisa dele e o puxei para mim, a fim de nunca esquecer o leve cheiro de brasas que ele sempre tinha.

Antes do que eu gostaria, ele se afastou e me olhou nos olhos.

— Agora eu preciso voltar à minha família.

Fiz que sim.

— Adeus, Silas Eastoffe.

— Adeus, Hollis Brite.

Ele deu um passo atrás e se curvou. Reunindo toda a força de vontade que ainda me restava, dei meia-volta e fui embora.

Vinte e um

— Hollis — Delia Grace sussurrou para me arrancar do sono.

— Humm?

— Chegou uma mensagem para você.

Levantei os olhos e dei com Delia Grace diante de mim, com o rosto coberto de preocupação.

— Céus, seus olhos estão vermelhos. Você andou chorando? — ela quis saber.

Num instante, minha cabeça se encheu de imagens da noite anterior.

Passaram-se horas até o cansaço silenciar minha mente, e ainda mais até acalmar meu coração. Eu não fazia ideia do quanto tinha dormido; só sabia dizer que não tinha sido muito.

— Não — eu disse com firmeza, tentando sorrir. — Acho que alguma coisa deve ter irritado meus olhos ontem.

Delia Grace sentou à beira da cama e levantou meu queixo para examiná-los melhor. Ela olhou bem fundo nos meus olhos, o que me incomodou. Eu sempre tinha a sensação de que minha amiga conhecia meus pensamentos melhor do que eu mesma.

—Vou umedecer uma toalha em água fria e você vai apertá-la de leve contra os olhos. Não pode encontrar o rei e a rainha assim.

— Como? — perguntei.

— Desculpe — ela disse, balançando a cabeça enquanto levantava para ir buscar a toalha. — Chegou uma mensagem para você. O rei Jameson *exige* sua presença numa reunião com o rei Quinten e a rainha Valentina.

— Exige? — perguntei, engolindo em seco. Pensei na hora que alguém tinha descoberto algo, mas tomara muito cuidado ao encontrar Silas, e já estava tudo acabado. Não, devia ser outra coisa.

— Acho que vou querer usar o vestido preto hoje, Delia Grace. Aquele com detalhes vermelhos nas mangas, sabe?

Ela fez que sim.

— Muito bom. É um visual bem sério. E acho que temos uma tiara que vai combinar perfeitamente com ele. Deite-se e ponha isso nos olhos — ela disse, trazendo a toalha úmida. —Vou preparar tudo rapidinho.

Balancei a cabeça.

— O que eu faria sem você?

— Já conversamos sobre isso, Hollis. Você ia se afogar.

Mantive a toalha sobre os olhos. Depois de um tempo, quase todo o inchaço sumiu. Assim que eu me aprontasse, ninguém notaria nada. Não precisei fazer muita coisa além de permanecer parada enquanto escovavam meu cabelo e amarravam meu vestido. Na hora de sair, Nora e Delia Grace formaram uma fila atrás de mim, como meu pequeno exército particular. Eu precisava admitir que me sentia bem melhor com elas ao meu lado.

Havia gente circulando pelos corredores e perto do Grande Salão. Fui até os guardas que estavam à porta do rei sem hesitar.

— Sua majestade requisitou minha presença.

— Sim, milady — respondeu o guarda. — O rei a espera.

Ele abriu a porta para mim, mas deteve Delia Grace e Nora antes que pudessem passar.

— É uma reunião particular — disse, enquanto eu assistia impotente a grande porta de madeira nos separar.

Endireitei o corpo, respirei fundo e caminhei até a mesa cheia de papéis onde Jameson e o rei Quinten estavam sentados. Também havia algumas pessoas nos cantos, membros do clero e do conselho privado, todos debruçados sobre livros ou anotações. Os integrantes mais surpreendentes do grupo eram meus pais, que não falavam comigo desde antes da chegada do rei e da rainha de Isolte.

Reparei na expressão de triunfo em seus rostos antes de Jameson levantar com um salto para me cumprimentar.

— Meu coração! — ele cantarolou, abrindo os braços. — Como está hoje?

— Bem — respondi, torcendo para que não sentisse minhas mãos tremendo. — Tenho a sensação de que mal o vi nos últimos dias, então apenas estar na sua presença já me deixa feliz. Costumava ser fácil agradar Jameson, dizer aquilo que eu sabia que ia animá-lo. Agora parecia que eu tinha cascalho na boca, dificultando a saída das palavras.

Ele sorriu e acariciou minha bochecha.

— Tem razão. Tenho andado ocupado. Prometo compensar quando nossos convidados partirem. Venha, fique de pé ao lado da minha cadeira.

Obedeci, tomando o lugar que me cabia. Era difícil ficar tranquila, porém, com o rei Quinten me lançando olhares de censura.

— Pelo menos a sua é pontual — ele murmurou.

Não se passou nem um segundo e a última pessoa do grupo, Valentina, adentrou o salão apressada. Sua mão estava sobre a barriga.

— Minhas mais profundas desculpas — ela começou a falar, calma. — Eu estava... indisposta.

O rei Quinten pareceu se dar por satisfeito com a explicação e voltou a prestar atenção em Jameson.

— Então, quando disse que vai ser o casamento?

O rei sorriu.

— Ainda não disse. Estou resolvendo alguns detalhes — ele falou, levantando a mão para tocar a minha, que estava apoiada no encosto da cadeira. — Mas em breve serão informados dos meus planos.

Quinten fez que sim com a cabeça e perguntou.

— E tem certeza de que ela tem pedigree?

Tentei manter o rosto firme. Não gostava que falassem de mim como se eu fosse um bode. Um bode que estava bem ali. Jameson se endireitou no assento.

— Por acaso seus olhos estão com algum problema? Basta olhar para ela.

Sem se impressionar, Quinten espichou a cabeça na direção dos meus pais.

— Eles não disseram que ela é filha única? E se for estéril? E se lhe der apenas um filho?

Notei o pescoço de Jameson assumir um tom preocupante de vermelho perto do colarinho. Coloquei a mão em seu ombro e respondi eu mesma ao rei.

—Vossa majestade, o senhor mesmo deveria saber que ter apenas um filho não diminui em nada o valor de um homem. Só é preciso... se concentrar nesse único herdeiro.

Jameson sorriu para mim. Nenhum de nós diria que Hadrian era um sucesso arrebatador, mas quem aquele homem pensava que era para vir falar de filhos que nem sequer existiam enquanto o dele estava no bico do corvo?

Os olhos de Quinten, claramente contrariado, pareceram mais frios.

— Ninguém lhe pediu para falar.

—Valorizo todas as opiniões de Lady Hollis — Jameson insistiu, ainda que fosse o oposto do que me dissera outro dia.

— Sua alegria de viver e sua mente curiosa são algumas de suas qualidades mais preciosas.

Quinten fez cara de tédio. Valentina tinha me dito para ser grata pelo que tinha, de modo que tentei me alegrar um pouco ao ver que Jameson tinha a bondade de mentir sobre minha importância.

— Sua resposta já deveria ser prova suficiente de sua saúde, não apenas da mente e da alma, mas também do corpo — Jameson falava com tanta paixão que foi fácil ver por que tinha me apaixonado por ele. Só esperava que fosse o bastante para que me apaixonasse de novo. — Acredito que Hollis dará um excelente herdeiro a Coroa, com mais meia dúzia de sobra.

Desviei o olhar e prendi uma mecha de cabelo atrás da orelha. O insulto de antes agora se tornava angustiantemente pessoal. Com tantos assuntos a discutir, por que conversavam sobre minha fertilidade?

Quinten continuou a me olhar, tomando minhas medidas mentalmente, como se eu estivesse à venda.

— E sua escolha é inabalável? — ele perguntou, como se esperasse que Jameson tivesse uma amante escondida em algum lugar da Ala Norte.

Jameson levantou seus olhos escuros e adoráveis para mim. Senti uma pontada no coração, porque parte de mim desejava que ele tivesse mesmo uma amante.

— Meu carinho por Hollis é definitivo e irrevogável. Se quer que eu assine isto, precisa saber que a assinatura dela estará ao lado da minha.

A vergonha se abateu sobre mim em ondas que foram se quebrando uma após a outra. Ele tinha me instalado nos aposentos da rainha, tinha me deixado usar joias reservadas à realeza, e agora estava prestes a botar meu nome numa questão de Estado.

Um religioso levantou a mão. Jameson sinalizou para que falasse.

— Embora vossa majestade tenha deixado claras suas intenções para com Lady Hollis, não pode colocar o nome dela num documento antes de se casarem. É a lei.

Jameson bufou.

— Isso é uma banalidade ridícula. Ela já é praticamente minha esposa.

Senti meu estômago se revirar, e agradeci por não ter comido nada ainda.

Você já sabia que ele pretendia se casar com você, disse a mim mesma. Ainda assim... Jameson nunca tinha falado daquele jeito antes. Como se não tivesse escapatória.

Esperei que a voz na minha cabeça me dissesse que eu estava errada, que ainda havia um jeito de agradar meus pais, ajudar Delia Grace, proteger os Eastoffe e ser uma fiel súdita de Jameson sem precisar usar uma aliança e uma coroa. A voz não disse nada.

— Seus ancestrais tinham boas intenções — o religioso insistiu —, mas se quiséssemos mudar algo dentro da lei, teríamos que esperar até a próxima assembleia entre lordes e clérigos, que só ocorrerá no começo do outono. Por ora, temos de preservar as leis. *Pois se abalardes uma...*

— *A todas abalareis* — Jameson bufou. Era a mesma rima que eu tinha aprendido quando criança, o motivo de termos estudado cada regrinha que nos fora transmitida. Tentávamos não quebrar nem uma delas, porque seria o mesmo que quebrar todas. — Se as leis nos dizem para esperar, então esperaremos.

— De acordo — o rei Quinten acrescentou, pela primeira vez com certa reverência na voz. Isolte também era um país de muitas leis, embora eu não soubesse nada delas. Pelo menos numa coisa todos concordávamos: lei era lei. — Vamos deixar apenas nosso nome no tratado e pronto. Assim que Hadrian se casar, ele e a esposa podem assiná-lo, assim como vossa majestade e sua esposa, nesta mesma época do ano que vem, talvez.

Jameson aprovou, animado.

— De acordo. E como sua linhagem é a mais diretamente afetada, deve levar o contrato. Viajaremos para assiná-lo no ano que vem.

Franzi a testa. Que acordo era aquele que envolvia o príncipe Hadrian?

— Mas fica acordado então — continuou Jameson com firmeza, o olhar fixo no rei Quinten — que nossa filha mais velha será entregue ao filho mais velho do príncipe Hadrian, mas somente se também gerarmos um filho homem que poderá ser nosso herdeiro. Se tivermos apenas meninas, nossa segunda filha será a noiva, e a primeira será a rainha. Algo mais a discutir?

Senti minhas pernas vacilarem. Jameson estava despachando nossos filhos em um contrato? Estava dando nossas meninas para Isolte? Segurei com força o encosto da cadeira para me manter ereta.

O rei Quinten fez uma careta, como se pensasse se conseguiria barganhar mais, como se levar minha filha não fosse suficiente. Por fim, ele se inclinou para a frente e tomou a pena.

Valentina e eu permanecemos caladas enquanto ambos assinavam o contrato. Dei-me conta de que, ainda que meu nome não estivesse no papel, aquilo estabelecia laços de família entre mim, Quinten, Valentina e Hadrian.

Ele conseguira minha filha, e consequentemente parte de mim também.

Todos no salão aplaudiram. Enquanto Jameson e Quinten davam um aperto de mão, fui abraçar Valentina.

— Você sabia? — cochichei.

— Não. Teria avisado você. Espero que confie em mim o bastante para acreditar nisso.

— Confio. Você é a única que sabe como é estar na minha situação.

Ela me tomou pela mão e me levou em direção à parede.

— Na noite passada — ela cochichou apressada —, eu estava fora de mim. Às vezes, quando se está grávida, a cabeça fica meio estranha, e eu...

— Não precisa se explicar.

— Preciso — ela insistiu. — Eu não estava falando com clareza, e você não deve tomar nada daquilo a sério. — Então ela disse, acariciando a barriga: — Senti enjoo esta manhã. Foi por isso que me atrasei. É um sinal muito bom.

Coloquei a mão sobre a dela.

— Parabéns... Mas tem certeza de que está segura?

Valentina fez que sim, segurando minhas duas mãos.

— Agora estou.

— Prometa que vai me escrever. Vou precisar de muita orientação. Sobre como sobreviver depois de ver meus filhos serem usados como peões em um jogo de xadrez, por exemplo. — Senti as lágrimas se acumularem nos meus olhos, mas fiz uma força enorme para contê-las.

— Eu sei. Imagine a pressão que sinto. Mas vou escrever quando puder... Embora às vezes vá precisar adivinhar o que quero dizer. Não acho que a minha correspondência seja totalmente particular.

— Entendo.

— Cuide-se, Hollis. Mantenha um sorriso no rosto do seu rei e tudo correrá bem. — Ela se aproximou e me deu um beijo na bochecha. — Preciso ir supervisionar a arrumação das malas. E descansar um pouco — ela acrescentou com um sorriso.

— Majestade — eu disse com uma reverência.

— Você escreve primeiro — ela pediu em voz baixa. — Para que eu tenha uma desculpa para responder.

Ela se juntou ao rei Quinten, que me lançou um último olhar de desprezo antes que atravessassem a porta.

Jameson veio até mim, esfregando as mãos como se tivesse acabado de desferir o golpe final de um torneio. Em resposta, me esforcei para abrir um sorriso encantador.

— Meu pai nunca poderia ter feito *isso* — ele disse, rindo.

— Fico feliz por ter se manifestado aquela hora. Me poupou de ter que atacar um idoso.

— Bom, não haveria nem disputa — comentei, e Jameson riu de novo. Antes eu considerava a risada dele quase um prêmio; agora, era tão frequente que não passava de um ruído.

— Estou curiosa para saber por que ele optou por fazer um acordo para o filho do príncipe Hadrian, e não para o filho que desconfio que Valentina está esperando.

— Ninguém é capaz de adivinhar as motivações daquele velho. O simples fato de nos procurar já foi estranho — Jameson comentou ao tomar meu braço para me conduzir para fora do Grande Salão.

— Como assim?

— A maior parte dos isoltanos prefere se casar com isoltanos, e a linhagem real deles é completamente pura, desde o início. Se ele quer que outra princesa se case com seu neto, deve ter um motivo muito forte.

— Interessante. Valentina me disse que Hadrian vai se casar com uma pessoa de sangue real também — comentei, sobrecarregada demais com meus sentimentos para me importar de verdade. Olhei para Jameson e sorri na tentativa de esconder minha tristeza com piadas. — Em todo caso, da próxima vez que pensar em assinar um contrato para despachar nossos filhos para outro reino, poderia me avisar antes de eu chegar na sala?

Ele desdenhou.

— Ah, Hollis, não são *nossos* filhos. São *meus*.

— Quê? — perguntei, fazendo força para sustentar o sorriso.

— Todos os filhos que tivermos serão como flechas na minha aljava. E eu vou apontá-las para onde for necessário, pelo bem de Coroa.

Ele me deu um beijo no rosto quando as portas se abriram e deixou que me juntasse às minhas damas. Delia Grace notou o terror em meu rosto quando nos viramos para sair, mas foi Nora quem me tomou pela mão ao longo do caminho. Pelo bem das aparências, reprimi o que sentia e saudei a todos por quem passávamos com a cabeça. Estava me saindo bem até ver os Eastoffe.

Os Northcott estavam com eles, talvez se despedindo. Fiquei feliz ao ver que Etan já ia embora. Mas vi de relance os olhos azuis de Silas, e minha mente deu um salto para o futuro, imaginando filhos com aqueles olhos azuis perfeitos e minha pele morena. Filhos que seriam meus.

Apressei-me para fora do salão antes que alguém notasse a violência do meu pranto.

Vinte e dois

Depois da partida da corte isoltana, não podia evitar olhar nos olhos de qualquer criança que encontrava e me perguntar a respeito de sua família e seu futuro.

O engraçado era que os meninos sempre pareciam ficar mais perto dos pais, ora com um ar apreensivo, ora endireitando o corpo como se estivessem de guarda. A maior parte das meninas fazia o que Delia Grace e eu tínhamos feito: encontrava uma amiga para ter por perto, para compartilhar o entusiasmo, e para descobrir as aventuras que vinham com a vida na corte.

Eu sempre me sentia assim quando girávamos lado a lado na pista de dança ou desfilávamos pelo palácio nos dias santos; era uma aventura maravilhosa. Chegava a sentir pena das coitadas do campo, que trabalhavam nas terras de nossas famílias e jamais sentiriam o toque do cetim ou seriam levantadas no meio de uma dança. Depois de passado o choque de ganhar os aposentos da rainha, eu me sentira intocável, como se finalmente tivesse provado a todos que duvidavam de mim que haviam se enganado, como se tivesse mostrado ao mundo inteiro meu valor através do amor do rei.

Eu tinha tudo.

E, no entanto, quando Jameson pusesse uma aliança em meu dedo e uma coroa em minha cabeça, eu sabia que a sensação seria de que estava perdendo tudo.

— Senhorita? — uma voz preocupada perguntou.

Levantei a cabeça e deparei com Lorde Eastoffe e sua família inteira no corredor, a caminho do Grande Salão. Percebi que eu tinha parado para observar um pai que apontava um belo arco no teto do castelo para o filho. Balancei a cabeça, corando, e dei um passo ao lado para sair do caminho.

— Algum problema? — Lorde Eastoffe insistiu.

— Não — menti enquanto tentava impedir que meus olhos se detivessem em Silas por tempo demais. — Acho que, agora que os visitantes foram embora, estou sentindo falta de toda a animação.

Ele sorriu.

— Na minha juventude tive a mesma sensação mais de uma vez — Lorde Eastoffe comentou, trocando um sorriso confidente com a esposa.

Lady Eastoffe me olhou com ternura. Algo nela me dava vontade de correr para seus braços. Ao que tudo indicava, tinha fugido do próprio país pelo bem-estar dos filhos. Compreenderia minha dor se eu lhe contasse que *meus* filhos serviriam de moeda de troca em negócios de Estado.

— Não se preocupe, Lady Hollis — ela disse. — O Dia da Coroação já está próximo, não é? Scarlet não vê a hora de ensaiar sua dança. Logo teremos mais comemorações.

Forcei um sorriso e acenei com a cabeça.

— Obrigada, Lady Eastoffe. Ainda há muitos preparativos a serem feitos para o Dia da Coroação. Logo avisarei você, Scarlet. Acho que um pouco de dança fará bem a todos nós.

Com os olhos onividentes de Scarlet, o sorriso preocupado de Lady Eastoffe e o olhar cabisbaixo de Silas, eu imaginava que metade da família tinha percebido que eu estava me afundando em tristeza, mas nenhum de nós podia tocar no assunto.

—Vou esperar — Scarlet disse com uma breve reverência.

Acenei com a cabeça e retomei meu trajeto. Lutei contra a vontade, mas perdi. No meio do corredor, olhei para trás. Silas estava me olhando.

Ele esboçou um leve sorriso, que retribuí. E então nós dois voltamos a caminhar.

Querida Valentina,

Faz apenas alguns dias que partiu, e já me vejo desejando sua companhia. Ainda estou atônita com aquele contrato. Ele me fez tomar consciência de como era verdade tudo o que você falou. O amor pode ter me levado até Jameson, mas esta vida não vai ser tão fácil quanto esperava. Depois de ouvir a história de como você ganhou a coroa, imagino que ninguém lhe ensinou a ser rainha. Mas, se eu estiver enganada, será que poderia me passar um pouco dessa sabedoria? Desde sua partida, me sinto afundar em

— O que está escrevendo? — Delia Grace perguntou ao passar pela minha escrivaninha, perto demais para o meu gosto. Amassei o papel.

— Nada.

Eu não podia mandar aquilo para Valentina. Sabia que ela compreenderia, mas precisava encontrar um jeito menos patético de perguntar, caso a carta caísse em mãos erradas.

—Você está bem? — Delia Grace quis saber. — Está pálida feito um isoltano — acrescentou, rindo da própria piada.

— Estou um pouco cansada. Talvez todos esses dias com convidados estejam finalmente cobrando seu preço.

— Pode mentir para quem quiser, Hollis, mas é perda de tempo tentar mentir para mim.

Levantei os olhos e a vi ali, de pé, com a sobrancelha arqueada e uma mão na cintura.

— Certo. É que... Eu achava que poderia transformar a vida de rainha em algo belo e divertido. No fim, parece que me tornar rainha é que está me transformando. Não sei se gosto disso.

Ela inclinou o rosto para mim.

—Vai ter que dar um jeito de lidar com isso. Sua situação é melhor do que a de muita gente. Não está prometida a um completo estranho. Seus pais não vão te mandar para outro país. Você não tem doze anos, pelo amor de Deus!

Suspirei. Eu sabia que outras moças sofriam bem mais do que eu no quesito marido, mas isso não tornava minha dor menos verdadeira.

Comecei a brincar com os dados dourados em minha mesa.

— Você sentiu pena de Valentina? — perguntei.

Ela soltou uma gargalhada.

— Quem não sentiria? Com aquela ameixa seca de marido?

— Mas será que é só esse o problema? Não reparou que, apesar de ter tantas coisas, ela é solitária? Triste? Jameson me ama e vai me tratar melhor do que Quinten a trata, mas existem tantos detalhes em que eu jamais tinha pensado... E se quando ele ficar velho e seu amor esfriar só me restar a sensação de ser mais uma propriedade do Estado? Uma joia da Coroa trancada num quarto sem janelas de onde só a tiram para elevar o moral do povo?

Depois de uma longa pausa, virei para ela, para conferir o que achava, mas encontrei apenas olhos acusadores.

— Não faça isso — Delia Grace disse. — Se fracassar, vai me arrastar junto para a lama. Não vou aguentar, Hollis, não vou.

— Está me pedindo para ser infeliz só para que possa se casar com um lorde respeitável de quem não gosta e calar a boca de todo mundo?

— Sim! É exaustivo! — Ela estava à beira das lágrimas, mas se recusava a deixá-las cair. — Passei a vida inteira ouvindo os outros cochicharem pelas minhas costas. Isso quando não tinham a insolência de me insultar na minha cara. Agora sou a principal dama de companhia da rainha, e isso me confere respeito. Você não abraçaria essa chance se fosse sua única esperança?

— E se conseguíssemos coisa melhor? — sugeri.

— Melhor do que um *rei*? Hollis, não dá para ter nada

melhor do que isso! E *eu* com certeza não terei nada a fazer se você desistir agora. — Ela se calou por um instante. — Mas o que foi que aconteceu com você? O que a fez pensar... Tem outra pessoa?

— Não — respondi rápido. — É a perspectiva de perder... de *me* perder. Não esqueci as vantagens de ser rainha. Tampouco esqueci as vantagens de não ser uma pessoa pública. Primeiro foram os lordes e suas muitas reclamações. Depois a visita da família real. E agora... Jameson prometeu entregar nossa primeira filha — contei, engolindo em seco, quase incapaz de falar no assunto. — Ele pode dar *todos* os meus filhos para outros países. Para qualquer um. Para pessoas que nem vão ligar para eles.

Ela respirou fundo e esperou que eu me acalmasse.

— Cada desafio, sozinho, parece suportável, mas empilhados, um depois do outro... Não sei se vou aguentar.

Ela balançou a cabeça e começou a resmungar.

— Devia ter sido eu.

— Quê?

Delia Grace levantou e me fulminou com seus olhos negros, que de alguma forma ganharam uma aparência gélida.

— Eu disse que devia ter sido eu!

Ela saiu andando pelos aposentos, adentrando cada vez mais, como se lhe pertencessem. Levantei com um salto e fui atrás dela.

— Do que está falando?

Delia Grace virou para mim e se inclinou para a frente, mais zangada do que jamais a vira.

— Se prestasse atenção a mais alguém além de si mesma, teria visto que eu observava Jameson cuidadosamente. Que eu tinha reparado que Hannah já o estava cansando. Eu sabia que logo ele partiria para outra pessoa. E sabe todas essas aulinhas rudimentares que você precisou ter para se preparar para a visita de Quinten? Eu já sabia de tudo. Há um monte de livros no castelo para quem quer aprender sobre história ou sobre as nossas relações com Isolte, Mooreland e Catal. Só que você é preguiçosa demais para ir atrás disso. — Ela balançou a cabeça e olhou para o alto antes de voltar a me encarar.

— Sabia que eu falo quatro idiomas?

— Quatro? Não. Quando você aprendeu?

— Ao longo dos últimos anos, enquanto você inventava danças e choramingava por causa dos seus pais. Você só precisava se esforçar um pouco, e não quis saber. Mas *eu* me esforcei! Eu quis ser melhor. Você nem parece coroana de verdade — ela disparou.

— Como é?

— Todo mundo fala disso, desse seu cabelo cor de trigo. Você tem sangue isoltano. Ou de Bannir. Essa é uma das reclamações dos lordes. Se ele quer se casar com uma coroana, ela deve pelo menos parecer coroana. Se ele quer se casar com uma estrangeira, que seja com alguém que possa dar alguma coisa em troca.

Senti os olhos arderem.

— Bom, você não pode fazer nada a respeito — esbravejei.

— O destino me fez cair nos braços dele.

Ela balançou a cabeça, rindo.

— Não, foi um erro de cálculo. Eu soltei seus braços naquela noite, Hollis.

— Não... nós duas...

— Queria que você caísse de costas para que eu pudesse correr em seu socorro. Vi o rei passando e planejei armar um encontro memorável, de modo que ele pudesse me distinguir entre todas as moças que babavam em cima dele. Pensei que se eu pudesse causar uma boa impressão, ele pelo menos me enxergaria. Mas soltei você no momento errado, acabei caindo e ele te segurou — Delia Grace disse, com uma amargura que me feria como flechas. — Cometi um erro e apaguei a mim mesma da mente dele por completo.

Ela levou a mão à boca, ainda dando a impressão de que ia chorar, embora nunca deixasse as lágrimas caírem. Eu estava atônita demais para reagir. Sabia que Delia Grace tinha planos de uma vida melhor, mas não sabia que iam tão longe. Não sabia que me ignoravam completamente. Foi então que os olhos dela voltaram a encontrar os meus. Estavam tristes, desesperados. Me peguei sentindo mais pena do que raiva.

— Por que não me disse nada? Com sua inteligência teríamos conseguido fazer Jameson mudar de ideia.

Ela deu de ombros.

— Achei que minha chance fosse chegar quando ele se cansasse de você, como tinha se cansado de todas que vieram antes. Mas a forma como ele continuava a te olhar... Percebi que alguma coisa estava acontecendo. Além disso, o que eu ia dizer? Você sempre foi minha melhor amiga... Todos murmuravam que eu era uma bastarda, e você os ignorava. Você ficou ao meu lado. Era o mínimo que eu podia fazer. Disse a mim mesma que se você conseguisse com minha ajuda, seria como se eu mesma tivesse conseguido. Por isso trabalhei para me tornar sua dama de companhia o mais rápido possível. Era minha única chance de subir com você. Mas você nem quer isso. E ver os outros te exaltarem, enquanto não passo de uma ajudante, tem sido mais difícil do que pensei.

— Nunca quis ser exaltada — respondi com toda a sinceridade, enfim compreendendo o motivo de Delia Grace ter andado tão à flor da pele. Venci a distância que nos separava e tomei sua mão. — E você não é minha criada. É minha amiga mais antiga e verdadeira. Sabe mais de mim do que qualquer outra pessoa, e confio todos os meus segredos a você.

Ela balançou a cabeça.

— Nem todos. — Mais uma vez, seus olhos vasculharam os meus, indo mais fundo do que a maioria das pessoas chegava, tentando descobrir o que eu tinha medo demais para mostrar. — Sei que está escondendo alguma coisa, e não consigo imaginar o que a faria abandonar aquilo que qualquer moça gostaria de ter.

— Se estivesse no meu lugar, compreenderia. É apavorante descobrir que a liberdade não é o que você pensava. Que o amor não é o que você pensava.

O tom do que ela disse a seguir estava entre a compaixão e a raiva, sem nunca se enquadrar totalmente numa das duas opções.

— Mas não vale a pena? Ou prefere ser o escândalo da corte? Se o deixar agora, não só vai me arruinar como vai destruir Jameson, o que é ainda pior.

Desviei o olhar e ponderei tudo aquilo, ciente de que não havia nenhum jeito de ganhar de verdade. Ou *eu* tinha o que queria, ou todos os demais.

—Você não está mesmo pensando em...? — Delia Grace balançou a cabeça e começou a sair.

— Espere — ordenei.

Um dos méritos do gosto de Jameson para mulheres era que eu tinha a capacidade de fazer com que me obedecessem. Ela se virou para mim bufando.

— É claro que vou casar com Jameson. Não tenho outra escolha agora. Mas, logo que Jameson se decidiu por mim, você deve ter pensado em uma alternativa, já que sempre planeja tudo. Então pode me dar o nome.

Ela franziu a testa.

— Como assim?

— Quem você quer?

Ela nem precisou pensar.

— Alistair Farrow. Ele tem posses e um nome respeitado, mas não está numa posição tão alta que possa me rejeitar caso você arranje alguma coisa.

—Você o ama?

— Não seja burra, Hollis. O amor é a sobremesa de um banquete para o qual ainda estou esperando convite.

Assenti.

— Estamos acertadas.

Alisei dobras que não existiam no meu vestido e voltei à pilha de papéis, ainda sem saber ao certo o que dizer a Valentina.

— Hollis? — Olhei para Delia Grace, que estava ali parada, confusa. — E Jameson? Você o ama?

— De certa forma — admiti. — Amo o fato de que ele fica mais feliz quando estou por perto. E amo meus pais, ainda que estejam sempre decepcionados comigo. E amo você, mesmo que esteja brava. Apesar de tudo o que aconteceu, amo você.

Houve um silêncio em que uma década de lembranças se fez ouvir. Mais do que qualquer pessoa, Delia Grace me apoiara e cuidara de mim em todos os momentos dos dez anos anteriores. Ela tinha um lugar valiosíssimo no meu coração.

— Então é hora de abrir mão de todo o resto. Quando Jameson pedir minha mão, vou aceitar. Por amor.

Vinte e três

— No dia da coroação — Nora disse ao invadir meu quarto naquela mesma tarde. — Ele vai pedir a sua mão no Dia da Coroação, depois da cerimônia.

— Tem certeza? — perguntei.

Ela confirmou e foi para perto de Delia Grace.

— Lady Warrington disse que o marido tem reclamado disso em particular. Ela apoia você, na verdade, mas ele acha que o casamento do rei deveria trazer alguma vantagem internacional.

— Bom, Lorde Warrington é minoria agora. Desde aquele gesto com Valentina e as coroas, todo mundo passou a apoiar Hollis. — As palavras de Delia Grace saíram com uma nota de tristeza, mas sem qualquer amargura. Era muito mais fácil ficar ao lado dela agora, depois de saber de tudo. — Quanto mais cedo o rei pedir sua mão, melhor. Quando se tornar rainha, ninguém em sã consciência terá coragem de se opor a você — ela me disse, com um sorrisinho.

Nora se aproximou e me tomou pelas mãos.

— Parabéns — ela disse, inclinando a cabeça.

— Obrigada, mas talvez seja melhor esperar o anel.

Ela riu, depois suspirou e por fim soltou minhas mãos.

— Então só faltam dois dias. Precisamos treinar aquela coreografia, e dar o acabamento no seu vestido... Será que o rei vai mandar mais joias?

Voltei a me olhar no espelho enquanto ela continuava a listar suas dúvidas e preocupações. Sentada, sentia Delia Grace escovar meu cabelo. Nenhuma de nós duas conseguia demonstrar empolgação.

— E um, dois, três, giro! — Delia Grace ordenou e rodopiou, com as costas apoiadas nas de Nora.

Com tudo o que tivemos que fazer com a recente visita do rei Quinten, não sobrara tanto tempo para nos prepararmos para o Dia da Coroação como nos anos anteriores. No fim das contas, a coreografia consistia em uns pedaços de outras que já conhecíamos, dispostos em ordem diferente. Nem mesmo Delia Grace, com todos os seus talentos, era capaz de vencer o tempo. Ainda assim, ia ficar bonito, e todas se moviam bem em sincronia. Scarlet, meu par, girava ao som vivo do violino.

— Está se divertindo? — perguntei a ela, embora o sorriso largo já a entregasse.

— Estou. Sinto saudades de muitas coisas de Isolte — ela começou. — Da comida, do cheiro no ar. Mas adoro que vocês aqui dancem quase toda noite. Em Isolte só dançamos em dias especiais, torneios e coisas assim.

— Bom, agora você é coroana — eu disse, encostando o pulso no dela e caminhando em círculo. — Vamos ter que compensar todos os anos e anos de dança. Embora talvez Delia Grace fosse uma instrutora melhor. Ela sempre foi a melhor dançarina.

Delia Grace abriu um sorriso exíguo para nós antes de dar os próximos passos.

— Não boa o bastante — murmurou.

Scarlet me encarou com um olhar confuso, mas eu só balancei a cabeça. Era coisa demais para explicar, sobretudo se eu levasse em conta o papel do irmão dela na história toda.

Continuamos, passo a passo, até garantir que todas decorassem os movimentos. Todos os olhos estariam em nós. Não podíamos errar.

Para nossa sorte, Scarlet era uma dançarina nata. Embora tenha sido necessário repassar os passos incontáveis vezes até ela gravá-los na memória, na hora de dançar ela se movia com uma graciosidade natural.

— Que lindo, Scarlet. Achava que teria dificuldade por dançar tão pouco. O jeito como move as mãos é adorável.

— Obrigada — ela disse durante nossos movimentos. — Para ser sincera, acho que tem a ver com o manejo da espada.

— Seu irmão não mencionou seu talento com a espada — eu disse, ainda fazendo os passos. Se tivesse mencionado, eu lembraria. Estava me esforçando para banir Silas Eastoffe da cabeça, mas não conseguia esquecer todos os nossos instantes juntos, as coisas que tinha me dito. Se necessário, eu seria capaz de recordar nossas conversas inteiras.

— Depois de treinar até conseguir se mover de vestido com um pedaço de metal pesado na mão, você ganha leveza nos pés.

Eu ri.

— Imagino que sim. Aliás, Silas dançou comigo há pouco tempo, e se saiu maravilhosamente bem.

Pare de falar dele, Hollis. Não está ajudando.

— Talvez seja de família — concluí.

— Talvez — ela disse, durante um rodopio. — Minha família é muito importante para mim. Só temos uns aos outros agora.

Havia um quê de acusação em sua voz.

— Não é verdade. Vocês estão se saindo muito bem aqui.

Ela balançou a cabeça enquanto repassava os movimentos pela última vez.

— Deve ter percebido que não somos exatamente benquistos. Nosso antigo rei nos considera traidores. Temos que trabalhar agora, o que não fazíamos antes... E ninguém compreende o que estamos passando. Não suportaria que magoassem minha família... Mesmo que as intenções fossem boas.

Ela me lançou um olhar suplicante por baixo dos cílios loiros.

Engoli em seco. Me perguntei se Silas teria contado a ela, ou se Scarlet simplesmente sabia. Ela e Delia Grace pareciam ter o dom de *saber das coisas*. Falei baixo, com a esperança de que o violino abafasse minhas palavras:

239

— Por favor, acredite: eu jamais magoaria sua família de propósito.
— A intenção não importa tanto quanto o resultado.
Tomei um fôlego rápido e olhei ao redor para garantir que ninguém estava nos ouvindo.
— Não tem com que se preocupar. Além disso, descobri que Jameson pretende pedir minha mão nos festejos do Dia da Coroação.
Ela suspirou aliviada.
— Isso é bom. Vamos partir logo depois.
Baixei as mãos.
— Quê?
Delia Grace e Nora ensaiavam os movimentos, embora seus olhos estivessem fixos em nós. Scarlet olhou para seus rostos curiosos antes de se voltar para mim.
— Eu... Eu contei para você — ela disse em voz baixa. — Esse sempre foi o plano. Queremos uma vida tranquila, uma vida que nos pertença. Finalmente. — Ela balbuciou a última palavra como se estivesse exausta. — Assim que chegamos, começamos a procurar uma propriedade, e encontramos um casarão com boas terras no interior. Temos recebido encomendas de trabalho, e parece que vamos conseguir nos sustentar mesmo sem a renda da propriedade. Por isso vamos embora.

Juntei as mãos diante do corpo e me esforcei para botar um sorriso no rosto.

— Valentina me contou como a vida na corte de Isolte pode ser... desgastante. Não me surpreende que desejem a paz do campo. Que sorte a minha poder exibir você ao menos uma vez antes da sua partida. Bem, vamos terminar o ensaio.

Eu estava exausta. Era incapaz de fazer qualquer movimento além dos passos básicos. Assim que concluímos, sem uma palavra, atravessei meus aposentos até os fundos. Nunca tinha agido daquele jeito antes, e todas compreenderam que eu não queria ser seguida.

Sentei numa cadeira ao lado da janela e olhei para o rio, para a cidade que se estendia além dele, para as planícies ao longe, até onde minha vista alcançava. Os Eastoffe fariam sua morada em algum lugar além daquela linha. Disse a mim mesma que seria bom. Se Silas fosse embora, acabariam as tentações de conversar com ele, de arruinar o que eu tinha de mais radiante na vida. Seria bem mais fácil enxergar Jameson com novos olhos, recordar como ele adorava me mimar com presentes e carinhos.

Era como se alguém tirasse meu sapato e removesse uma pedra; eu passaria a caminhar mais firme dali em diante.

Por isso não fazia sentido eu estar ali, contemplando a melhor vista que o palácio tinha a oferecer, enquanto chorava até ficar sem lágrimas.

Vinte e quatro

AO ACORDAR NO DIA DA COROAÇÃO, NÃO ME SENTIA EMPOLGADA como das outras vezes. Tudo parecia tão comum. O tempo, o sol, eu mesma.

— Hollis — Delia Grace chamou baixinho enquanto abria as cortinas do dossel da minha cama. — Entrega para você.

— Quê?

— Suponho que seja para hoje à noite. Uma tiara qualquer não serviria para você, não é? — ela disse com uma pontada de inveja na voz. Com um sorriso triste mas decidido, estendeu a mão para me ajudar a levantar.

— Você abriu?

Ela balançou a cabeça.

— Acabou de chegar, e nunca abrimos nada seu.

Dei-lhe um sorriso cansado.

— Então vamos dar uma olhada — eu disse. Ela abriu um roupão, e eu o vesti.

Fui até a caixa e abri. A visão de três coroas perfeitas sobre o veludo negro foi o bastante para me tirar o fôlego. Corri os dedos sobre elas, apreciando como eram únicas. A primeira era quase toda em ouro e se parecia com a coroa de Estus, enquanto as outras duas tinham mais joias. A segunda era coberta de rubis que combinavam com o vermelho de Coroa, e a última era muito mais angulosa e estava coberta de diamantes.

— A terceira é a minha favorita — Nora comentou. — Mas você ficaria estonteante com qualquer uma das três.

— O que acha, Hollis? — Delia Grace perguntou. — A primeira parece a...

— A coroa de Estus — completei. — Também pensei nisso.

— Ia combinar. Passaria uma mensagem.

Com certeza. Mas sorri comigo mesma ao lembrar de uma conversa com Silas. Existia uma linguagem nas nossas roupas, nas nossas escolhas, uma linguagem que os outros podiam escolher ouvir ou ignorar.

— Não vou usar nenhuma delas. Mas não devolvam nada — ordenei. — Quero que minha escolha seja surpresa.

— Meu lado invejoso reluta em admitir — Delia Grace começou a falar —, mas acho que você vai fazer muita gente perder o fôlego.

— Gostou?

— Combina com você. É melhor do que aquelas coroas ostensivas, com certeza. — Ela passou para o meu lado para olhar no espelho, e não pude deixar de pensar que tinha razão: aquela era eu.

Uma vez Silas tinha brincado que eu combinava com uma coroa de flores, e ali estava eu, com as maiores e mais perfumadas flores que conseguira encontrar no cabelo. Usara algumas presilhas com joias para prendê-las, as quais deixavam minha coroa ainda mais especial ao refletir a luz.

Nunca pensara que amaria tanto uma coroa como aquela, mas só poderia usá-la uma vez.

Ao meu lado, vi os ombros de Delia Grace desabarem. Ela também estava com flores no cabelo, embora as suas não fossem tão impressionantes quanto as minhas. Era mais uma situação em que se via forçada a aceitar coisas um degrau abaixo das minhas. Ela devia estar bem chateada naquele momento, tendo que aceitar que suas chances de coroa tinham acabado de verdade.

— Quero que saiba — eu disse — que se seu plano tivesse dado certo, se fosse você, eu teria dado o meu melhor para ajudar. Embora eu ache que ninguém poderia ter feito o que você fez por mim nessas últimas semanas. De verdade, Delia Grace, jamais poderei agradecer o bastante.

Ela apoiou a cabeça na minha.

— Só me embrulhe o Lorde Farrow com um laço bem grande e bonito, e pronto.

Achei graça.

— Com certeza. Se puder, vou cuidar para que você se case antes de mim.

—Vai?

— Você passou muito tempo esperando as coisas acontecerem. Se está satisfeita com ele, não vejo motivos para esperar mais.

Ela me esmagou num abraço, com os olhos marejados. Eu não a via chorar desde os treze anos, depois de uma sequência especialmente terrível de provocações. Na época, Delia Grace jurara que nunca mais a veriam chorar. Se chegara a derramar uma lágrima depois, eu nunca soube.

O momento foi interrompido quando minha mãe irrompeu pela porta, ainda se negando a bater.

— Mas o que é isso que você está usando?

Fiquei tensa no ato.

— Qual é o problema? — perguntei, já me olhando de novo no espelho para inspecionar cada ângulo das minhas roupas.

— Tire essas flores da cabeça. Você é nobre, precisa usar uma coroa de verdade no Dia da Coroação.

Ela apontou para a própria cabeça, enfeitada com uma pequena coroa que tinha sido passada de geração em geração pela família Parth. Não era tão luxuosa como a que minha mãe tinha perdido, mas era antiga, e aquilo bastava.

Soltei um suspiro.

— Ah, é isso? Escolhi de propósito.

— Bom, então pode *tirar* de propósito também. — Ela voltou para a saleta de entrada, sabendo exatamente o que havia dentro da caixa na mesa. — O rei Jameson mandou três coroas perfeitas para você. Veja isso! — ela disse ao erguer a de rubis.

— É linda, mãe. Mas não é para mim.
Ela a devolveu à caixa.
— Não, não. Olhe de novo. Os lordes não vão gostar nada disso — minha mãe disse antes de me agarrar pelo braço e me puxar em direção à caixa.
— Não ligo para o que eles pensam de mim.
Apesar de não dizer, tampouco ligava para o que Jameson pensava de mim.
— Pois deveria. O rei precisa deles, e você precisa do rei.
— Não, não preciso. Simplesmente não posso...
— Hollis, você vai me ouvir!
Eu a segurei pelos ombros e a fiz olhar nos meus olhos antes de falar com a voz firme e calma:
— Sei exatamente quem sou. E estou satisfeita assim. — Pus a mão em sua bochecha e completei: — Você é minha mãe. Queria que ficasse satisfeita comigo também.
Seus olhos percorreram meu rosto como se ela estivesse me vendo, de verdade, pela primeira vez na vida. Talvez as lágrimas em seus olhos fossem imaginação minha, mas o tom de voz saiu muito mais baixo quando respondeu:
— Acho que as flores ficam bem em você. Ah....Você colocou umas joias entre elas também?
— Sim! Gostou? — perguntei, dando uma volta para que as pedras refletissem toda a luz.
Ela fez que sim com a cabeça e esboçou um sorriso.
— É, acho que gostei.
Delia Grace bateu palma.
— Agora vamos. Nossa futura rainha não pode se atrasar.

—Você vai comigo ou com o papai? — perguntei.

Minha mãe ainda parecia atônita.

— Com seu pai. Mas nos vemos lá.

Acenei com a cabeça, e ela se retirou. Em seguida, me olhei no espelho mais uma vez para conferir se meu vestido estava perfeito.

— Quando quiser, Lady Hollis — Delia Grace disse.

Com um aceno de cabeça, puxei a fila em direção ao Grande Salão.

A sensação de entrar ali no Dia da Coroação foi semelhante à do dia da chegada do rei Quinten. Várias pessoas suspiravam ao me ver passar. Eu me sentia linda de verdade, e próxima de mim mesma como havia tempos não me sentia, o que devia estar transparecendo.

Avancei até a frente do salão, porque sabia que Jameson esperava que eu ficasse ali para a cerimônia. A maioria dos reis não contava com a presença do pai no Dia da Coroação, mas Jameson tampouco tinha mãe ou irmão. Ele era o último de sua linhagem enquanto não gerasse herdeiros, e aquilo dependia totalmente de mim. Fiz questão de me posicionar onde a família dele ficaria caso estivesse presente. Talvez ainda não me sentisse como sua esposa, mas em breve íamos nos casar.

Naquela noite, Jameson seria recoroado simbolicamente com a mesma coroa antiga usada por Estus. Os nobres que possuíam coroa própria a usavam, e a maior parte das mulheres estava coberta de joias. Depois de uma cerimônia curta, comemoraríamos com dança. Era de longe a noite mais empolgante do ano, pois só acabava com o nascer do sol. O Dia da Coroação tinha raízes muito sagradas, mas desde que eu me entendia por gente estava mais para uma boca-livre. Claro que Jameson ia pedir minha mão nessa ocasião; assim, obrigaria o país inteiro a comemorar, mesmo se não quisesse.

As trombetas soaram, e eu afastei meu cinismo, pronta para me parecer ao máximo com uma rainha.

O salão se calou quando os rapazes de túnica vermelha apareceram tocando sinos. Jameson vinha atrás, vestindo um manto pesado, com uma cauda de três metros. Era seguido por um clérigo, que carregava cuidadosamente a coroa de Estus.

Os rapazes abriram caminho, criando um corredor pelo qual Jameson continuou avançando até o trono, onde sentou. O clérigo se deteve na base do trono e levantou a coroa. Numa sincronia perfeita, todos os sinos pararam.

— Povo de Coroa — o homem entoou —, alegrai-vos. Há cento e sessenta e dois anos temos um governante fiel, um descendente de Estus, o Grande. Hoje honramos o rei Jameson Cadius Barclay, filho de Marcellus, filho de Telau, filho de Shane, filho de Presley, filho de Klaus, filho de Leeson, filhos de Estus. Somos mais felizes do que todos os outros povos, pois celebramos o reinado longo e feliz da família mais poderosa do continente. Renovamos hoje nossa devoção ao rei Jameson e oramos para que sua vida se estenda por muitos anos e para que seus herdeiros sejam numerosos.

— Amém! — o salão respondeu em uníssono enquanto Jameson dirigia o mais discreto olhar para a direita, sabendo que eu estaria ali.

O clérigo pôs a coroa na cabeça dele, e o salão irrompeu

em aplausos. Concluída aquela parte, Jameson sorriu para o homem e sussurrou palavras de agradecimento antes de levantar e silenciar o salão com um gesto.

— Meu bom povo, obrigado por confiar em mim para governá-lo. Sei que sou jovem e que meu reinado ainda é curto. Mas me dedico à sua felicidade e à paz da nossa terra mais do qualquer outro rei do continente. Rezo para que nosso reino prospere. Continuarei a dedicar a vida a nosso país, que cresce não apenas à medida que o povo se multiplica, mas também à medida que outros escolhem se juntar a nós — ele disse, com um gesto para o fundo do salão. Olhei para a direção indicada e vi que muitas famílias vindas de outros países estavam agrupadas ali, incluindo os Eastoffe.

— Esta noite temos muitos motivos para comemorar! — ele gritou. — Música!

O público comemorou, e os músicos começaram a tocar.

Enquanto os lordes rodeavam o rei, olhei para o fundo do salão.

Vinte e cinco

Meus olhos permaneceram cravados nos de Silas Eastoffe enquanto o salão ganhava vida ao nosso redor. Eu já o tinha visto em seus melhores trajes antes, mas parecia especialmente bonito naquela noite. Os Eastoffe, cientes do que a ocasião representava, usavam coroas também, e eu não pude deixar de me perguntar se eram heranças de sua longa linhagem ou criações próprias.

À minha volta, as pessoas trocavam abraços e elogios. Festejavam, já erguendo os primeiros canecos de cerveja em brindes ao rei, ao país, à noite — a qualquer coisa, na verdade. Mas meus olhos eram todos de Silas, e os dele eram meus. Ele engoliu em seco. Sua aparência espelhava o que eu sentia: a desolação de desejar algo que não se podia ter.

— Hollis!

Delia Grace chamou meu nome, e finalmente saí do transe.

— Aí está você — ela disse. — Estávamos à sua procura.

Eu tinha me mexido? Quanto tempo havia se passado?

— O rei pede sua presença — ela disse, cortante.

Respirei fundo algumas vezes na tentativa de recobrar os sentidos.

— Sim, claro. Leve-me até ele, por favor.

Dei a mão para Delia Grace, e ela me conduziu até a frente do salão. Senti seus olhos se voltarem para mim, inquisidores. Ela notou que eu estava quieta, claro, e senti que percebia que havia alguma coisa acontecendo. Mas tinha tanta gente ao redor que Delia Grace não ousou perguntar. Apenas me entregou a Jameson, fielmente.

—Você é a perfeição viva — o rei disse, abrindo os braços para me cumprimentar. Notei a cerveja que escorria do cálice em sua mão. — Gostei muito das flores. Estão brilhando?

— Estão.

— Maravilhoso. Lorde Allinghan, viu as flores da minha doce Hollis? Não são lindas? — Ele não esperou resposta, só baixou a voz e continuou a falar comigo. — Vamos ter que repetir isso no casamento. O que acha? — Seu tom de voz estava mais agudo do que nunca, beirando o frenesi.

—Vossa majestade está um pouco alto.

Ele soltou uma gargalhada.

— Estou! Ah, estou tendo o melhor dos dias. Você não?

Meus lábios tremiam quando respondi:

— Todo dia é o melhor dia da minha vida, até chegar o seguinte.

Ele correu a mão desajeitada pelo meu cabelo.

— Creio que seja verdade no seu caso. Tão linda. Seu rosto vai ficar ótimo gravado numa moeda, não acha? Sim, decidi que seu rosto vai aparecer numa moeda. Mas você está bem? Parece um pouco zonza.

Eu não fazia ideia de como estava meu rosto, mas com certeza não estava tão feliz quanto ele esperava.

— Talvez seja o calor. Posso ir lá fora um instante? Para respirar um pouco?

— Claro — ele disse, para em seguida se inclinar e beijar meu rosto. —Volte logo. Quero que todos a vejam. E... — ele riu, e o som saiu um pouco enlouquecido — tenho algo para anunciar quando voltar.

Assenti, grata pelos muitos lordes que sempre se agarravam ao rei como abelhas ao mel. Assim foi mais fácil dar meia-volta e sair correndo. Eu devia parecer ridícula me esgueirando e passando por entre os casais, mas sentia que meus pulmões estavam a ponto de explodir. Eu *precisava* sair do salão. Não sabia bem aonde ir. Minhas damas de companhia acabariam me encontrando se eu fosse para os aposentos da rainha ou mesmo para os dos meus pais. Eu poderia perambular pelo castelo, mas sempre haveria gente por perto, já que alguns nobres tinham vindo apenas para o banquete daquela noite. Decidi então seguir na direção da entrada lateral, onde dezenas de carruagens esperavam para levar seus donos de volta para casa ao fim dos festejos. Encostei-me na lateral de uma delas e me permiti chorar.

Disse a mim mesma para deixar tudo extravasar. Jameson ia querer sorrisos quando eu voltasse, sorrisos pelo resto da minha vida. Mas como eu conseguiria parar de chorar sabendo que ia me casar com um homem enquanto meu coração desejava outro?

— Hollis?

Virei e vi, sob a luz das tochas, que Silas também estava se escondendo ali, e também chorava. Nos encaramos por um instante, ambos chocados e maravilhados, depois rimos de nosso encontro.

Esfreguei os olhos ao mesmo tempo que ele.

— A festa foi um pouco demais para mim.

— Para mim também — ele disse, para em seguida apontar para minha cabeça. — Uma coroa de flores.

Dei de ombros.

—Você vai embora logo. Pensei... Pensei que gostaria de se lembrar de mim desse jeito.

— Hollis... — Ele fez uma pausa, como se estivesse tentando criar coragem. — Mesmo à noite você continua sendo meu sol e iluminando meu mundo.

Agradeci aquele breve instante de privacidade.

— Espero que você e sua família encontrem paz. E saiba que sempre terá uma amiga na corte, caso venha a precisar um dia.

Silas me encarou por um longo momento antes de enfiar a mão no bolso.

— Fiz uma coisa para você — ele disse enquanto desdobrava um pedaço de tecido.

— Não é uma espada?

Silas deu uma risadinha.

— Um dia. Mas no momento achei isto mais adequado.

Ele revelou um broche com uma pedra dourada enorme que cintilava à luz do fogo.

— O que é isso?

— O nome é citrina. Se você, Hollis Brite, fosse uma estrela, seria o sol. Se fosse um pássaro, seria um canário. Se fosse uma pedra, seria uma citrina.

Olhei para a joia, incapaz de desmanchar o sorriso no rosto. Ela brilhava mesmo na escuridão, com pequenos detalhes em ouro em volta da base da pedra.

— Posso?

Fiz que sim com a cabeça.

Seus dedos roçaram o espartilho do meu vestido e minha pele.

— Gostaria de poder te dar muito mais.

— Por favor, não vá embora — sussurrei, embora estivéssemos a sós. — Pelo menos continue no castelo para que possamos conversar de vez em quando. O rei não quer que eu fale, pense e talvez nem que eu me importe. Não quero ser um enfeite sem ninguém a quem recorrer.

— Preciso ir com minha família — Silas afirmou. — Somos mais fortes juntos. Embora eu com certeza vá sofrer por você até a morte, jamais conseguiria viver sabendo que os abandonei.

Assenti.

— E eu jamais conseguiria viver sabendo que fui o motivo para tê-los abandonado.

Ele aproximou os lábios do meu rosto e sussurrou enquanto corria os dedos pelo meu cabelo:

— Venha conosco. Vou te amar incondicionalmente. Não posso lhe oferecer um palácio nem um título, mas terá um lar onde vai ser valorizada exatamente por quem é.

Fiquei tão sem fôlego que foi difícil pronunciar as palavras.

— E quem sou eu, exatamente?

— Não seja boba — ele murmurou, com um sorriso fácil.

— Você é Hollis Brite. Dança e canta, mas também faz perguntas. Batalha com as outras damas nos barcos, mas também cuida de quem está perto. Gosta de rir, mas descobriu a tristeza. Tem o amor de um rei, mas consegue enxergá-lo como mortal. Encontrou um estrangeiro e o tratou como amigo. Foi isso que vi em pouco tempo. Para conhecer tudo, precisaria de anos de estudo, mas você é a única pessoa no mundo que quero conhecer de verdade.

As lágrimas vieram de novo. Não por tristeza ou medo, mas porque alguém tinha me visto. Ele me via e me aceitava como eu era. Silas tinha razão: havia muito mais coisas, boas e ruins, mas ele estava disposto a aceitar tudo.

— Quero ir com você, mas não posso. Tenho certeza de que me entende. Bastaria que alguém nos visse agora para minha reputação ser arruinada. Eu jamais poderia voltar à corte.

— E por que voltaria?

Naquele instante, me dei conta de que não queria ficar nem a um palmo de distância da coroa. Tudo o que fora uma constante na minha vida se revelava supérfluo. Senti uma liberdade inebriante ao enxergar tudo aquilo como realmente era: um monte de nada.

— Venha — ele pediu de novo. — Ainda que sua reputação seja arruinada, você terá o amor da minha família. Você faria valer a pena eu ter perdido meu país, minha casa, tudo. A mera consciência de que havia uma pessoa a quem dedicar meus dias, alguém com quem viver e por quem viver... já mudaria meu mundo.

Olhei fundo nos olhos de Silas Eastoffe... e tive certeza. Precisava ir com ele. Sim, amor era parte do motivo — uma parte enorme, arrebatadora, que eu não quisera encarar até aquele momento —, mas aquela coisa inominável que apertava meu peito se acalmou quando decidi ir aonde quer que ele fosse.

— Prepare os cavalos — eu disse. — E avise sua família. Se eu não voltar em trinta minutos, partam sem mim.

— Hoje à noite? — ele perguntou, chocado.

— Sim. Só preciso fazer uma coisa. Se não funcionar, vou ficar encurralada, e você vai precisar fugir pela própria segurança. Se funcionar, partiremos juntos.

Silas fez que sim.

— Estarei aqui em meia hora.

Levantei a cabeça e o beijei rapidamente antes de sair em direção ao Grande Salão. Não conseguia lembrar de nada tão aterrorizante quanto o que estava prestes a fazer, mas não havia outro jeito.

Eu precisava falar com o rei.

Vinte e seis

O POUCO TEMPO QUE FIQUEI LONGE BASTOU PARA OS MEMBROS da corte se empolgarem com os festejos. Precisei avançar colada à parede para chegar à frente do salão sem ser esmagada. Jameson cutucava um lorde no peito, rindo de alguma piada ou comentário, desfrutando do ambiente e da adoração do seu povo.

— Hollis! — ele chamou ao me ver voltar. — Preciso resolver uma coisa.

Jameson fez um gesto para conseguir a atenção dos presentes, mas puxei suas mãos para baixo.

— Por favor, majestade. Antes de qualquer coisa, precisamos conversar em particular. É urgente.

Ele franziu a testa, como se não fosse capaz de acreditar que eu pudesse ter alguma urgência.

— Claro. Venha comigo.

O rei me conduziu a seus aposentos particulares e fechou a porta, separando-nos da agitação.

— Minha Hollis, o que é tão importante para termos que conversar agora?

Tomei fôlego antes de responder.

— Fiquei sabendo que pretende me pedir para ser sua rainha esta noite. — Ele sorriu, ciente de que aquilo já não era segredo para ninguém. — E eu precisava dizer que não estou preparada para dizer sim.

Toda a agitação ansiosa que o rei demonstrara a noite inteira cessou abruptamente. Ele me encarou como se eu tivesse dado uma machadada nos vitrais e os cacos caíssem sobre nós. Com muito cuidado, Jameson ergueu as mãos, tirou a coroa de Estus e a pôs numa mesa próxima.

— Não compreendo.

— É difícil explicar. Vossa majestade demonstrou muito respeito e carinho por mim, mas não estou pronta para levar essa vida. — Estendi a mão. — Certa vez me disse que essa posição era capaz de mudar as pessoas, e eu me vi... Eu...

A postura de Jameson mudou. Ele se aproximou e me segurou pelos ombros.

— Hollis, meu amor. Sim, eu queria anunciar nosso noivado esta noite, mas isso não significa que precisemos correr com o casamento. Pode ter o tempo que quiser para se adaptar. Isso não vai mudar o que sinto por você.

Engoli em seco.

— Mas... mas e se o que *eu* sinto...

Seu rosto se tornou sombrio. Sua boca se abriu um pouco,

e vi sua língua passar por trás de seus dentes, como que me ameaçando. Jameson me examinou bem e perguntou.

— Você mentiu para mim, Hollis?

— Não. Eu te amava.

— *Amava?* E agora?

— Agora... não sei. Desculpe. Eu não sei.

Ele me deu as costas e começou a andar em círculos, passando a mão no queixo.

— Assinei um tratado com você em mente. Despachei os desenhos do seu rosto para a moeda. Enquanto estamos aqui conversando, pessoas bordam nossas iniciais em tapeçarias que serão penduradas pelo castelo. E você vai me deixar?

— Jameson, por favor. Não quero magoá-lo nem ofendê--lo, mas...

O rei levantou a mão para calar.

— E o que propõe?

— Preciso deixar o castelo. Se o envergonhei, pode inventar a história que quiser a meu respeito. Vou aceitar sem reclamações.

Ele balançou a cabeça.

— Jamais faria isso. Lutei muito para preservar seu nome e não vou destruí-lo com minhas próprias mãos. — Depois de um momento de reflexão silenciosa, Jameson me encarou com o rosto claramente mais ameno. — Se precisa sair do castelo, saia. Não tenho medo. Você vai voltar para mim, Hollis. Sei, sem sombra de dúvida, que será minha. No fim.

Ele não sabia que Silas me esperava com um cavalo. Não

sabia que eu ia me casar assim que possível. Não fazia ideia de que eu queria distância dele e da coroa pelo resto da vida.

E aquele não era o momento para lhe explicar.

— Sempre serei sua súdita fiel — falei, fazendo uma profunda reverência.

— Ah, sei que será.

Quando levantei, ele indicou a porta com a cabeça, e me retirei sem hesitar.

No Grande Salão, os festejos prosseguiam à toda, entre gargalhadas sonoras e conversas joviais noite adentro. Levantei a saia do vestido e caminhei o mais rápido que pude. Ao passar por uma bandeja com copos de cerveja, peguei um e virei num gole só.

— Aí está você! — Delia Grace veio correndo até mim e me agarrou quando tentei seguir em frente. — Ele fez o pedido? Você está com o anel?

— Agora é a sua chance — falei.

Ela soltou meu braço.

— Quê?

— Agora é a sua chance. Você consegue. Com ou sem mim — garanti a ela, antes de deixar o salão.

Do lado de fora, entre as carruagens, Silas estava à minha espera com dois cavalos escuros e a testa franzida. Tinha conseguido juntar algumas coisas rapidamente e colocá-las em alforjes.

— Espero que esteja pronto para partir — eu disse. — Não quero esperar para ver se ele vai mudar de ideia.

— Espera. Você contou ao rei? — Silas perguntou, chocado.

— Contei... uma parte. Explico no caminho. Vamos.

— Eu te ajudo.

Silas me ergueu para que pudesse montar no cavalo, depois pegou uma tocha e as rédeas de seu animal, e partimos.

— Aonde vamos? — perguntei.

—Você vai achar graça quando chegarmos lá — ele prometeu.

Silas disparou e fui atrás, já rindo empolgada enquanto nos enfiávamos pelas ruas da cidade, passando pelas pessoas comemorando do lado de fora das tavernas e nas calçadas. Cada instante que eu punha entre mim e o palácio deixava minha respiração mais fácil e meu sorriso mais largo. Eu sabia o que queria, e ele estava ao meu alcance. Seguiria Silas Eastoffe até o esquecimento.

No primeiro minuto de estrada, minha coroa de flores saiu voando e caiu em algum ponto da escuridão.

Vinte e sete

Minha querida Valentina,

Antes de ler mais uma palavra, por favor, procure se sentar. Não tenho tempo para códigos ou truques e não gostaria de assustar você ou o precioso bebê que em breve virá ao mundo.

Deixei o castelo.

Quando me confiou a informação que poderia ter arruinado sua vida, eu deveria ter lhe contado que também corria um perigo iminente.

É bem possível que eu esteja apaixonada por Silas Eastoffe desde que pus os olhos nele. Na época não tive certeza, mas nesta manhã me encontro no novo solar de sua família na província de Dahere, esperando a chegada dos outros Eastoffe. Como nós dois partimos a cavalo à noite, sem informar nenhum membro da corte — nem mesmo meus pais —, ao passo que o resto da família partiu com calma depois, a viagem deles será um pouco mais demorada do que a nossa.

O solar precisa de cuidados, mas dispõe de vários anexos onde Silas e Sullivan poderão continuar a trabalhar. Tem até um bonito *jardim, abandonado, mas tenho certeza de que Lady Eastoffe não vai se incomodar de me ajudar a cultivá-lo. Afinal, ela logo será minha sogra. Sim, isso mesmo! Silas e eu pretendemos nos casar o mais rápido possível. Dentro de algumas semanas, se conseguirmos. Minha próxima carta será para meus pais, para avisá-los que estou no solar Abicrest, que por acaso fica a uma curta distância das terras da minha família. Quando meus pais chegarem aqui, pretendo me tornar uma Eastoffe antes que Jameson decida me reconquistar. Quando parti, ele deixou claro que tentaria, e não quis magoá-lo. Tenho certeza de que o rei logo encontrará uma substituta para mim. Poderia apostar dinheiro nisso.*

Espero que não esteja decepcionada com minha escolha. Acho pouco provável que os Eastoffe fossem grandes amigos da família real de Isolte, e o rei Quinten demonstrou claramente os sentimentos que nutre por eles. Tenho mantido nossa amizade em segredo, mas gostaria de contar à minha futura família, se você permitir.

Como eu disse, sei que esta notícia será uma surpresa para você, mas estou certa de que será um grande conforto para seu rei, que não parecia feliz com meu lugar na vida de Jameson. Sei que agora sou apenas uma pessoa comum, mas mesmo assim tenho a esperança de que você encontre um momento para me escrever. Estou me despedindo de muita gente, mas será de você que terei mais saudades.

Por favor, responda logo que puder e me conte todas as novidades. Sempre terá em mim uma amiga de confiança, e espero sempre ter uma em você. Envie todas as cartas para o solar da minha família: Palacete Varinger, província de Dahere, Coroa.

Sua amiga querida,
Hollis

— Para quem está escrevendo? — Silas perguntou enquanto eu pegava uma folha de papel nova.

— Amigas, familiares. Meus pais são os próximos da lista, para que saibam que estou aqui.

Ele balançou a cabeça e correu os olhos pelo casarão vazio e empoeirado que os Eastoffe iam reformar.

—Você trocou um palácio por isto... Eu estaria mentindo se dissesse que não me sinto envergonhado. Quero te dar mais, Hollis.

Levantei e caminhei até ele. Ainda estava com o vestido de festa manchado de lama da noite anterior.

— Para estar ao seu lado, eu moraria numa cabana se fosse preciso. Não quero aquela vida, nem um pouco.

— Ainda assim — ele disse, me envolvendo em seus braços. — Quando eu falei que não queria que se preocupasse com sua reputação, não sabia ao certo quão feias as coisas poderiam ficar.

— Bom, não é como se eu tivesse fugido — protestei.

— Não. Você simplesmente abandonou o castelo desacompanhada para ir viver no campo com outro homem, enquanto seu quase noivo, que por acaso é o rei, lida com as consequências da sua partida humilhante.

Fiz uma careta.

— De fato, soa um pouco ruim falando desse jeito, mas morei anos no castelo de Keresken. Acredite, em uma semana vai aparecer outro escândalo tão ultrajante que serei reduzida a uma vaga lembrança perdida no tempo.

— Acha mesmo?

Inclinei a cabeça de lado, pensativa.

— Hummm, talvez uma semana seja pouco. Vamos começar a contar. Este é o primeiro dia. Se alguma novidade não tiver arrebatado a atenção da corte dentro de, digamos, mais cinquenta dias, você pode escolher um prêmio.

— Fechado. — Silas selou a aposta com um beijo. Era a coisa mais linda estar livre e a sós com ele.

Ouvimos o inconfundível som de cavalos ao longe e corremos até a porta da frente do casarão para ver quem era. A carruagem descia pelo caminho desgastado pelo tempo. Lady Eastoffe espichou a cabeça para fora da janela e acenou. Silas e eu fomos para os degraus da frente, prontos para dar as boas-vindas à nossa família em sua nova casa em Coroa.

Vinte e oito

— Vou só dar um último nó e estará pronta — Scarlet disse enquanto prendia o espartilho de um dos seus vestidos com mangas menos bufantes em mim, a fim de que eu pudesse enfrentar a viagem até o solar Varinger. Tinha levado um dia para minha carta chegar ao palácio, e mais outro para eu receber a resposta. Agora era hora de enfrentar meus dragões.

— Por acaso vocês tinham a intenção de comprar uma propriedade tão perto da minha? — perguntei, ainda tensa com minha missão.

— Não, de forma alguma — ela respondeu, rindo. — Tínhamos quatro opções, e esta aqui era a mais em conta.

Corri os olhos pelo quarto esfarrapado que vinha compartilhando com ela. O plano era arrumar um cômodo por vez.

— Não consigo imaginar por quê.

— Silas me fez jurar que nunca te contaria a localização da

nossa casa. Ele disse que, como você moraria para sempre no castelo, nunca ia descobrir. Mas acho que foi o destino.

Ela me deu as costas para que eu pudesse prender seu vestido.

— Ah, é? — questionei, satisfeita com sua opinião. —Vou te perguntar de novo quando estivermos tirando as teias de aranha dos cantos da casa hoje à tarde — provoquei.

Scarlet riu enquanto eu apertava os nós do seu vestido. Fiquei feliz de ver que eu ainda sabia ajudar outra pessoa a se vestir.

— Pronto. Linda como uma pintura.

— Quer que eu vá com você? — ela se ofereceu.

— Não, acho que sua mãe basta. Não sei qual vai ser a reação dos criados quando eu aparecer sem meus pais.

— Acho que vai dar tudo certo — ela me consolou com um beijo no rosto. —Venha nos visitar logo, certo?

— Acho que Silas não vai me deixar ficar longe por muito tempo. Você tem minha palavra. Devolvo seu vestido até o fim da semana no máximo — prometi antes de sair atrás de Lady Eastoffe.

Ela me esperava na entrada do casarão, já pondo as luvas. O gesto me fez pensar muito em minha mãe; era o toque final que garantia sua aparência como uma verdadeira dama. Lady Eastoffe se aproximou e me deu um abraço caloroso.

—Tudo pronto? — perguntou.

— Sim. O vestido está um pouco comprido, mas pelo menos não está todo sujo de lama. Obrigada mais uma vez.

Ela riu.

— Disponha, querida. É melhor irmos logo. Seus pais terão muito o que dizer a você, e não quero deixá-los esperando. Certamente já não faltam motivos para não gostarem de mim no momento — ela acrescentou, com uma piscadela.

Eu a acompanhei obediente até a carruagem, e permanecemos em um silêncio confortável durante a maior parte da viagem até minha casa.

— Silas disse que gostariam de se casar logo. Tem certeza disso? Você acabou de sair de um relacionamento muito sério — ela comentou.

— Eu não estava em um relacionamento sério. — Desviei os olhos, repassando minhas lembranças na cabeça. — Foi um relacionamento curto. E manipulador. E unilateral. Eu estava tão absorta pela ideia de ser elevada socialmente que demorei muito para enxergar a maneira como Jameson me tratava. Odeio admitir isso, e você *nunca* deve contar a ele, mas Etan tinha razão. Jameson queria que eu fosse bonita e divertida, sem nunca pensar ou errar. Não sei se dá para chamar algo assim de relacionamento. Acho que não.

Ela balançou a cabeça, com um sorriso compreensivo no rosto.

— Concordo.

— Amo Silas. Ele me vê como sou e me ama com todos os meus defeitos. Não quero esperar se já tenho certeza.

Ela deu um tapinha na minha perna, aparentando estar bastante feliz.

— Parece o que aconteceu comigo quando conheci Dashiell. Algumas pessoas me disseram que eu estava me precipitando, claro... Mas não consegui me conter. Ele me fez perder o rumo.

Aquela era uma sensação que eu conhecia muito bem. Quando o sentimento era verdadeiro, não havia o que fazer.

Pegamos a estrada principal que dava no solar Varinger. Quando fizemos a curva, vi meus pais à minha espera na porta. Minha mãe estava de luvas, o que significava que não tinha intenção de ficar ali por muito tempo.

— Ai, céus — murmurei.

— Não parece nada bom. Quer que eu fique?

— Não. Eles vão querer conversar a sós comigo. Mando uma carta quando as coisas se acalmarem.

Saí da carruagem, acenei para Lady Eastoffe em despedida e então me voltei para meus pais.

Quando olhei para onde meu pai apontava, notei que outra carruagem me esperava logo à frente daquela de onde eu tinha acabado de sair.

— Entre — ele ordenou.

— Para onde vamos?

Minha mãe cruzou os braços.

— Para o castelo. Você vai implorar o perdão do rei Jameson e consertar as coisas antes que outra moça consiga a atenção dele.

— Eu adoraria que isso acontecesse! Jameson merece alguém que compreenda sua posição, que sirva para ser da realeza.

— Você serve para ser da realeza — minha mãe insistiu, descendo os degraus da entrada. — *Nós* servimos para ser da realeza! Tem ideia do que fez?

— Claudia — meu pai disse, em tom de aviso.

— Eu sei — ela rebateu. Percebi naquele momento que eles estavam guardando algum segredo de mim, mas não fazia a menor ideia do que poderia ser. — Hollis, odeio decepcioná-la, mas não pode se casar com esse menino. Ele é um plebeu agora. E um *isoltano*.

— Mãe — eu a censurei baixo. Lady Eastoffe ainda estava bem atrás de nós.

— Ela *sabe* que é estrangeira. Que o filho é estrangeiro! Como não saberia? Hollis, sua partida fez de nós motivo de piada na corte. Agora entre nessa carruagem e resolva isso antes que alguém descubra o motivo da sua saída. O rei foi tão generoso com você! Ele te adora! E, se você deixar, com certeza fará tudo para vê-la feliz.

— Talvez ele fizesse, mãe — respondi numa voz baixa que contrastava com os rugidos dela. — Mas com certeza fracassaria. Eu não o amo.

Ela me encarou, recusando-se a ceder.

— Hollis, que os deuses me perdoem, mas você vai entrar nessa carruagem.

— Ou?

— Ou ficará sozinha — meu pai completou.

Olhei para ele, tentando compreender. Atrás dele, as portas da casa estavam bem fechadas, e meus pais vestiam roupas de viagem. Só então notei o baú que eu tinha levado para o castelo nos degraus.

Eu nunca mais entraria na minha casa, não se me negasse a reatar com Jameson.

— Sou sua única filha — sussurrei. — Sei que queriam um filho homem e que nunca fui tão inteligente ou talentosa quanto gostariam, mas dei o meu melhor. Não me expulsem da minha própria casa.

— Entre na carruagem — minha mãe insistiu.

Olhei para a carruagem preta, brilhante, mortal. Em seguida olhei para os meus pais. Fiz que não com a cabeça.

Foi minha última chance.

Meu pai acenou com a cabeça e um criado pegou meu baú e o arremessou escada abaixo. Ouvi algo se partir lá dentro, torcendo para que um frasco de perfume quebrado não arruinasse o pouco que me restava.

— Céus! — Lady Eastoffe disse, saindo apressada de sua carruagem. — Ajude aqui — ela disse para seu cocheiro, que logo foi pegar o baú. Lady Eastoffe olhou para minha mãe sem se dar ao trabalho de disfarçar sua raiva.

— Tem algo a dizer? — minha mãe disparou.

Lady Eastoffe balançou a cabeça e me envolveu em seus braços. Eu estava atônita demais para falar.

— Passei por muita coisa para manter minha família unida — ela disse. — Não compreendo como pode despedaçar a sua sem pensar duas vezes. Ela é sua filha.

— Não vou receber lições de *você*. Se está tão preocupada com minha filha, pode ser responsável por ela agora. Espere para ver como ela retribui.

— Eu vou mesmo ser responsável por ela! É um orgulho ter Hollis na minha família. E não vou ficar surpresa se um dia ela conquistar mais do que nós todos.

Minha mãe baixou a voz.

— Não casada com o porco do seu filho.

— Venha — sussurrei. — Não faz sentido discutir com eles. Vamos.

Lady Eastoffe segurou a língua e me conduziu de volta à carruagem. Subi na cabine com pés vacilantes e ocupei o assento voltado para o palácio Varinger. Eu tinha colhido maçãs daquelas árvores quando criança. Dançado na grama alta. Ainda conseguia avistar ao longe o balanço em que brincara. Naquela época, éramos todos felizes ali. Antes que meus pais percebessem que eu era sua única esperança; antes que eu os decepcionasse.

Eu os observei voltar para dentro e fechar as portas. O som frio das trancas me fez ter certeza de algo que já suspeitava: eu não tinha nada além de Silas agora.

Não havia amigos à minha espera no castelo, nem aposentos confortáveis. Minha família já não me queria, e eu não era bem-vinda em minha própria casa. Então parti, grata ao menos pelo braço que me segurava firme.

Vinte e nove

Num esforço para garantir que Silas e eu pudéssemos nos casar no curto prazo de duas semanas, todas as reformas no solar Abicrest se concentraram no andar principal. Os Eastoffe queriam convidar todas as famílias da região, para demonstrar boa vontade — e provar que não eram pagãos. Eles escovaram o piso, dando vida nova às pedras. Tiraram das caixas móveis e tapeçarias que haviam trazido de Isolte e colocaram tudo em lugares bem visíveis. Trataram ainda de contratar criados o mais rápido possível, comprando sua fidelidade com generosidade e fartura de comida.

Em pouco tempo, eu era parte da família, e eles se esforçavam muito para garantir que aquilo seria oficializado na melhor cerimônia que pudessem realizar.

— É este mesmo? — Lady Eastoffe perguntou ao examinar os tecidos trazidos para que eu escolhesse o que seria usado no meu vestido de casamento. Ela tinha dúvidas quanto ao meu dourado de sempre. — Ouvi dizer que cada vez mais noivas se casam de branco. A ideia é simbolizar pureza.

Tentei ser discreta e não manifestar o tédio em meu rosto.

— Depois do jeito que abandonei o castelo, acho que o branco só atrairia críticas.

Scarlet ficou boquiaberta.

— Hollis! Se quer usar branco, use! O senhor pode desenrolar um pouco mais esse, por favor? — ela pediu ao costureiro, pegando um rolo de tecido marfim.

— Não, não — insisti. — Além disso, Silas diz que sou seu sol. Acho que vai gostar do dourado.

— Ah, que graça — Scarlet comentou. — Então você tem razão. Tem que ser o dourado.

Minha felicidade só era um pouco maculada pelo fato de meus pais — que estavam logo do outro lado da planície, além da floresta, em terras que eram nossas havia gerações — se recusarem a me ver. Envergonhados demais para voltar ao castelo, tinham permanecido no campo, mas era como se estivessem do outro lado do continente, tamanha era a sensação de distância que eu tinha. Sem a aprovação deles, minha união seria perigosamente parecida com uma fuga. Eu tinha certeza de que Jameson sofrera para convencer os lordes a meu respeito por causa de todas as leis que giravam em torno do casamento. A maioria das famílias fazia um contrato sobre bens a ser trocados entre si a fim de provar que a união beneficiava ambas. Depois que um noivado era oficializado, era preciso outro contrato para desfazê-lo, e se um dos pais tivesse assinado em nome do filho ou da filha, às vezes era necessário recorrer a um clérigo ou mesmo ao rei em pessoa. Fugir e se casar rapidamente, sem a aprovação expressa da família, passava ao mundo a mensagem de que as leis não significavam nada. O que desencadeava julgamentos sem fim.

Um olhar sobre a vida de Delia Grace era o bastante para provar isso.

Mas enquanto a família que eu deixava não tinha nada a dizer, aquela em que eu entrava só me paparicava. A prova estava nos preparativos para o casamento, na festa que faziam ao receber uma nova filha.

— Dourado, então — Lady Eastoffe confirmou. — Que estilo você vai querer? Sei que as mangas dos vestidos de Isolte costumam ser pesadas, mas talvez pudéssemos arredondar a gola. Seria uma tentativa de juntar os dois.

Abri um sorriso. Ela já tinha dito aquilo dezenas de vezes. Já tinha tratado do vestido, do penteado, do jantar, da música... Tudo o que ela queria era construir uma vida nova para todos nós.

— Acho que vai ficar lindo.

O costureiro assentiu e levou seus pertences para começar a trabalhar. Disse que era capaz de entregar o vestido em cinco dias, o que estava dentro do nosso cronograma. Quando ele saiu, uma criada entrou para cochichar algo no ouvido de Lady Eastoffe.

— Claro. Deixe-a entrar já.

Meu coração saltou no peito. Era minha mãe que estava lá, eu tinha certeza. Vinha me dar sua bênção, permitir que eu usasse as relíquias da família. Tudo ia ficar bem.

Mas não foi minha mãe que entrou. Era uma mulher de meia-idade que aparentava ser uma criada. Ela se aproximou e se curvou diante de mim.

— Lady Hollis. Estou certa de que depois de tantos anos longe não vai se lembrar de mim, mas trabalho em sua casa.

Examinei o rosto da mulher, mas ela tinha razão: não a reconheci.

— Sinto muito, não me lembro. Está tudo bem com meus pais? Há algum problema na casa?

— Eles estão bem de saúde, mas parecem muito tristes. Acho que se arrependem de tê-la expulsado, mas não cabe a mim julgar. Ontem, porém, chegou uma carta para a senhorita. Pensei que, depois de tudo o que passou, algumas palavras de conforto poderiam lhe fazer bem. Por isso planejei vir aqui hoje. Um pouco antes de sair, chegou uma segunda carta, e eu a trouxe também.

Ela me mostrou duas cartas delicadas. Reconheci no ato a letra de Delia Grace, mas a outra era um mistério.

— Muito obrigada... Desculpe, qual é seu nome?

— Hester, senhorita.

— Estou em dívida com você, Hester.

— Não foi nada. É o mínimo da cortesia.

Abri um sorriso.

— Quer que alguém a leve para casa? Precisa de um cavalo?

Lady Eastoffe se virou para chamar alguém para ajudar, mas Hester ergueu a mão.

— Ah, não. O dia está ótimo para uma caminhada. Mas é

melhor eu sair já. Faço muitos votos de felicidade para seu casamento.
Ela se movia devagar, e me perguntei quanto tempo não teria demorado para chegar.

—Vamos lhe dar um pouco de privacidade — Scarlet disse, já puxando a mãe para fora da sala. Agradeci com um sorriso e comecei pelas notícias que talvez fossem as mais assustadoras: as de Delia Grace.

Querida Hollis,

Não me escapou o fato de não ter se dado ao trabalho de me chamar de Lady Hollis.

Você tinha razão. Logo depois da sua partida, sua majestade sentiu a necessidade de companhia, e quando fui até ele lamentar a partida da minha melhor amiga, nos conectamos de uma maneira completamente nova. Hoje de manhã, ganhei um vestido novo. Acho que, finalmente, estou onde sempre quis estar.

Há outras notícias. Uma parte da Ala Sul pegou fogo outro dia. Por sorte as chamas não se espalharam. Ninguém assumiu a culpa, mas embora os aposentos em questão estivessem supostamente vazios, meu palpite é de que pertenciam a algum isoltano. Todos eles ficam nessa mesma área. Houve um boato de que Jameson tinha iniciado o incêndio, o que é uma mentira maldosa. O castelo de Kereskentem é seu lar.

Apesar de ter ficado desnorteado após sua partida, o rei parece ter quase voltado ao normal nos últimos dias. Grita menos, e o convenci a organizar um torneio para o solstício. O planejamento o anima. Não tenho o mesmo talento que você para fazê-lo rir, mas às vezes ele sorri para mim. Sou a única pessoa que consegue arrancar sorrisos dele, o que me permite dizer que minha posição está relativamente segura. Imagino que, mesmo que o rei venha a gostar de mim, terá muito cuidado antes de propor casamento novamente. Para ser sincera, parte de mim acha que ele ainda espera por você. Não sei bem o motivo, já que foi embora.

Isso me faz lembrar que correm boatos de que você é uma bruxa. Por causa do comportamento do rei, alguém disse que você deve ter jogado um feitiço nele para deixá-lo louco. Não se preocupe, abafei essa história. Ou ao menos tentei. Depois veio outro boato, de que você estaria grávida. Por causa do seu jeito despreocupado, as pessoas acreditaram nesse com mais facilidade. Não há muito o que fazer para extinguir as fofocas da corte, como bem sabe.

Por falar em boatos, achei um deles particularmente interessante. Alguém me disse que você saiu do palácio com um dos Eastoffe. O mais velho, que fez a espada. Dizem que você vai se casar com ele a qualquer momento e que já planejava deixar o castelo há tempos.

Naturalmente, Jameson precisa muito de mim agora, de modo que estou impossibilitada de sair para investigar isso pessoalmente. Contudo, se há alguma verdade nessa história, estou ansiosa para saber. Acho que, se for verdade, faria com o rei o que a véspera do seu noivado fez comigo: daria a ele a oportunidade de aceitar o inevitável. Acho que Jameson ficará muito mais feliz se souber que seu coração pertence a outro.

Se minhas palavras valem algo, gostaria de dizer que sinto muito por não ter dado certo. O fato de eu querer Jameson para mim não significa que eu quisesse sua ruína. Talvez você não acredite

em mim; sei que não fui a melhor das amigas nas últimas semanas. Mas é verdade. Sinto muito.
   Bom, preciso parar por aqui. Tenho estado no centro de tantas atenções nos últimos dias, e não quero decepcionar ninguém.
   Espero que esteja bem, velha amiga. Mande meus cumprimentos à sua família.
   Delia Grace

   Balancei a cabeça e dobrei a carta. Ela podia sentir muito, mas não escrevera uma palavra sequer sobre me querer de volta, sobre sentir saudade. Eu sentia saudade dela.
   — Mas aposto que ela sente também — murmurei para mim mesma. Delia Grace tinha dificuldade de expressar seus sentimentos em voz alta, então era de se esperar que hesitasse em escrevê-los. Mas eu a conhecia como ninguém. Meu palpite era que a vida na corte estava muito solitária ultimamente, mesmo com a atenção de Jameson. Não ficaria surpresa de descobrir que ela sentia tanto a minha falta que doía demais colocar em palavras.
   Um dia, eu consertaria tudo isso.
   Peguei a outra carta e examinei a caligrafia delicada. Ao virá-la, notei o selo real impresso na cera.
   —Valentina! — sussurrei, esperançosa.

Querida Hollis,
   Estou e não estou surpresa com suas notícias. Acho que se eu tivesse parado para pensar antes de torcer pelo atual cavaleiro, teria ficado muito mais satisfeita com outro competidor do torneio.

As palavras me fizeram franzir a testa. Torneio? Detive-me, virei a carta e inspecionei o selo de novo. Quando forçava a vista, notava que parte da cera estava escorrida e que a carta havia sido selada de novo antes de ser enviada.

Ela tinha me avisado que talvez escrevesse em códigos, e imaginei que estava se referindo ao rei Quinten. Sim, eu também teria escolhido outro cavaleiro.

Gostaria tanto de poder vê-la. Outra partida de dados não me faria mal.

Ela queria conversar comigo? Receber algum conforto?

Me dediquei tanto ao meu jardim, mas receio que a flor raríssima que tinha plantado murchou. É difícil permanecer radiante sem ela.

Fiz uma pausa ao ler aquilo. Só podia significar uma coisa, e era horrível.

Ela tinha perdido o bebê.

Precisei sentar um pouco para suprimir as lágrimas. Valentina tinha ficado tão ansiosa, e depois tão feliz quando tivera certeza de que havia um bebê a caminho. Já era o terceiro... Não podia sequer imaginar seu sofrimento.

Espero ansiosamente por suas cartas. Por isso, depois que estiver casada e instalada, tire um tempo para me escrever sobre todos os detalhes do seu dia especial. Quero me sentir de novo em Coroa, ao seu lado, comendo bolinhos de mel.

Desculpe pela carta tão curta, mas tenho me cansado com facilidade desde que meu jardim minguou. Logo mandarei mais notícias para contar todas as fofocas da nobreza de Isolte. Embora não conheça ninguém, as histórias são divertidas por si só, e acho que podem entreter sua vida no campo.
Cuide-se, Lady Hollis. Fique bem e escreva logo.
Sua amiga querida,
Valentina

Soltei um suspiro. Também gostaria de tê-la ao meu lado. Enfiei as cartas na saia e saí para procurar a única pessoa com quem poderia conversar sobre elas.

Trinta

Quando não estava ajudando a reformar a casa, Silas estava na edícula com Sullivan, trabalhando em novas peças. Apesar dos rumores da nossa fuga, ele ainda recebia pedidos. Os nobres da corte tinham visto o trabalho dos Eastoffe de perto pelo menos duas vezes, e não havia como negar seu talento.

Avistei-o pela janela ampla e sem vidro, martelando o metal enquanto Sullivan parecia estar polindo um item nos fundos.

— Boa tarde, senhor — cumprimentei ao me aproximar do beiral da janela.

— Minha dama! — Silas gritou antes de secar o suor do rosto e se aproximar para um beijo. No canto, Sullivan escondeu seu trabalho debaixo de um pouco de feno. — A que devo a honra de sua companhia?

— Tenho uma pergunta para você.

Em silêncio, Sullivan se esgueirou porta afora. Era impossível ignorar sua gentileza. Ele costumava viver num mundo próprio, dentro de sua cabeça, mas se esforçava para dar privacidade aos outros também.

— O que quer saber?

— Lembra que fui encarregada de fazer companhia a Valentina?

Ele riu.

— Sim. E lembro que se saiu muito bem, porque ninguém na corte de Isolte, *ninguém* mesmo, conseguia fazer Valentina sorrir. Quanto mais falar.

— Considerei isso um feito e tanto na época. Não sei se, depois que conversamos, você percebeu como Valentina e eu ficamos próximas.

Silas arqueou as sobrancelhas e me encarou.

— Percebi. Por mais que estivesse ansioso para conversar com você, pude notar que estava preocupada com Valentina. Tinha a esperança de que a amizade entre vocês fosse bem curta.

Fiz uma careta.

— Sei que vocês e a família real isoltana não têm relações lá muito amistosas...

—Você não sabe nem metade da história.

— Mas ainda assim gosto de Valentina. Ela me confiou alguns segredos muito importantes.

Ele franziu a testa e cruzou os braços.

— Por exemplo?

Soltei um suspiro.

— Que ela acabou de ter um aborto natural. O terceiro.

Silas ficou boquiaberto.

— Tem certeza?

— Tenho. Valentina me contou dos dois primeiros durante a visita, pedindo total discrição. Agora acaba de me escrever falando de outro. Estou preocupada com ela.

Silas passou a mão na cabeça.

— Três... Preciso contar ao meu pai.

— Não! — insisti, jogando as mãos para o alto. — Prometi guardar segredo, e ela confia em mim. Só estou contando para você para justificar o pedido insensato que tenho que fazer agora.

— E qual é?

— Acha... que podemos ir a Isolte em breve?

— Hollis — ele disse apenas, com o rosto horrorizado e a voz seca.

— Não vamos demorar! — prometi. — Sei que Valentina está completamente sozinha e tenho certeza de que tem medo de que o rei se divorcie dela ou coisa pior, agora que perdeu o terceiro bebê. Quero que ela saiba que tem uma amiga.

— Então escreva uma carta.

— Não é a mesma coisa! — protestei.

Ele balançou a cabeça e olhou para o fogo.

— Eu estava resignado ao fato de não ser capaz de lhe dar a vida que você teria no palácio...

— Não quero aquela vida — interrompi.

— Para compensar, prometi a mim mesmo que, dentro daquilo que estivesse ao meu alcance, daria tudo o que pedisse. — Ele se aproximou e baixou a voz. — Mas Isolte é um lugar perigoso para minha família. O rei não confia em nós, e não sei se os Cavaleiros Sombrios iam nos tolerar, mesmo durante apenas uma visita. Céus, fui eu quem convenceu minha família a finalmente abandonar o país. — Ele segurou minhas mãos bem firme. — Não posso voltar lá. Não agora... talvez nunca.

Baixei a cabeça, mas tentei não parecer muito frustrada. Minha fuga tinha causado muito mais problemas do que eu esperava, e eu me preocupava com a possibilidade de estar tirando mais coisas de Silas do que lhe dava. Não queria que ele tivesse mais aquela preocupação por minha causa.

—Você tem razão. Desculpe. Vou escrever para ela e tentar consolá-la.

Ele me deu um beijo na testa.

— Odeio negar algo a você. Mas, por enquanto, vamos tirar um tempo para nós, para começar nossa vida. — Ele sorriu. — Sinto como se estivesse à sua espera há décadas.

— Falta pouco.

— Pouquíssimo — ele disse com um sorriso, e o mundo pareceu voltar aos eixos. Não via a hora de me tornar uma Eastoffe.

— A propósito — eu disse, já voltando para a casa —, Delia Grace ganhou um vestido do rei. Ela ouviu boatos de que vou me casar e está *muito preocupada* com eles.

Ele riu, animado.

— Aposto que está. Diga a ela que você fugiu com um grupo de ciganos. Ah, não, não. Diga que se juntou aos monges de Catal e agora vive numa caverna. Eu tenho ferramentas! Você pode gravar sua carta numa pedra!

— Se encontrarmos alguma grande o bastante.

Voltei para a casa, pensando que deveria dizer algo animador a Valentina. E também que Delia Grace provavelmente estava andando em círculos no quarto, conjecturando se eu era ou não uma mulher casada.

Ainda assim, só conseguia pensar em escrever uma carta.

Abençoados pai e mãe,

Perdão. Sei que os decepcionei, não só pela recusa a me casar com o rei, mas pelos vários anos de atenção desperdiçada que conduziram ao dia de hoje. Raras vezes me comportei como desejavam. Parte disso se deve simplesmente à minha natureza, mas não sei explicar o resto. Nunca foi minha intenção ser rebelde. Só queria encontrar alegria em tudo, e é difícil fazer isso permanecendo sentada e calada o tempo todo. Peço desculpas por frustrá-los.

Não posso desfazer o que já está feito, mas creio, do fundo do coração, que sua majestade encontrará uma parceira melhor, alguém que será uma excelente líder para Coroa. Por melhores que fossem minhas intenções, minha liderança acabaria por se mostrar um desastre, e espero que minha ausência da vida do rei acabe beneficiando o povo de Coroa bem mais do que minha presença seria capaz de fazer.

Creio ter encontrado meu par em Silas Eastoffe. Sei que estão infelizes com o fato de ele não viver como um nobre, embora sua família seja antiga em Isolte. E sei que prefeririam que ele fosse coroano. Penso, porém, que menosprezar os isoltanos não levou nosso povo a nada. Os poucos isoltanos que conheço de verdade vieram a se tornar pessoas da minha mais alta estima. E já não posso fingir o contrário.

Amo Silas, e vou me casar com ele daqui a dois dias. Envio esta carta a vocês como último recurso, e espero que consigam me perdoar e estar presentes no dia mais importante da minha vida. Não, eu não sou o menino por quem vocês esperavam. Não, não me tornei rainha. E, sim, envergonhei nossa família publicamente. Mas por que se importam com essas coisas? As intrigas da corte acabarão os levando para a cova mais cedo se vocês se deixarem abalar. Vocês são de uma das mais fortes linhagens de Coroa. Ainda têm terras e posses que os põem acima da maior parte do país. E ainda têm uma filha que deseja ardentemente fazer parte de suas vidas. Por favor, pensem em vir ao meu casamento. Se não vierem, vou esperar até que estejam prontos para me ver de novo, confiante de que esse dia chegará. Posso não ser boa em várias coisas, mas tenho muito talento para a esperança.

Daqui a dois dias, às cinco da tarde, no solar Abicrest.

Com todo o meu amor,
Sua filha Hollis

Trinta e um

— Com esta aliança, eu te recebo, Hollis Brite, por minha esposa. Com meu corpo, prometo-te leal serviço. Com meu coração, prometo-te eterna fidelidade. E com minha vida, prometo-te devoto cuidado, por quanto tempo nosso Deus determinar.

A aliança que o próprio Silas havia feito deslizou em meu dedo. Depois de todas as joias que tinha usado nos meses anteriores, havia pedido algo simples. Apesar de discordar, ele fez como eu queria. Com o anel de ouro no dedo, voltei-me para Silas, pronta para pronunciar meus votos.

— Com esta aliança, eu te recebo, Silas Eastoffe, por meu marido. Com meu corpo, prometo-te leal serviço. Com meu coração, prometo-te eterna fidelidade. E com minha vida, prometo-te devoto cuidado, por quanto tempo os deuses determinarem.

A aliança um pouco maior se encaixou com perfeição no dedo dele, e eu finalmente estava casada.

— O noivo pode beijar a noiva — o clérigo disse.

Quando Silas se inclinou para me beijar, a cerimônia acabou, e uma salva de palmas ecoou pelo salão. A sala principal do solar Abicrest estava supreendentemente lotada. Vizinhos de diversas propriedades tinham vindo ver os Eastoffe pela primeira vez. Muitos me conheciam de menina ou haviam me encontrado no palácio alguma vez, e pareciam curiosos para ver o homem que eu preferira a um rei.

Os Eastoffe permitiram que os criados, que tinham trabalhado incansavelmente para deixar a casa apresentável, assistissem à cerimônia do fundo. Fiquei feliz ao ver que, quando alguns empregados começaram a distribuir canecos de cerveja, seus colegas foram os primeiros servidos. E, no meio dos convidados, estavam meus pais.

Não sorriam. Na verdade, enquanto o salão aplaudia e recebia as bebidas para o brinde, aparentavam discutir em voz baixa. Mas eu deixei passar. Bem ou mal, pelo menos tinham vindo.

— Um brinde — Lorde Eastoffe propôs. — Aos maravilhosos vizinhos e amigos que nos apoiam nesta mudança para Coroa. A um dia perfeito para a mais feliz das celebrações. E a Silas e Hollis. Hollis, amamos você desde o primeiro momento, e estamos emocionados de tê-la nesta que se tornou a família mais escandalosa de Coroa.

O salão todo riu ao ouvir aquilo, e eu também. Eu sabia muito bem onde estava me metendo.

— A Silas e Hollis — Lorde Eastoffe concluiu.

Todos no salão repetiram nossos nomes em uníssono e ergueram seus copos. Num movimento ensaiado com elegância, os instrumentos de corda começaram a tocar quando os copos baixaram, e os convidados passaram a circular pelo cômodo.

— Tenho uma irmã, tenho uma irmã! — Scarlet cantarolou, me atropelando com um abraço.

— Eu também! A vida inteira quis irmãos. Agora ganhei três no mesmo dia!

Saul envolveu minha cintura com os braços, querendo ocupar qualquer espaço que Scarlet deixava livre. Quando os dois finalmente me soltaram, Sullivan veio de mansinho, com as bochechas vermelhas, e me abraçou também. Para minha surpresa, não foi um abraço rápido. Ele me segurou firme, abrindo as mãos em minhas costas e respirando forte. Retribuí o abraço, me perguntando se ele não precisava de um desses de tempos em tempos, mas fiquei tímida demais para perguntar.

Sullivan me soltou com um sorriso e disse:

— Bem-vinda à família.

— Obrigada. E obrigada pela coroa. Adorei!

O projeto de Sullivan, aquele que ele correra para esconder, era seu presente de casamento para mim. A coroa dourada reluzente servia perfeitamente em mim e contava com dois ganchinhos para prender o véu que descia pelas minhas costas. Ele tinha posto duas argolas na frente para que eu pudesse prender flores ali. O resultado era incrível. Eu usaria aquela coroa em todos os Dias da Coroação pelo resto da vida.

Ele acenou de leve com a cabeça antes de recuar. Silas só

cutucou o braço do irmão — era a maneira como se comunicavam. Tudo, *tudo*, estava perfeito.

— Venha, esposa — Silas disse me puxando. — Quero cumprimentar seus pais antes que encontrem uma desculpa para ir embora.

Atropelando toda e qualquer norma de etiqueta que eu conhecia, ele foi direito até minha mãe e a abraçou.

— Mãe! — ele exclamou, enquanto eu me mantinha atrás, tentando não rir da expressão horrorizada no rosto dela. — E pai! — Silas disse, estendendo a mão para cumprimentá-lo.

— Nós dois estamos muito felizes por estarem aqui hoje.

— Talvez não possamos ficar muito tempo — meu pai disse rápido. — Temos planos de voltar para Keresken amanhã e precisamos supervisionar a arrumação das malas.

— Mas já? — perguntei.

— Preferimos as acomodações do palácio — minha mãe respondeu sem rodeios. — Varinger faz muito eco.

Imaginei que uma casa tão grande com tão poucas pessoas deixaria qualquer um se sentindo pequeno.

— Prometam que não vão sair antes da sobremesa. Lady Eastoffe encomendou bolinhos de maçã, e parece que é uma tradição de Isolte esmagarem um doce desses na minha cabeça para dar sorte.

Minha mãe riu, e considerei aquele acontecimento raro um presente de casamento.

— Você vai ficar coberta de migalhas?

— Vou. Mas vou poder comer sobremesa antes de todo mundo, então não posso reclamar.

Ela balançou a cabeça.

— Sempre olhando o lado bom — disse. Em seguida, fechou os olhos, respirou fundo e acrescentou: — Queria saber valorizar mais isso.

— Ainda dá tempo — sussurrei.

Minha mãe fez que sim, com os olhos cheios de lágrimas. Percebi que ainda estava abalada, depois de tudo o que acontecera, mas também parecia querer seguir em frente. Eu esperava que ainda houvesse espaço para mim em seu coração.

—Vamos ficar para os bolinhos de maçã — meu pai prometeu. — Mas depois precisamos mesmo ir. Há... coisas de que devemos cuidar no palácio.

Concordei com a cabeça.

— Entendo. Vão contar ao rei como estou feliz? E que lhe desejo a mesma felicidade?

Meu pai soltou um longo suspiro.

—Vou... contar o que me parecer apropriado no momento.

Não era a resposta que eu queria. Eu esperava que o rei tivesse um belo futuro, e que abençoasse o meu. Aparentemente, meus pais não achavam isso possível.

Fiz uma reverência e deixei Silas me conduzir para outro lugar.

— Eu queria os dois aqui, mas a conversa foi difícil.

— Todo mundo está se acostumando — Silas me assegurou. — Acredite, as coisas vão se ajeitar.

— Espero que sim.

—Você não pode ficar chateada assim, Hollis. Não no dia

do nosso casamento. Se não se animar, vai me obrigar a estragar a surpresa.

Eu o fiz parar e olhei bem para o sorriso satisfeito em seu rosto.

— Surpresa?

Ele começou a cantarolar.

— Silas Eastoffe, pode me dizer agora! — exigi, puxando seu braço.

Meu marido continuou a rir até finalmente decidir acabar com o suspense. Ele se virou para mim e tomou meu rosto nas mãos.

— Sinto muito não poder levá-la a Isolte, mas... posso levar para Eradore.

Perdi o fôlego.

— Nós vamos para lá? É sério?

Ele fez que sim.

— Preciso entregar duas facas de caça até o fim da semana que vem. Quando terminar, partimos para o litoral.

Pulei em cima dele e envolvi seu pescoço com os braços.

— Obrigada!

— Eu disse que quero te dar tudo o que puder. Esse é só o começo.

— Hollis, posso roubá-la por um instante? — Lady Eastoffe perguntou, surgindo atrás de mim.

—Vou cumprimentar mais convidados — Silas propôs.

—Você vai ter uma esposa muito mimada — avisei.

— Ótimo! — ele exclamou, já saindo para cumprimentar o casal mais próximo.

— Lady Eastoffe — a mãe dele me saudou, e eu ri de alegria.

— Sim! Finalmente sou uma Eastoffe.

— Como deveria ser. — Ela me envolveu em seus braços.

— Queria conversar um pouco, antes que as coisas fiquem agitadas demais. Vamos lá fora?

— Claro.

Ela apontou para a porta com a cabeça, e nós duas seguimos até o jardim. Os canteiros do fundo ainda estavam altos demais, mas tudo à vista dos convidados estava impecável. As cercas altas e grossas de arbustos deixavam o lugar perfeito para caminhar e pensar. Eu mesma tinha passado boa parte das duas semanas anteriores ali, para aproveitar o sol. Agora, esse mesmo sol estava se pondo no horizonte e tingindo o céu de um belo tom lilás.

— Faz bem ao meu coração ver você e Silas juntos. Agora ninguém pode duvidar da sua condição, e acho que isso também nos ajuda. Estamos para sempre ligados a Coroa — ela disse, com um sorriso.

— Minha sensação era de que o caminho até aqui seria tão confuso e complicado que seria impossível chegar. Mas veja só! Conseguimos. E as pessoas vieram ser testemunhas, demonstrar amizade. Meus pais estão aqui... Está tudo perfeito.

— Está — ela concordou. — E espero que se lembre deste momento pelo resto da vida. O casamento pode ter seus desafios, mas você sempre poderá voltar a este lugar, ao amor, aos votos, e então tudo dará certo.

—Vou lembrar disso. Obrigada.

Ela sorriu e parou de andar.

— Não tem de quê. Agora, o casamento oficializa as coisas, mas há outras tradições para honrar também. E como relíquias trazem boa sorte, vou passar isto para você.

Lady Eastoffe estendeu a mão direita e puxou do dedo um anel grande de safira, que em seguida levantou à luz evanescente do dia.

— Este anel já foi usado por um grande homem de Isolte. Foi dado ao seu quinto filho, o terceiro menino, e passado adiante ao longo de gerações dos Eastoffe. Sei que nosso passado significa pouco aqui, mas ele é profundo e rico. Um dia, vou sentar com você para contar todas as histórias. Por enquanto, use isto, e com orgulho.

Ela tinha histórias para mim. E eu desconfiava que Silas tinha seus próprios relatos. Logo, nossas vidas se misturariam, à medida que nossas histórias se entrelaçassem.

Meus dedos tremeram ao pegar o anel, um fio a mais naquela tapeçaria.

— É lindo. Mas tem certeza? Não deveria ficar com Scarlet?

— Tenho outras coisas para passar a ela. Você é a esposa do meu filho mais velho, e eu sou a esposa de um filho mais velho. É uma tradição. E nós isoltanos não somos nada sem tradição.

— Já reparei. — Conforme ia passando mais tempo na casa dos Eastoffe, via como faziam de tudo para preservar seus costumes. Havia dezenas de detalhes na maneira como realizavam os afazeres cotidianos, e cada tarefa era acompanhada de uma explicação da sua importância, dada com grande cuidado. — Se é costume, aceito. Desde que me garanta que Scarlet não ficará chateada.

Lady Eastoffe me abraçou.

— Esse anel na sua mão determina que você faz parte da nossa linhagem. Ela vai ficar contentíssima.

—Você faz parecer tão...

Fomos arrancadas do momento por uma onda de gritos agudos.

— O que é isso? — perguntei.

Sem nos dar conta, tínhamos avançado muito entre os arbustos mais altos e não conseguíamos enxergar a casa. Enquanto a gritaria continuava, corremos em direção ao barulho, tentando entender o que se passava. Esgueiramo-nos atrás de arbustos altos e espiamos pela lateral. Pelo menos uma dúzia de cavalos estava na entrada da casa.

— Eles vieram atrás de nós. — Lady Eastoffe arfou, horrorizada. — Finalmente vieram.

Trinta e dois

Eles. Graças a Valentina, eu sabia exatamente quem eles eram.

— Os Cavaleiros Sombrios — murmurei, tão baixo que achei que Lady Eastoffe não tinha me ouvido.

Houve mais gritos, e por impulso voltei a correr. Silas estava lá dentro. Antes que eu conseguisse chegar muito longe, fui atirada no chão. Durante a queda, ouvi meu véu se rasgar.

— O que você está fazendo? — perguntei a Lady Eastoffe, começando a chorar. — Temos que ajudar!

— Shhhh — ela insistiu, cobrindo minha boca até eu me acalmar o suficiente para ouvi-la. — O que acha que podemos fazer? Não temos cavalos, espadas, nada. Nossos maridos ordenariam que ficássemos num lugar seguro, e é isso que faremos.

— É nossa família que está lá dentro! — insisti. — Nossa *família*!

Ela me arrastou para o abrigo de arbustos podados em forma de esculturas. Eu me debati o tempo todo. Não ia ficar longe de Silas.

— Olhe para mim, Hollis! — Parei de lutar por tempo suficiente para encará-la, e o que vi me fez estremecer. A rapidez com que ela passou de orgulhosa para despedaçada, de adorável para desgrenhada. — Se acha que isso não me destrói, está errada. Mas Dashiell e eu fizemos um acordo. Fizemos planos. E, se um de nós conseguisse escapar com vida, deveria fazer isso...

Ela afastou alguns galhos mais finos para tentar ver alguma coisa. O contraste era chocante: a beleza do céu, o aroma das flores... e os gritos violentos que carregavam o ar.

— Por que não corre? Por que fizeram um plano desses?

Quando Lady Eastoffe não respondeu, comecei a levantar, mas logo ela veio de novo para cima de mim.

— Também fiz uma promessa para Silas.

Fiquei imóvel assim que ouvi o nome dele. Por que Silas teria um plano para mim? Por que eu não sabia de nada disso? Por que estava me escondendo no mato enquanto ele poderia estar morrendo?

Tapei os ouvidos. Mesmo assim, continuei escutando os sons do combate, e quis poder berrar, mandar todo mundo parar. Mas senti que já tinha me arriscado demais e que não podia pôr em perigo alguém que jurara me proteger.

— Não compreendo — insisti mais uma vez, choramingando. — Por que não ajudamos?

Ela não disse nada. Observava cuidadosamente através dos

arbustos quando julgava seguro, para logo em seguida voltar a se esconder com toda a pressa. Suas mãos estavam bem firmes sobre mim, prontas para me segurar caso eu ameaçasse correr.

Lembrei do que Silas tinha dito. Que a destruição dos Cavaleiros Sombrios era absoluta. Tive vontade de vomitar ao pensar nele enfrentando aquilo.

O horror pareceu continuar por uma eternidade. Com meus pensamentos, eu tentava forçar Silas a continuar vivo, a sobreviver ao que estava acontecendo. Então fui tomada por uma culpa instantânea por me preocupar apenas com ele e ninguém mais. Saul ainda tinha muita vida pela frente, e Sullivan era uma alma tão delicada que só estar ali provavelmente acabaria com ele. E talvez meus pais não estivessem plenamente felizes, mas isso não significava que não merecessem mais tempo.

Depois de um período longo e curto ao mesmo tempo, os gritos e berros cessaram e deram lugar a gargalhadas doentias. Foi assim que descobri que eles estavam de partida. Aqueles homens tinham concluído seu trabalho e agora faziam piadas sobre seu êxito. Era um som distinto de satisfação, de trabalho bem-feito, de muitos cumprimentos.

Então ouvi outros ruídos: estalos. Observamos o grupo partir a cavalo, e esperamos até não ouvir absolutamente nada do galope para nos levantar.

— Por favor — sussurrei. — Por favor.

Então arrisquei abrir os olhos.

O som tinha deixado claro, mas eu ainda não conseguia acreditar que eles haviam incendiado a casa. Saímos às pressas do jardim, correndo, embora temesse que a oportunidade de ajudar já tivesse passado. Eu afastava o medo a cada passo, desesperada para me aproximar, para ver se ainda restava alguém com vida. Apenas um dos cantos da casa estava em chamas. Havia chance de salvar alguém que ainda respirasse.

Parei diante da porta principal, com medo de entrar, aterrorizada com o que veria.

— Mãe? — chamou uma voz chorosa de um canto sombrio perto da porta da frente.

— Scarlet? É você? Ah, graças aos céus! — Lady Eastoffe correu e abraçou a filha, chorando violentamente. — Minha menina! Ainda tenho minha menina!

Olhei para a casa. Nada se movia. Seria ela a única sobrevivente?

— Eram os Cavaleiros Sombrios? — perguntei, embora já estivesse bem certa daquilo.

Lady Eastoffe virou a cabeça com tudo na minha direção.

— Como sabe a respeito deles? — perguntou, para logo em seguida voltar a tocar cada centímetro do rosto de Scarlet, ainda incapaz de acreditar que a filha estava mesmo ali.

—Valentina. Silas.

Ela balançou a cabeça e se voltou para a filha.

— Pensei que nos deixariam viver em paz se partíssemos, mas estava errada.

Aquilo não fazia sentido.

— Por que fizeram isso com vocês?

—Ah, mãe, eles vieram com máscaras no rosto e espadas à mostra, golpeando todos que viam pela frente, mesmo as criadas. Não sei o que me aconteceu... congelei. Não consegui lutar.

— Não era para você lutar. Sabe disso — a mãe a censurou. — Era para você correr!

— Um homem me pegou pelos ombros, me segurou por um momento. Pensei que ia me matar devagar. Mas então agarrou meu pulso e me jogou para fora da casa. Tentei correr, mas estava paralisada. Rastejei até os arbustos e me escondi. Eu queria lutar, mãe. Queria machucá-los.

Lady Eastoffe a apertou com mais força ainda.

— Eles me pouparam — Scarlet continuou. — Não sei por quê! E eu olhei... eu vi... — Ela se desfez em lágrimas.

Balancei a cabeça. Não entendia nada daquilo. Levantei a saia e me preparei para entrar.

— O que vai fazer? — Lady Eastoffe perguntou.

— Procurar sobreviventes.

Seus olhos azuis ficaram vazios.

— Hollis, ouça. Não haverá ninguém.

Engoli em seco.

— Eu preciso... Preciso...

Ela balançou a cabeça.

— Hollis, por favor — Lady Eastoffe insistiu, num tom de alerta. — Isso vai lhe fazer mais mal do que bem.

A certeza em suas palavras, como se aquilo não fosse uma novidade, me fez gelar, ainda que o calor das chamas começasse a se alastrar por toda a ala leste do casarão. Talvez só na minha cabeça estivéssemos esperando para nos proteger e depois voltar em busca de sobreviventes. Talvez na dela já houvesse a certeza de que não haveria nenhum.

— Eu preciso...

Lady Eastoffe baixou a cabeça, e eu avancei.

Adentrei a casa e fui quase atropelada por um criado carregando bandejas de ouro, correndo como se sua vida dependesse daquilo. Tomei um fôlego esperançoso, acreditando que alguém devia ter escapado, mas me arrependi de ter entrado assim que a fumaça começou a me sufocar.

Ao virar em direção à sala principal, onde apenas uns momentos antes estivéramos brindando ao meu futuro, vi grandes línguas de fogo devorarem mesas e tapetes, e alguém que parecia ser Saul. Ele fora abatido bem ao pé da porta.

Baixei o olhar para o chão e cobri a boca para conter os gritos.

Ela tinha razão. A simples visão daquilo tornava tudo muito pior. Agora, em vez de pensar na morte coletiva, eu tinha rostos, imagens. Jamais me esqueceria do sangue, do cheiro.

Quis continuar avançando. Podia tentar encontrar Silas. Mas o fogo tomava conta de mais áreas do que podíamos ver de fora... e não havia gritos de socorro. Se Silas tinha um plano para mim, um plano em que eu sobreviveria, eu precisava sair agora. Porque vê-lo mutilado ou consumido por chamas não era algo que eu suportaria. E se eu entrasse mais, talvez não conseguisse voltar.

Tossi, com dificuldade para respirar, e corri para fora.

Lady Eastoffe viu o horror no meu rosto e acenou com a cabeça uma vez. Olhei para Scarlet e supus que minha expressão era apenas um reflexo distante da sua. Ela havia mergulhado naquilo que eu tinha acabado de ver, e dava para notar todos os fantasmas em seus olhos. Me aproximei e lhe dei um abraço. Ela me apertou forte por apenas um minuto.

Lady Eastoffe pegou minha mão e a da filha e virou para observar a trilha que tinha sido preparada recentemente para o casamento.

— Para onde vamos? — Scarlet perguntou.

— Para o solar Varinger, claro — sugeri sem emoção.

Lady Eastoffe ergueu a cabeça e começou a caminhar.

— Vamos, minhas filhas. Não adianta olhar para trás.

Mas eu olhei. Observei o fogo subir pelas cortinas, cada vez mais. Ela tinha razão. Precisávamos continuar andando.

Ficou óbvio para mim que aquela família já devia ter visto aquela cena pelo menos uma vez antes. De que outro modo conseguiam seguir com tanta calma, como se fosse apenas questão de tempo até algo parecido acontecer de novo? Por que teriam planejado que cada um deles deveria tentar escapar se conseguisse?

Silas tinha me falado dos Cavaleiros Sombrios de maneira distante. Mas sem dúvida eles já tinham ficado face a face antes. Só que daquele novo encontro ele não conseguira escapar.

Se estivéssemos em condições de pensar, teríamos ido até os estábulos procurar um cavalo. Em vez disso, caminhamos em silêncio, rumo à casa da minha infância. Deveria me dar uma sensação de segurança saber que finalmente voltaria a cruzar as portas do solar Varinger. Mas diante do motivo de estar indo para lá, preferiria ficar do lado de fora para sempre. Meus ouvidos estavam o tempo todo alertas, atentos ao som de cavalos, gritos ou qualquer coisa que significasse que eu deveria começar a correr.

Não houve cavalos, porém. Nem gritos. Éramos só nós.

Quando finalmente nos aproximamos do portão principal, o mordomo nos esperava nos degraus. Levantou a lanterna, notando que se tratava de três figuras em vez de duas, que só havia silhuetas de mulheres, e que a bela carruagem não estava por perto.

— Acordem! Acordem! — ele gritou para dentro da casa.

Quando chegamos aos degraus da entrada, já havia ali um pequeno exército de criados para atender às nossas necessidades, incluindo a doce senhora que levara minhas cartas até o solar Abicrest.

— Lady Hollis! O que aconteceu? — ela perguntou. — Onde estão seus pais?

Em vez de responder, desabei no chão e comecei a gritar.

Trinta e três

Foi então que senti o impacto, apesar de saber havia horas. Meus pais estavam mortos. Meu marido estava morto. Eu estava só.

— Eles não vão voltar — Lady Eastoffe murmurou para ela em meu lugar. Seu rosto estava firme mas vazio, com duas trilhas nítidas no rosto, onde as lágrimas haviam lavado a sujeira e o pó. Ainda assim, ela parecia nobre. Lady Eastoffe se moveu em direção à escadaria, mas foi interrompida por um criado.

— Não vamos abrigar vocês — ele disse, de peito estufado.

— Nossos senhores odiavam sua família, e eles...

— Acha que isso importa agora? — Hester cortou. — Eles estão mortos. E Lady Hollis é a senhora desta casa, então é melhor ir se acostumando a receber ordens dela. Estas duas são sua família, e vão receber alimento e cuidado.

— Ela tem razão — outra criada murmurou. — Lady Hollis é a senhora da casa agora.

— Eu acompanho as senhoras até a sala de estar — Hester disse.

— Obrigada. Venha, minha filha. Vamos ficar de pé. — Lady Eastoffe me levantou do chão e nos arrastamos até a sala de estar, gratas pela lareira. Joguei-me no chão, o mais perto possível do fogo, para aquecer as mãos e os pés doloridos. Scarlet chorava baixíssimo, só de vez em quando emitindo algum som. Eu não a culpava. Havia muito para sentir. Tristeza por aqueles que tínhamos perdido. Culpa por termos sobrevivido. Medo do que podia acontecer depois.

— Vai ficar tudo bem — a mãe dela sussurrou enquanto lhe acariciava o cabelo. — Vamos ter um novo lar, prometo.

Scarlet deitou a cabeça na mãe, mas eu podia sentir que aquela promessa não bastava para desfazer o que tinha acabado de acontecer. Meus olhos saltaram para Lady Eastoffe, e reparei que o olhar dela não tinha foco, que contemplava o nada. Ela tivera a sensatez de me manter segura, tivera a perseverança de nos fazer levantar e caminhar, e eu não tinha dúvidas de que ia ser nossa âncora ao longo dos próximos dias... Mas podia notar que ela estava abalada, mudada. Aquilo para o qual vinham se preparando acontecera, e agora ela encarava as consequências arrasadoras.

— Por que eles fizeram isso? — perguntei de novo, sem esperar resposta. — Mataram todos menos Scarlet, incendiaram a casa e não levaram nada. Não entendo.

Lady Eastoffe fechou os olhos e soltou um suspiro custoso.

— Infelizmente, Hollis querida, nós entendemos.

Olhei para ela.

— Isso já tinha acontecido antes, não tinha?

— Não *assim* — ela disse, balançando a cabeça e finalmente sentando numa cadeira. — Mas já perdemos gente antes. E bens. Por isso saímos de casa... Eu não esperava que a ameaça fosse nos seguir até aqui.

Balancei a cabeça.

—Vai ter que me dar uma explicação melhor.

Ela suspirou, tentando se recompor. Alguns criados entraram carregando bandejas, toalhas e bacias de água. Uma criada pôs um prato com pão e peras ao meu lado, embora eu não me achasse capaz de comer nada no momento. Lady Eastoffe agradeceu a eles enquanto mergulhava as mãos na água e lavava o pó e as cinzas do rosto.

Assim que os criados saíram, ela se voltou para mim de novo.

—Você lembra do nosso primeiro dia no castelo?

A lembrança me trouxe um sorriso débil aos lábios, ainda que lágrimas silenciosas me descessem pelo rosto.

— Jamais esquecerei.

— Quando o rei Jameson reconheceu nosso nome, tive certeza de que havia dois caminhos possíveis. Ou ele simplesmente nos castigaria... talvez nos mandando para uma torre ou nos expulsando de vez... Ou então nos acolheria e faria de nós uma das famílias com mais visibilidade na corte, mantendo-nos sempre a seu serviço. Fiquei chocada quando deixou que nos instalássemos onde quiséssemos depois que decidiu nos dar abrigo.

— Mas por que ele tomaria atitudes como essas?

Ela apoiou a cabeça no encosto alto da cadeira e olhou para o teto.

— Porque é isso que costuma acontecer com quem está às margens da realeza.

Eu a encarei, tentando dar sentido àquelas palavras.

— Realeza?

— É uma história meio confusa — Lady Eastoffe começou, inclinando-se para a frente. — Vou tentar simplificar. O rei Quinten é descendente direto de Jedreck, o Grande. A coroa foi passada para o *primogênito* de Jedreck, e Quinten é desse ramo da linhagem, por isso está com a coroa. Mas Jedreck, o Grande, teve três filhos e quatro filhas.

"Os descendentes de alguns ramos se casaram com outras famílias reais, outros escolheram uma vida tranquila de serviço à coroa, e outros ramos se extinguiram, sumindo por completo. A família Eastoffe é um dos ramos dessa árvore genealógica que ainda está vivo. São descendentes diretos do quinto filho, Auberon. O anel no seu dedo era dele, e foi dado por seu pai, o rei."

Olhei para a safira, que era exatamente da cor do azul de Isolte, e refleti. Não conseguia lembrar de absolutamente nada no nosso tempo juntos que confirmasse a história.

— Além de Quinten e Hadrian, obviamente, e nós, resta apenas uma família pertencente à linhagem Pardus. São os Northcott. Lembra-se deles?

Fiz que sim. Etan me causara uma impressão e tanto. Não havia como aquele rapaz ter uma gota sequer de sangue real nas veias.

— Entre nossas três famílias estão os remanescentes da linhagem real, todas as pessoas vivas com direito ao trono. Mas... como os herdeiros do sexo masculino costumam ser favorecidos, e meu marido e meus filhos... meus filhos... — Ela irrompeu em lágrimas, chorando incontrolavelmente. Eu apostaria que tinha rios e rios de lágrimas. Sabia que eu mesma tinha.

Scarlet se encolheu ainda mais na cadeira, sentindo uma dor profunda e sombria; tinha visto tanta coisa naquele dia. Por isso fui eu quem levantou de um salto para abraçar sua mãe.

— Sinto muito.

— Eu sei — ela soluçou, retribuindo o abraço. — E eu também. Por você. Órfã tão jovem. Sinto tanto, Hollis. Jamais teria concordado com nada disso se achasse que você corria perigo. Pensei que fossem nos deixar em paz.

— Mas quem são esses Cavaleiros Sombrios? — perguntei, lembrando que nem Silas tinha uma resposta clara para isso.

— E por que fariam isso com vocês?

— Quem é a única pessoa que deseja eliminar quaisquer disputas pelo trono? — ela perguntou.

A resposta me veio instantaneamente à cabeça, embora eu fosse incapaz de acreditar.

— Não o seu rei.

Pensando melhor, isso não me parecia tão impossível. Só a lembrança do rei Quinten bastava para me dar calafrios. Ele mantinha Valentina isolada, forçava seu frágil filho a estar no centro e à frente de tudo, embora aquilo claramente custasse muito ao rapaz. Se tratava tão mal pessoas com quem deveria se importar, o que o impedia de tratar todas as outras ainda pior?

— Umas semanas antes de partirmos de Isolte, fomos ao castelo visitar Quinten e comemorar o vigésimo quinto aniversário de seu reinado. Você viu em primeira mão como ele é velho e vaidoso. Como atormenta os mais próximos. Mas ninguém gostaria de irritá-lo. Por isso, embora preferíssemos ficar em casa, fomos. Acho que não ocultamos bem o bastante nossa exaustão durante as celebrações.

"Quando voltamos para casa, todos os nossos animais tinham sido mortos. Não havia sido lobo nem urso; dava para ver pelas feridas. E nossos criados... — Ela fez outra pausa para engolir mais uma onda de lágrimas. — Os que sobraram contaram que homens de capa preta tinham vindo e prendido os outros com correntes. Uns poucos revidaram, e encontramos seus cadáveres empilhados sob uma árvore.

"O momento fora escolhido de propósito para mandar uma mensagem poderosa. Ele não tolera ameaças à sua linhagem, que aparentemente vai se extinguir muito em breve. Os Northcott têm o maior direito ao trono agora. Alguns até argumentam que sempre tiveram. Desconfio que os Cavaleiros Sombrios foram atrás deles em seguida...

"Mas os Northcott têm sido inteligentes. Você viu que eles acompanharam a visita de Quinten e Valentina. Nunca perdem um evento e fazem questão de manter boas relações com o rei, se é que isso existe. E embora eles próprios tenham perdido bens, recusam-se a fugir por causa dele. Talvez sejam mais difíceis de eliminar do que Quinten imaginava.

Franzi a testa.

— Os Northcott também foram atacados pelos Cavaleiros Sombrios? Então... essa espécie de exército não é tão anônima quanto as pessoas pensam? São com certeza homens do rei?

— Não vejo como poderia ser diferente — Lady Eastoffe respondeu dando de ombros, cansada.

Fiquei ali, sentada no braço da cadeira, ainda abraçada a ela.

— Então o seu rei não é apenas vaidoso, mas tolo. Se ele não tem herdeiros e assassina os que teriam direito ao trono, a coroa não cairá nas mãos de um desconhecido? Ou pior: seu país pode ser anexado a outro se ficar sem um líder para defendê-lo.

Lady Eastoffe acariciou minha mão.

—Você é mais sábia do que ele. Pena que não tem o mesmo poder. Mas agora Scarlet e eu estamos sem país, sem lar, sem família. — Ela apertou os lábios para segurar mais lágrimas.

Os acontecimentos de uma única noite tinham retalhado tantas vidas. Será que eu me recuperaria disso algum dia? E ela?

Olhei para baixo, para minhas minúsculas mãos. Pequenas demais para salvar alguma coisa, fracas demais para repelir o horrível ataque. Mas havia um anel no meu dedo. Olhei para a pedra azul cintilante, lembrando que Lady Eastoffe dissera que tinha sido usado por um grande homem. Em seguida olhei para a aliança simples na minha mão esquerda, que parecia infinitamente mais valiosa.

— Você tem família — eu disse, e ela levantou os olhos para mim. — Eu entrei nela hoje pelo casamento. Temos um vínculo tão forte quanto qualquer lei. E, apesar do desconforto dos meus pais, sou a única herdeira deles. Esta casa e estas terras são minhas. E da minha família. — Ela sorriu, e até Scarlet se animou por um instante. — Vocês não serão abandonadas.

Trinta e quatro

Por um belo segundo depois de acordar, não me recordei do acontecido. Só depois de esfregar os olhos e perceber que o sol deslizava em direção ao meio-dia lembrei de ter entrado em casa mais ou menos na hora do nascer do sol. Também percebi que estava no chão. Levantei os olhos e vi Lady Eastoffe e Scarlet na minha cama. Tínhamos empurrado minha penteadeira contra a porta e tirado um tempo para pensar, mas o pensamento se transformara em sono em instantes.

Meus pais estavam mortos. Sullivan estava morto. Lorde Eastoffe. O pequeno Saul.

E Silas.

Qual tinha sido a última coisa que ele me dissera? "Ótimo." Eu tinha falado que ele teria uma esposa mimada, e a ideia o deixou encantado. Tentei me apegar a esse momento. Uma ponta do meu véu aparecia no canto daquela imagem, porque eu olhara para trás, por cima do ombro. Ele sorria maliciosamente, como se planejasse coisas que eu não conseguiria imaginar sozinha. "Ótimo", ele dissera. "Ótimo."

— Tive uma ideia — Lady Eastoffe despertou e começou a sair com cuidado da cama, deixando Scarlet descansar.

— Ah, graças aos céus! — suspirei.

—Veja, não garanto que seja boa, mas pode ser tudo o que podemos fazer. — Lady Eastoffe sentou ao meu lado no chão, e não pude deixar de pensar que, mesmo de luto e amarrotada, ela mantinha uma postura incrível. — Acho que Scarlet e eu precisamos partir. E acho que você precisa ficar aqui e recomeçar sua vida.

— Como é? — meu coração disparou.—Vai me abandonar?

— Não — ela disse, tomando meu rosto nas mãos. —Vou proteger você. A única maneira de garantir que sua vida não correrá risco é me afastar, ir o mais longe possível, o mais rápido que puder. Não há como ter certeza de que o rei Quinten não voltará quando descobrir que estou viva, ainda que eu seja velha e que nem Scarlet nem eu tenhamos esperanças de chegar ao trono. Ele vai ser sempre uma sombra sobre nós. O único jeito de você ficar segura é estar onde eu não estiver.

Desviei o olhar, tentando encontrar furos na lógica dela.

—Você herdou uma propriedade e tanto, querida. Tire um tempo de luto e depois, quando encontrar outra pessoa...

— Nunca vou encontrar outra pessoa.

— Ah, Hollis, você é tão jovem. Tem muito pela frente. Viva, tenha filhos. É o máximo a que podemos aspirar nesses tempos sombrios. Se minha partida mantiver você longe do que aconteceu na noite passada, parto feliz. Mas por favor, saiba que me separar de você vai ser tão duro quanto me separar dos meus filhos — ela lamentou, correndo a mão pelo meu cabelo sujo.

Tentei ver o lado bom daquela ideia, de ficar só. Só consegui enxergar que ela me amava tanto quanto eu a amava, com a mesma intensidade que eu desconfiava que nutríamos uma pela outra. Já era alguma coisa, em meio a tanta tristeza: saber que eu era amada.

— Para onde vão se mudar?

Ela olhou para mim como se eu não tivesse entendido.

— Para Isolte — Lady Eastoffe disse, em tom prático.

Ah. Quando ela dissera que ia embora, era para longe.

— Está louca? — rebati, um pouco alto demais. Scarlet se mexeu e rolou na cama, ainda adormecida. — Se tem tanta certeza de que seu rei quer matar vocês, voltar só vai ajudá-lo a concluir o trabalho.

Ela balançou a cabeça em negativa.

— Acho que não. Pode não estar na lei, mas é a *tradição* de Isolte que só homens entram na linha de sucessão. É por isso que nossa linhagem é muito mais ameaçadora que a dos Northcott, já que eles são descendentes de uma das filhas de Jedreck. Mas... — Lady Eastoffe fez uma pausa para pensar nos detalhes. — Ela era a *primogênita*, e isso às vezes tem peso em Isolte. No passado, havia grupos que apoiavam o filho dela, Swithun, e seu ramo era muito forte e sadio, o que não podia ser dito de outros, que acabaram desaparecendo...

De repente, os olhos dela se desviaram para o chão, como se examinassem uma imagem que eu não conseguia enxergar.

—Acho que o rei não incomodou os Northcott porque seu ramo quase se extinguiu sozinho... — Ela balançou a cabeça e voltou ao que dizia antes. — Dashiell e eu criamos nossos filhos para que soubessem quem eram, para que soubessem o sangue que carregavam, e como isso fazia deles inimigos do rei. Os meninos compreendiam o motivo de colocarmos guardas à sua porta algumas noites, o motivo de visitarmos o castelo para prestigiar mesmo os mais insignificantes acontecimentos da vida do rei Quinten. Se Scarlet e eu morrermos, morreremos com honra. E se você morrer? Será apenas porque estava conosco. E isso seria um peso muito grande para suportar.

Levantei e fui até a janela. Minha mãe sempre dizia que o melhor lugar para tomar uma decisão era à luz do sol. Quando criança, eu achava que esse era seu jeito de me fazer esperar por respostas que ela não queria dar, respostas às perguntas que eu insistia em fazer antes de dormir. Mas às vezes eu ainda seguia o conselho, na esperança de que o sol dissipasse as nuvens da minha cabeça.

—Você pretende se apresentar ao rei Quinten? Dizer que é sua súdita fiel mesmo depois que ele matou sua família?

— Sim. — Ela fechou os olhos por um instante, ponderando as próprias palavras. — Vou confirmar as expectativas dele quanto ao fim do ramo masculino e lhe jurar fidelidade. Mesmo se não fosse para te salvar, teríamos que voltar. Afinal, Isolte é nossa casa, e quero protegê-la, salvar o que ainda resta de bom lá enquanto há tempo. Porque um dia aquele velho perverso vai morrer. Vai morrer e deixar para trás um reino fraturado, e eu ficaria chocada se alguém lamentasse sua perda.

— É arriscado. Ele poderia matar você na hora e acabar de vez com seu ramo. Já pensou nisso?

— Poderia — ela concordou, resignada à verdade que, imaginei, fazia parte de sua vida desde o dia de seu casamento —, mas minha vida foi longa. Vivi para amar, para ser mãe. Vivi para me preocupar e para fugir. Agora vou viver para proteger. Vou proteger Isolte voltando para lá, e proteger você indo embora. Então, como vê, temos que ir.

O sol não me dava nada. Eu o via, até sentia seu calor, mas as coisas não mudavam. Voltei-me para Lady Eastoffe e me lancei em seus braços.

— Não sei se consigo sozinha.

— Besteira — ela insistiu, num tom de voz maternal. — Pense em tudo o que conquistou nos últimos meses. Se alguém consegue, é você. É uma jovem muito inteligente.

— Então vai me ouvir se eu disser que é burrice voltar?

Ela riu.

— Talvez você tenha razão. Mas não posso passar os últimos anos da minha vida me escondendo. Preciso encarar meu monstro.

— Um monstro — repeti. Era exatamente o que Quinten era. — Para ser bem sincera, eu preferiria encarar um dragão a ficar aqui sozinha.

— Vou escrever tantas cartas que você vai se afogar nelas. Vou escrever mesmo quando não houver nada que valha a pena contar, a ponto de você desejar que nunca tivéssemos nos conhecido.

— Agora é você quem está falando besteira. Eu te amo da

mesma maneira que amava o resto da sua família: desde o primeiro dia, por completo, sem motivo.

— Pare. Vai me fazer chorar de novo, e eu já estou cansada de tantas lágrimas. — Ela me deu um beijo na cabeça. — Agora preciso cuidar dos preparativos para os enterros. Você também... Espero não ofender ninguém se não fizermos uma cerimônia grande. Só quero pôr meus mortos para descansar.

Lady Eastoffe baixou os olhos e pigarreou. Tirando o breve colapso na noite anterior, estava se esforçando para manter as emoções sob controle. Desconfiei que era por minha causa.

— Depois — ela retomou com a voz menos firme do que antes —, vamos ver se dá para salvar alguma coisa do solar. Se o tempo estiver bom, partiremos o mais rápido possível.

Ela continuou falando ao longo de todo o dia, concentrando todas as forças em seus planos, o que me deixava admirada. Minha dor ocupava espaço demais para me permitir pensar em qualquer outra coisa.

Trinta e cinco

Os Northcott responderam depressa, oferecendo sua casa a Lady Eastoffe e Scarlet pelo tempo que precisassem. Combinaram uma data, e Etan viria de carruagem para tornar a viagem o mais confortável possível. Lady Eastoffe e Scarlet pareciam gratas pela ajuda em tempos tão terríveis, mas a história toda me deixava desconfortável. Se os Northcott estavam em uma situação parecida, por que juntar todos no mesmo lugar?

— Eles chegaram tão longe graças à arrogância de Quinten e a seu desprezo pelo ramo feminino. Arrisco dizer que isso vai permitir que vivamos um pouco mais — Lady Eastoffe especulou, embora aquilo não me consolasse em nada.

— Ainda acho arriscado — bufei, cruzando os braços. — Por favor, não pode...

— Perdão, senhora, mas acaba de chegar um embrulho — Hester disse, entrando com seu jeito gracioso de caminhar. — Como é muito pesado, deixei perto da porta.

— Pesado?

Ela fez que sim, e eu e Lady Eastoffe nos entreolhamos.

— Obrigada, Hester. Está na porta da frente?

— Sim, senhora.

Lady Eastoffe me acompanhou até o andar de baixo. Eu ainda estava me acostumando a ser a senhora do solar Varinger. A sensação era de que se tratava de mais um peso para carregar, e eu não me achava capaz de suportar mais.

— Hum. Não é tão grande — Lady Eastoffe comentou.

— Por que será tão pesado?

Na mesa circular que meus pais costumavam cobrir com flores havia um pequeno baú com uma carta em cima. Peguei-a para ler.

— Ah — suspirei ao ver do que se tratava. Minhas mãos logo começaram a tremer.

— O que foi?

— O selo. É o selo real. — Engoli em seco. — Isto veio do rei Jameson.

— Quer que eu leia para você? — ela se ofereceu.

— Não — hesitei. — Não, eu consigo.

Rompi o selo e abri a carta. Logo reconheci a caligrafia. Quantas vezes eu não tinha recebido cartas dele?

Minha querida Hollis,

Embora possa achar improvável depois de tudo o que se passou entre nós, fiquei extremamente desolado ao saber das recentes mortes de seu noivo e de seus pais. Qualquer coisa que te magoe me magoa também, e escrevo para prestar meus profundos pêsames.

Como integrante da nobreza, você tem direito a uma pensão. Com base na esperança e no pressuposto de que viverá mais cinquenta anos, decidi adiantar-lhe toda a soma de uma vez, em sinal do meu perdão por quaisquer indiscrições passadas e da tristeza que compartilho agora.

— Ah, céus! — Puxei o baú para mim e o abri, soltando um suspiro de espanto junto com Lady Eastoffe ao ver tanto dinheiro.

— O que é isso?

— O rei me ofereceu uma compensação, o que é costume quando um membro da nobreza enviúva.

— Mesmo que você só tenha passado algumas horas casada? — ela perguntou, incrédula.

— Eu disse que havia um monte de leis a respeito do casamento. Acho que é para que as pessoas não se casem de maneira leviana. Mas sou viúva... ainda que Jameson só chame Silas de "noivo" na carta.

— Eu comentaria como é curioso, mas quando penso nas listas e listas de costumes de Isolte, vejo que não tenho moral para falar. — Ela pegou um punhado de moedas de ouro. — Céus, você está muito rica, Hollis.

Voltei à carta.

Espero que essa quantia permita que mantenha o estilo de vida a que está acostumada, o qual merece, tanto por ser nobre como por ser uma das mais doces mulheres da história de Coroa.

Mudando para um assunto que, espero, lhe traga mais alegria do

que dor, tornei-me muito próximo da sua amiga Delia Grace. Ela será minha acompanhante oficial durante o solstício, que já se aproxima. Talvez os festejos possam lhe tirar um pouco da tristeza que deve estar sentindo. Venha a Keresken e deixe-nos cuidar de você. Com a perda de seus pais, o campo deve lhe parecer um lugar isolado demais, ao passo que aqui estará mais do que confortável.
Sempre terá um lugar no meu coração, Hollis. Imploro que me deixe vê-la pessoalmente até que esteja feliz de novo. Isso tornaria minha alegria completa. Espero encontrá-la em breve.
Seu humilde servo,
Jameson

— Ele também me convida para ir à corte — eu disse ao passar a carta para Lady Eastoffe. — E parece que está com Delia Grace.

— Ah, isso é uma boa notícia, não?

— É — respondi, embora meu tom de voz talvez não fosse convincente. Eu ainda estava tentando entender meus sentimentos em relação a Delia Grace. Estava triste porque sentia muito a sua falta, e esperançosa de que ela sentisse o mesmo. Me sentia culpada por como tudo tinha acontecido, e feliz pelo seu sucesso. Pelo menos uma de nós teria o que queria.

— Talvez fosse bom vê-la de novo. Talvez fosse bom para todos nós atar as pontas soltas.

— Então acho que deve ir. Pode lhe fazer bem se distrair. Nós mesmas partiremos em breve. Esta casa é linda, mas é terrivelmente grande para uma pessoa só.

Joguei-me numa cadeira de um modo que minha mãe

descreveria como petulante. Naquele instante, desejei que ela estivesse ali para me dizer isso. Quanto dinheiro eu não pagaria para ouvir minha mãe me dar uma bronca mais uma vez? Repeli o pensamento e me voltei para Lady Eastoffe.

— Acho que você está certa. Quase sempre está.

Ela achou graça.

— Com licença, mas preciso cuidar de uma coisa.

—Você não precisa pedir licença — ela disse, levantando os olhos. —Você é a senhora da casa.

Claro. Ergui a cabeça.

— Bom, nesse caso, tenho algo a fazer e farei, não me importa o que diga.

— Melhor assim.

Desci as escadas e fui em direção ao estábulo, onde os cavalos estavam sendo tratados naquele exato momento.

— Bom dia, senhora — o cavalariço disse. — Desculpe, não sabia que vinha.

— Não tem por que se desculpar — eu disse tocando seu ombro. — Preciso tomar Madge emprestada para uma viagem curta.

Ele me olhou bem.

— Mas a senhora não está com traje de montaria — ele notou. — Gostaria que eu pegasse a carruagem?

— Não, não ligo para minhas roupas. Só... Só preciso pensar.

Ele pareceu compreender, e trouxe minha égua bela e escura.

— Se alguém perguntar, você não me viu.

O cavalariço piscou para mim. Segurei as rédeas de Madge e saímos em disparada. Galopamos rápido, mas eu não tinha medo de que ela refugasse ou se debatesse. Ela, como eu, estava extremamente focada.

Como já tinha feito nos dias anteriores, conduzi-a pelo meio da floresta, rumo a oeste. Madge conhecia o terreno e o encarava com maestria, protegendo-nos de árvores e raízes à medida que avançávamos em direção ao meu outro lar. O solar Abicrest.

Os montes de terra sob o enorme salgueiro ainda tinham uma cor marrom viva e permaneciam quase um palmo mais altos do que o chão ao redor, embora os anos fossem nivelá-los.

Eu não sabia se era costume ou bondade, mas os Eastoffe tinham enterrado os criados ao lado dos senhores, de modo que foram abertas quase duas dúzias de covas enfileiradas com perfeição nos limites da propriedade. Sem contar outros, como meus pais, que possuíam um mausoléu ao lado do grande templo, ou os vizinhos, que tinham os próprios jazigos.

No fim, havia pouco o que enterrar. Encontramos dois daqueles anéis de prata sagrados entre as cinzas. Deduzi qual era do meu pai, sem ter plena certeza, e enterrei as joias junto com seus donos.

Eu sentia tanta culpa quanto tristeza. Havia sido uma questão de tempo. Se eu tivesse entrado uns minutos antes, teria morrido também. Se Lady Eastoffe tivesse chamado o filho para testemunhar a entrega do anel, ele ainda estaria conosco. Se, se, se. Aquilo não me adiantava de nada.

Amarrei Madge num galho de árvore baixo e fiz carinho

atrás da sua orelha antes de caminhar até a pedra que marcava o lugar onde o pouco que restara de Silas estava enterrado.

— Tentei convencê-la a não ir embora. Tentei vinte vezes, usando todas as desculpas que consegui imaginar... Acho que não vai funcionar.

O vento soprou as folhas.

— Bom, não. Não tentei implorar, mas não seria adequado. Tenho que ser a senhora do solar Varinger agora. Ela vive dizendo coisas para me lembrar da minha posição. Mas a questão é... — Lutei para segurar as lágrimas. — Tudo o que eu queria era ser a senhora da *sua* casa. E agora você foi embora, a casa mal para de pé, e eu tenho tanto, mas sinto como se não tivesse nada.

As árvores farfalharam.

— Eu *sou* grata. Sei que é uma dádiva estar viva depois de uma situação em que devia ter morrido, mas não faço a menor ideia do motivo que levou os deuses a me pouparem. Qual é minha serventia para eles?

Não houve qualquer som.

— Jameson me convidou para ir à corte. Não consigo acreditar que tenha me perdoado de verdade. Acho que está com pena. — Balancei a cabeça e olhei para o horizonte. — Vou ofender o rei se não for, e já lhe dei motivos mais que suficientes para me odiar. Acho que meu único medo é... ser obrigada a esquecer você.

Comecei a chorar, secando as lágrimas com a manga do vestido.

— Eu costumava sentir que algo me puxava a você. Não

sabia o que era, mas desde a primeira vez que te vi senti que havia como que um fio amarrado no meu coração me puxando para onde você estava. — Balancei a cabeça. — Não sinto mais isso. Mas como gostaria de sentir.

Desejei tanto que ele pudesse responder, que pudesse ao menos me sussurrar uma das frases cheias de verdade que parecia sempre ter à mão. Mas ele não podia responder. Jamais responderia.

Eu não o sentia.

— Só queria que soubesse que, mesmo que eu não te sinta, sempre vou lembrar de você. E se algum dia eu conseguir voltar a amar, só vou *saber* que é amor... porque você me ensinou. Antes de você, todos os vislumbres que tive desse sentimento eram mentiras. Eu não sabia disso até você entrar naquele salão, segurando uma espada de ouro, calado e orgulhoso. Você me arrebatou sem nenhuma palavra. Não sei se já te contei isso, mas você me conquistou de cara. No segundo em que meus olhos encontraram os seus pela primeira vez, me perdi neles. Você prometeu me amar incondicionalmente, e amou. Muito obrigada, Silas. Obrigada.

Olhei ao redor. Eu teria que trancar aqueles meses num canto do meu coração para que ele continuasse a bater.

— Eu te amo. Obrigada. — Beijei as pontas dos meus dedos e toquei a pedra.

Madge levantou a cabeça quando subi na cela. Dessa vez, quando cavalguei de volta, não olhei para trás.

Trinta e seis

Eu sofria para encontrar energia para fazer a maioria das coisas, mesmo as de que gostava. Comer era difícil; me vestir era difícil. Tudo era difícil. Então parecia impossível me forçar a ficar alegre quando gente como Etan Northcott vinha visitar minha casa, principalmente considerando que seu intuito era levar embora o que me restava de família.

Ainda assim, com ou sem vontade, ele subiu a estrada até a mansão ao lado de uma carruagem oficial que era um ou dois tons mais escura que o azul que eu costumava associar a Isolte. Fiquei na escadaria da frente, esperando para cumprimentá-lo como mandava a etiqueta. Seu rosto estava tão fechado como no dia em que o conhecera, o que me fazia pensar como alguém seria capaz de descobrir como estava seu verdadeiro humor. Etan desmontou e veio até mim. Estendi a mão para cumprimentá-lo.

— Sir Northcott. Bem-vindo ao solar Varinger.

Ele apertou minha mão, então ficou paralisado.

— O que houve? — perguntei.

Seus olhos se fixaram na minha mão.

—Você está usando o anel. Ele não lhe pertence.

Estendi a mão esquerda.

— De acordo com este anel, pertence, sim. Por favor, entre. Sua tia e sua prima estão à sua espera.

Passei para dentro, com as batidas das botas dele ecoando atrás de mim. A casa precisava de mais gente para amortecer os ruídos. Mantive a voz baixa. Odiava a ideia de ter que dirigir a palavra a Etan, mas sabia que precisava fazê-lo.

— Acho que devo avisar. Lady Eastoffe está se aguentando bem, na medida do possível. Concentrou-se em fazer planos e cuidar. Não sei se sua dor vai vir à tona logo, mas atente para isso.

— Pode deixar.

— E Scarlet... está completamente fora de si. Não sei se lhe disseram, mas ela estava no salão. Viu tudo e foi atirada para fora. Não sabemos o motivo.

A máscara caiu um pouco, e Etan se mostrou verdadeiramente sentido pela prima.

— Scarlet contou o que viu?

— Não. Quase não fala nada. Espero que volte a si, porque a amo demais. Mas devem se preparar para o caso de Scarlet ficar assim para sempre. Não sei o que fazer por ela, e acho que Lady Eastoffe tampouco sabe. Imagino que o melhor a fazer é esperar que o tempo apague sua dor.

Etan fez que sim.

— E como... — Ele rapidamente cortou sua fala e pigarreou. — Como a senhorita está?

Com certeza fracassei na minha tentativa de esconder o choque com sua preocupação. Ou, se não com a preocupação, pelo menos com sua pergunta.

— A única pessoa com quem eu me sentia à vontade para revelar o que se passava no meu coração partiu. Minha família inteira e a maior parte da dele também... É muita coisa para sentir de uma só vez, por isso tento dar um passo de cada vez. E acho que isso é tudo que posso dizer a respeito.

Eu não confiava em Etan para lhe contar que enfiava a cara no travesseiro à noite para ninguém me ouvir chorar. Não podia mencionar a culpa que carregava por estar viva enquanto muitos outros tinham morrido. Embora eu não considerasse mais os isoltanos meus inimigos — talvez apenas o rei deles —, estava longe de considerar Etan um amigo.

— Sinto muito — ele disse.

Desejei poder acreditar em suas palavras.

— Elas estão aqui — eu disse apenas, conduzindo-o até a sala onde Lady Eastoffe e Scarlet esperavam.

O rosto de Lady Eastoffe se animou, e ela levantou para cumprimentar o sobrinho.

— Ah, Etan, meu querido. Muito obrigada por vir. Vou me sentir muito melhor na estrada agora.

Scarlet levantou os olhos para ele, mas logo em seguida os baixou.

Etan se voltou para mim, e dei de ombros, como se dissesse: "Viu o que quis dizer?".

— Estou sempre pronto para servi-la, tia Whitley. Podemos partir quando quiser — ele falou.

— Não vamos perder tempo — ela replicou. — Quanto antes chegarmos a Isolte, melhor.

E meu coração, já despedaçado, descobriu novas formas de se partir.

Etan ajudou Scarlet a descer a escadaria da entrada. O silêncio dela parecia assustá-lo, e ele não parava de olhar para mim em busca de tranquilização. Eu já não sabia o que dizer; aquele era seu estado por enquanto.

Nós três parecíamos um estudo de como a dor da perda transformava as pessoas. Lady Eastoffe seguia em frente com uma perseverança incrível, Scarlet se recolhia em si mesma, e eu... bom, eu estava vivendo um dia de cada vez, receosa de planejar mais além.

Esperei à porta da carruagem, e Scarlet me deu um abraço final.

— Adeus, Hollis — ela disse, com a voz arrastada. — Vou sentir saudades.

— Eu também. Quando for possível, escreva.

— Mando as cartas para cá ou para o castelo?

Balancei a cabeça.

— Não faço ideia.

Scarlet soltou um suspiro.

— Então me avise quando souber.

Etan lhe ofereceu a mão. Ela a aceitou e subiu na carruagem que a levaria para longe de mim.

— A senhorita não parece convencida — ele comentou baixo.

— Não estou. Gostaria que elas ficassem.

— É melhor que fiquem com a família.

— Eu sou a família delas. Sou uma Eastoffe.

Ele sorriu.

— É preciso mais do que isso.

Quis contradizê-lo, mas Lady Eastoffe veio descendo pela escada; usava um par de luvas que eu lhe dera, junto com outros pertences da minha mãe. Eu não ia arruinar nossos últimos momentos com uma discussão. Etan se afastou e montou no cavalo, aparentemente preferindo ficar de guarda em vez de na cabine.

— Conferi os quartos — Lady Eastoffe me garantiu —, mas nem tínhamos trazido muita coisa. Acho que estamos levando tudo.

Não pude deixar de achar graça na eficácia dela.

— Mais uma coisa — eu disse, me voltando para ela. Eu podia discordar de tudo o que ele era como pessoa, mas Etan estava certo sobre a maneira como Jameson me via. Talvez estivesse certo sobre isso também.

Comecei a tirar o anel de safira do dedo.

— Ah, Hollis, não! Não, eu faço questão.

— Pertence à sua família. É Scarlet que tem que ficar com ele — insisti.

— Não, obrigada — Scarlet murmurou da carruagem.

Lady Eastoffe baixou a voz.

— Acho que ela não quer ter mais nenhuma relação com nosso legado. Pode culpá-la?

Neguei com a cabeça, e Lady Eastoffe prosseguiu:

— Você disse que era uma Eastoffe — ela lembrou. — Este anel é seu.

— Não sei.

— Bom, então use por um tempo, e se depois ainda achar que deve ficar comigo pode vir me entregar em Isolte. De acordo?

Sorri ao pensar que a veria de novo.

— De acordo.

— Quando você parte para o castelo? — ela perguntou.

— Em algumas horas. Espero chegar no começo da noite, quando todos estiverem jantando. Quanto menos atenção atrair, melhor.

Eu não conseguia nem começar a imaginar a recepção que me aguardava em Keresken.

— Quero que saiba que... se por algum motivo, quando o rei vir você, seus sentimentos se reacenderem, não terá do que se envergonhar. Pensei que confiaria nessas palavras se viessem de mim, mãe de Silas.

Soltei um suspiro.

— Agradeço a preocupação, mas já faz muito tempo que sei que nunca mais quero estar perto da coroa. E Jameson... Não sei se ele chegou a me amar de verdade. Ou se eu mesma o amei. Minha meta é destacar como Delia Grace é perfeita para o trono e depois... Para ser sincera, não tenho muitos planos para depois.

— Você vai se adaptar.

— Como vou saber? — sussurrei. — Se algo acontecer com vocês, como vou saber?

— Já pedi aos Northcott para avisá-la. Mas não precisa se preocupar. Sou uma mulher de idade. O rei Quinten podia se sentir ameaçado pelos meus filhos, mas é improvável que se preocupe comigo. E Etan vai nos proteger na estrada.

Eu olhei para ele, cética.

— Se você diz.

Permanecemos ali por um momento. Já não faltava nada além de dizer adeus, mas eu não estava pronta.

Lady Eastoffe se inclinou e beijou minhas bochechas.

— Eu te amo, Hollis. Já estou com saudade.

Assenti e dei um passo para trás.

— Também te amo.

Eu queria muito não chorar na frente deles. Não suportaria ser motivo de mais dor.

— Vou escrever assim que puder — Lady Eastoffe prometeu.

Fiz que sim de novo, sabendo que já não podia confiar em minha voz. Ela correu a mão pela minha bochecha pela última vez e subiu na carruagem.

Etan, com uma aparência bem impressionante sobre seu cavalo, se aproximou de mim.

— Saiba que vou mantê-las a salvo. Quaisquer que forem

suas opiniões sobre mim, meu rei ou meu país, em uma coisa deve acreditar: eu daria a vida por minha família.

Concordei com a cabeça.

— Eu também. Mas minha família deu a vida por mim antes — disse, antes de respirar fundo. — Desculpe. Ainda dói demais.

—Vai doer. Por muito tempo. Mas vai melhorar.

Eu devia estar sendo bastante patética para alguém como Etan demonstrar piedade.

— Obrigada. E acredito que vai cuidar delas. Tenho pena de quem tentar enfrentá-lo.

Etan acenou para mim com a cabeça, e então eles partiram, cavalgando devagar para longe do meu mundo. Por um instante me perguntei que tipo de vida eu teria sem elas por perto.

Observei-os ir até o fim do caminho, quando fizeram a curva. Mesmo depois que sumiram atrás de uma colina baixa, permaneci lá fora, porque não conseguia entrar naquela casa enorme sozinha.

Devo ter ficado ali bastante tempo, porque quando o mordomo apareceu do meu lado, reparei que minhas bochechas ardiam um pouco por causa do sol.

— Lady Brite?

— É Eastoffe — corrigi-o.

— Sim, mil perdões, senhora. São os velhos hábitos. Precisamos saber que baús carregar na carruagem.

Respirei fundo e entrei. Mas não consegui passar do saguão.

Daria na mesma se houvesse um muro entre mim e o resto da mansão, tamanha minha dificuldade para entrar. Minha respiração começou a acelerar, e eu sabia que se não a controlasse poderia acabar desmaiando. Me segurei na mesa grande e circular e respirei fundo.

— Eu... Há duas malas em cima da minha cama. Qualquer coisa que eu venha a esquecer, o castelo proverá. — Isso bastou para eu ganhar mais tempo.

Ele fez uma reverência e subiu as escadas para pegar os baús. Sentei no banco à beira da janela com a intenção de observar o mundo do lado de fora do solar Varinger até a hora de partir. Uma sensação estranha de cócegas surgiu em meu peito, e eu o cocei na tentativa de me livrar dela. Então uma cachoeira de sentimentos desabou sobre mim. Medo de seguir em frente, mesmo sabendo que não podia ficar parada. Medo da companhia que teria, apesar da consciência de que não podia ficar só. Nunca conseguia chegar ao fim de um pensamento antes que aparecesse mais uma torrente de perguntas que eu não estava pronta para fazer a mim mesma.

A inclinação do sol mudava no céu à medida que o tempo passava, e senti algo no peito de novo. Mas não era coceira nem cócegas nem nada parecido. Era como... um fio puxando meu coração.

Minha respiração se acelerou, e eu me concentrei naquela sensação; queria ter certeza absoluta. Sim, sim, era a mesma. E, não importava o que me acontecesse, eu tinha de segui-la.

Olhei para fora e vi o sol já quase tocar a ponta das árvores ao longe. Eu não tinha muito tempo.

Corri até meu quarto e peguei as bolsas de couro no armário; Madge não seria capaz de carregar baús. Dobrei três dos meus vestidos mais simples e os enfiei numa bolsa junto com uma escova e um pouco de perfume. Depois, peguei a outra bolsa, fui até o baú que Jameson me enviara e despejei moedas ali dentro.

— Hester! — gritei. — Hester, preciso de papel!

Troquei os sapatos por botas de montaria e enfiei os que tirara na outra bolsa. Não era muito, mas tinha que servir.

Hester chegou com tinta e papel nas mãos.

— Obrigada — eu disse, tomando ambos de suas mãos.

— Ouça, Hester. Sei que todo mundo já tem planos para cuidar da casa, e não sei quanto tempo vou demorar para voltar. Escrevo assim que puder.

— Sim, senhora.

— Esconda isto — eu disse, empurrando o baú para ela. — Preciso que fique seguro.

Escrevi num ritmo frenético.

Rei Jameson,

Quando ler isto já estarei em Isolte. Rogo para que me perdoe por mais uma vez não estar ao seu lado quando disse que estaria. Espero, do fundo do coração, ser capaz de aparecer para abençoar seu casamento com qualquer mulher que venha a escolher. Mas ainda não posso voltar ao castelo. Como muitas coisas na minha vida, as dificuldades são bem maiores do que estou preparada.

Desejo que seja o rei mais feliz entre todos os reis do continen-

te, e espero que meu caminho volte a se cruzar com o seu em algum momento. Até lá, permaneço sua mais humilde súdita.

Hollis

Dobrei o papel com pressa e o pus na mão aberta de Hester.

— Mande para o castelo. O mais rápido que puder, por favor.

— Sim, senhora. E por favor... — ela acrescentou com bondade. — Fique a salvo.

Fiz que sim, apanhei meu manto e fui para os estábulos. Conferi uma baia após outra até encontrar Madge.

— Aqui está você, menina!

Prendi a cela o mais rápido que pude, assustada ao ver como a luz do dia morria depressa. Assim que terminei, joguei as bolsas por cima do lombo de Madge e montei.

Ela me era totalmente fiel, e ao sentir minha pressa, cavalgou em velocidade máxima. Eu tinha uma noção da direção em que deviam ter ido, mas não conhecia as estradas que davam em Isolte. Soprei um beijo ao passar perto do túmulo de Silas e rezei para encontrá-los se permanecesse naquele caminho.

A estrada estava vazia e dolorosamente seca. Pude sentir o pó se agarrar à minha pele à medida que avançava pelo campo, à caça de uma carruagem.

— Vamos, garota! — encorajei Madge, conduzindo-a na direção do sol poente.

Comecei a achar que tinha ido longe demais. Não conhecia o caminho, a noite se aproximava e eu estava completamente só. Apertei bem os olhos e varri o horizonte na esperança de encontrar... uma carruagem azul com um cavaleiro alto e magro ao lado!

— Esperem! — berrei, galopando feito uma maníaca na direção deles. — Esperem, eu também vou!

Não me ouviram. Continuei berrando. Etan foi o primeiro a me notar e gesticulou para que a carruagem parasse. Scarlet botou a cabeça cansada para fora para ver o que era aquela confusão. Sua mãe fez o mesmo logo em seguida.

— O que está fazendo aqui? — Lady Eastoffe quis saber.

— Que estado é esse? Você está bem?

— Não. Não estou.

Exausta, desmontei e fui até elas; meus músculos gritavam de dor.

— Não estou bem com nada disso — continuei. — Não posso voltar àquela vida, e não posso deixar vocês partirem sem mim.

Lady Eastoffe inclinou a cabeça.

— Já falamos sobre isso.

— Não. *Você* falou, mas terei voz nas escolhas da minha própria vida. Sou senhora do solar Varinger e sua filha... Precisa me deixar falar.

Ela abriu a porta e desceu para vir até mim.

— Muito bem.

Enchi os pulmões de ar, suja, exausta e sem saber direito como dizer o que queria.

— Sou uma Eastoffe. Ainda uso esta aliança, e o seu anel.

Vocês são minha família — falei simplesmente. — Então me recuso a deixar vocês. Se querem correr perigo, não posso deixar irem embora sem mim.

— Isso é besteira — Etan protestou.

— Ah, volte a me ignorar!

— Então volte a nos odiar — ele rebateu.

— Nunca odiei vocês — eu disse olhando bem nos olhos de Lady Eastoffe. — Bom, talvez você — acrescentei, virando para Etan. — Mas não muito.

— Ah, muito obrigado por isso.

— Etan — Lady Eastoffe disse, com firmeza e enfado. Foi o bastante para calá-lo. Ela voltou a prestar atenção em mim. — Quer mesmo deixar seu povo? Seu lar? — ela me perguntou baixinho. — Nós já fizemos isso, e posso garantir que é bem mais difícil do que pensa.

— Quero honrar vocês. Quero honrar Silas. Quero viver uma vida, curta ou longa, que seja maior que a mesquinhez da corte e o isolamento da minha casa. — Cruzei os dedos em súplica, tentando não chorar. — Não quero machucar o rei Quinten, podem acreditar. Muito sangue já foi derramado, e não pretendo causar mais violência. Mas quero respostas. Quero descobrir uma maneira de tornar inegável. Quero que aquele homem me olhe nos olhos e confesse que matou meu marido. E que me diga o motivo.

— Hollis... — ela começou, com um carinho que parecia já amolecer sua convicção.

— Não posso voltar — jurei. — Se não me deixar entrar

na carruagem, serei forçada a segui-los na minha égua. Vão descobrir que sou muito persistente.

Ela olhou para Scarlet, que, pela primeira vez em semanas, sorriu.

— Parece que você está decidida.

— Estou.

— Então, para a carruagem. Senhor, poderia prender o animal dela na parte de trás? Estou certa de que Lady Hollis vai querer ficar conosco.

— Você não pode deixá-la entrar nessa carruagem! — Etan insistiu. — Ela não pode vir conosco.

— Não recebo ordens suas. Estou acompanhando minha família. E, como sabemos, não há nada mais honroso que dar a vida pela família. — Eu o olhei com determinação, e ele bufou antes de trotar para a frente da carruagem. Madge iria amarrada atrás. Tirei as bolsas de cima dela e levei para dentro da cabine.

— Não é muita coisa — Scarlet notou.

— Só metade é roupa — informei ao tirar de dentro de uma delas um punhado de ouro.

— É o dinheiro do rei? — Lady Eastoffe perguntou baixo, como se alguém fosse nos ouvir mesmo com o barulho das rodas.

— Não todo. Mas pensei que pudéssemos precisar de um tanto. Para as necessidades básicas. Ou para subornar. Ou para reformar o solar Varinger caso eu seja obrigada a voltar.

Ela riu.

— Silas sempre gostou disso em você. Sua determinação.

Mas repito que não vai ser fácil. Não tenho certeza do que nos espera em Isolte.

Vi o ar solene no rosto dela e no de Scarlet, e observei a figura rígida de Etan do lado de fora. Eu sabia que caminhava rumo ao desconhecido, talvez até mesmo para a morte.

Mas meu coração parou de sentir os puxões, e eu tive certeza de que era melhor enfrentar tudo aquilo do que voltar para o que eu já conhecia.

— Não se preocupe, mãe — tranquilizei-a. — Não tenho medo.

Agradecimentos

OI, GRACINHA. OBRIGADA POR TER LIDO MEU LIVRO. TE ADORO. Uma curiosidade: não fiz tudo isso sozinha. Então, se você gostou da leitura — e, honestamente, mesmo se não gostou —, por favor reserve um momento para agradecer junto comigo a todas as pessoas que dedicaram seu tempo e energia a este projeto:

Minha agente maravilhosa, Elana Parker, que sempre me apoia. O que é impressionante, considerando o tanto que preciso que segure minha mão. E toda a equipe na Laura Dail Lit, incluindo a adorável Samantha Fabien, minha agente internacional, que possibilita que eu compartilhe minhas histórias ao redor do mundo.

Minha editora supertalentosa, Erica Sussman, que consegue polir minhas palavras até elas brilharem, e Elizabeth Lynch, que trabalhou ao lado dela para tornar este livro tão lindo.

Toda a equipe da HarperTeen: Aubrey Churchward, Shannon Cox, Tyler Breitfeller, Sabrina Abballe, e inúmeros outros que aprimoram e divulgam minhas ideias. Sério, estes agradecimentos poderiam ser infinitos.

São necessários exércitos inteiros para produzir livros, e sou muito grata a todas as mãos pelas quais ele passou.

A Igreja Northstar, que me forneceu apoio e prece constantes. Especificamente, meu grupinho: Erica, Jennie, Rachel e Karen, que ouvem tudo toda semana (sem ficar entediadas!) e me mantêm estimulada.

Meus pais, Bettie e Gerry, e meus sogros, Jennie e Jim. Eles sinceramente acreditam que sou capaz de tudo — como todos os pais, eu sei —, mas conseguem fazer isso extremamente bem.

Meu marido, Callaway. Ele é o melhor. Vocês todos têm inveja de mim e nem sabem.

Meu Guyden, que herdou meu dom de dar ótimos abraços e os oferece a mim com frequência. O que é ótimo, porque preciso muito deles.

Minha Zuzu, que é a melhor animadora de torcida do mundo e torna impossível eu duvidar de qualquer coisa por mais de quinze minutos.

Finalmente, e acima de tudo, quero agradecer imensamente a Deus. A escrita foi dada a mim como uma corda quando eu estava me afogando. Até hoje, a imensa generosidade de Cristo meu salvador continua a me deslumbrar. A oportunidade de poder viver da escrita ainda me impressiona... e essa é só uma das dádivas que recebi.

E eu já agradeci a você, mas agradeço de novo. Você é show.

1ª EDIÇÃO [2020] 5 reimpressões

ESTA OBRA FOI COMPOSTA PELA SPRESS EM BEMBO E IMPRESSA PELA
GRÁFICA BARTIRA EM OFSETE SOBRE PAPEL PÓLEN SOFT DA SUZANO S.A.
PARA A EDITORA SCHWARCZ EM JANEIRO DE 2021

A marca FSC® é a garantia de que a madeira utilizada na fabricação do papel deste livro provém de florestas que foram gerenciadas de maneira ambientalmente correta, socialmente justa e economicamente viável, além de outras fontes de origem controlada.